AMEROOG SPIELT VERRÜCKT

Dieses Buch ist ein Roman. Handlungen und Personen sind frei erfunden. Ähnlichkeiten mit lebenden oder toten Personen sind nicht gewollt und rein zufällig.

OCKE AUKES

AMEROOG SPIELT VERRÜCKT

URLAUBSKRIMI

emons:

Bibliografische Information der Deutschen Nationalbibliothek
Die Deutsche Nationalbibliothek verzeichnet diese Publikation
in der Deutschen Nationalbibliografie; detaillierte bibliografische
Daten sind im Internet über http://dnb.d-nb.de abrufbar.

© Emons Verlag GmbH
Alle Rechte vorbehalten
Umschlagmotiv vorn: shutterstock.com/75tiks
Umschlagmotiv hinten: fotolia.com/dispicture
Gestaltung Innenteil: César Satz & Grafik GmbH, Köln
Lektorat: Marit Obsen
Druck und Bindung: CPI – Clausen & Bosse, Leck
Printed in Germany 2016
ISBN 978-3-95451-781-7
Urlaubskrimi
Originalausgabe

Unser Newsletter informiert Sie
regelmäßig über Neues von emons:
Kostenlos bestellen unter
www.emons-verlag.de

PROLOG

»Nach mir wurde ein Seegebiet benannt«, tat Pieter Dukegatt
mit schwerer Zunge kund und betrachtete sein leeres Schnaps-
glas. »Wusstest du das? Eines, das besonders stürmisch und
unberechenbar ist.«

»Das erzählst du mir jetzt schon zum siebenundzwanzigsten
Mal.«

Dukegatt nickte. Was Zahlen anging, mochte er seinem
Freund Anton nicht widersprechen. »Dann lies mir noch einmal
den Text vor.«

Antons Hände lagen auf der Theke, wo sie eine Vielzahl
von Bierdeckeln verbargen, die mit Kugelschreiber vollgekrit-
zelt waren. Er schaute sich im Lokal um, als wollte er nicht,
dass jemand sah, was er machte. Mit dem Barhocker rückte er
näher an Dukegatt heran und suchte aus mehreren Deckeln
einige heraus, sortierte sie und hielt sie nacheinander dicht vor
die Augen. Seine Brille klemmte oben auf dem Kopf, was sie
meistens tat, da wusste Anton wenigstens, wo sie war. Er ließ
sie auf die Nase rutschen und intonierte mit viel Pathos in der
Stimme: »Suchen Sie Geborgenheit, und wollen Sie nie mehr
allein sein? Naturbursche Daniel führt Sie, weiblich, zwischen
fünfunddreißig und vierzig, mit sicherer Hand durch die Stürme
des Lebens, immer genau an der Wasserkante entlang, und
leitet Sie in den Ehehafen. Telefonnummer soundso.« Er atmete
ergriffen ein, in seinem Augenwinkel glitzerte es feucht.

»Das ist so … ich weiß nicht … so …« Dukegatt fand nicht
das richtige Wort.

»Rührend?«

»Nein, doof. Streich das ›immer genau an der Wasserkante
entlang‹. Dann ist der Text perfekt.«

Anton tat, wie ihm befohlen, und steckte die Bierdeckel in
seine Hemdtasche. »Die Telefonnummer setze ich später rein.
Und denk daran, Pieter, du musst Daniels Handy klauen.«

»Weiß ich, Anton, mache ich gleich morgen.«

»Nein, nicht morgen. Erst muss die Anzeige erscheinen, das dauert bestimmt ein paar Tage, dann klaust du das Handy.«

»Und du bist dir sicher, dass wir Daniel kein Wort darüber verraten sollen? Schließlich ist er derjenige, der heiraten soll.«

»Ganz sicher. Du weißt doch, wie er sich anstellt, wenn er einer Frau begegnet.«

Dukegatt nickte. »Ebendeshalb.«

»Keine Sorge, das klappt schon.«

»Hab Vertrauen«, sagte Dukegatt, obwohl sein Gesicht Skepsis zeigte. »Lass uns nach Hause gehen. Du, Anton …«

»Ja?«

»Das ist eine wirklich schöne Kontaktanzeige.«

Der Meinung war Anton auch. »Was der Junge braucht, ist eine Frau.«

EINS

Die Frühjahrssonne beschien, einem Spotlight nicht unähnlich, die Auslage der kleinen Apotheke. Eine alte Dame, die, wenn sie sich entsprechend zurechtmachte, des Öfteren mit der ehemaligen niederländischen Königin Beatrix verwechselt wurde, trat zögernd ein paar Schritte an das Schaufenster heran. Sie schaute sich nach allen Seiten um, so als wollte sie prüfen, ob jemand in der Nähe war. Ein unbedarfter Beobachter hätte sich gewundert, warum sie augenscheinlich innerlich zögerte, einzutreten. Schließlich konnte man von Menschen in ihrem Alter erwarten, dass sie – sicherlich öfter, als ihnen lieb war – eine Apotheke besuchten. Auch war die alte Dame bekannt dafür, couragiert zu sein.

Die Eiserne Lady, wie sie hinter ihrem Rücken genannt wurde, hieß mit Vornamen Helena. Es gab niemanden unter den Einheimischen, dem sie unbekannt war, und dennoch mussten die meisten von ihnen genau überlegen, wenn man sie fragte, wie sie mit Nachnamen hieß. Und selbst dann kam manch einer, der Helena schon sein Leben lang kannte, nicht mehr darauf, dass er Perdok lautete.

Die Eiserne Lady Helena schaute also noch einmal nach links und rechts, sah niemanden auf der Straße, der auch sie hätte sehen können, und betrat die Apotheke.

Der Verkaufsraum erstreckte sich schmal und über mehrere Räume hinweg tief in das Gebäude hinein. Er war daher viel größer, als man von draußen vermuten konnte. Die Inneneinrichtung im vorderen Bereich entsprach dem örtlichen Stil. Die Gemeindeverwaltung von Ameroog hatte vor vielen Jahren beschlossen, Gebäudefassaden, Läden, Lokale und jede öffentliche Einrichtung, die mit Fremdenverkehr zu tun hat, im gängigen Baustil der vorletzten Jahrhundertwende zu belassen. Der insulare Denkmalschutz ging sogar so weit, entsprechende Vorgaben auch auf Neubauten anzuwenden. Die Amerooger halten sich an die Vorschrift, auch wenn sie eigentlich ein Völkchen sind, das gern gegen Regeln verstößt. Doch diese war nun mal sinnvoll, was man von den meisten anderen schwerlich behaupten kann. Sie bedeutete für Ameroog, im Tourismusgewerbe mit dem Prädikat »Alles wie zu Großvaters Zeiten« werben zu können. Ein Alleinstellungsmerkmal an der gesamten deutschen und niederländischen Nordseeküste, das sich Saison für Saison bezahlt machte.

Als Helena eintrat, bimmelte die alte, genau wie das Mobiliar schon historisch zu nennende Glocke an der Tür. An den Wänden standen dunkle Holzregale, vollgestellt mit Apothekengläsern und Porzellandosen mit fest schließenden Deckeln. Sie trugen Aufschriften wie: »Sapo – medic. Pulver« oder »Flamma virid – bengal. Flamme grün«, was kaum jemand versteht. Anders verhält es sich bei Beschriftungen wie »OL Ricini – Ricinusöl« und »KAL. Nitric. – Salpeter«, da weiß jeder, was das ist, oder ahnt wenigstens, dass man davon keinen Löffel voll in den Mund stecken sollte.

»Theda«, flüsterte Frau Linden im hinteren Teil der Apotheke ihrer Freundin Frau Petersen zu. Sie war Stammgast hier und hatte ein Faible für lateinische Bezeichnungen. Daher hoffte sie, dass der Inhalt des Gefäßes mit der Aufschrift »Fabae Tonco – Tonkabohnen«, das der Apotheker gerade ins Regal zurückstellte, nicht zum Zusammenmixen einer ihrer Tinkturen benutzt wurde. Immerhin waren Tonkabohnen hochgiftig – oder waren sie gerinnungshemmend? Sie würde ihren Enkel beauftragen, in diesem Internet für sie nachzusehen. »Theda, hast du das gesehen?«

»Was?« Frau Petersen, die gerade eine Familienpackung Schmerztabletten begutachtete, sah sich nach ihrer Freundin um.

»Die Eiserne Lady«, sagte Frau Linden erregt. »Sie ist hier und will etwas kaufen.«

»Magen-Darm? Soll zurzeit in Umlauf sein.«

»Nein. Schau doch mal hin. Es ist jedenfalls keine Pillenpackung.« Sie schlenderte, den Blick auf die Arzneien in den Regalen gerichtet wie auf die Waren in einem Bekleidungsgeschäft, angelegentlich in die Nähe der Eisernen Lady und kam wieder zurück. »Das ist wirklich seltsam«, erklärte sie.

»Was denn, Christine?«, fragte Frau Petersen arglos.

»Aber Theda, siehst du das denn nicht? Der Apotheker mischt extra für sie was an. Da frage ich dich: Was, um Himmels willen, macht er für sie? Sie behauptet doch immer, sie werde niemals krank.« Ihre Lippen verzogen sich geringschätzig. »Gesund wie ein Stier.«

»Vielleicht der Rinderwahn.«

Ab und an versuchte Frau Petersen, witzig zu sein, doch ihre Bemerkung traf auf eine steinerne Miene.

»Theda, ich bitte dich, das war ganz und gar unpassend. Vielleicht solltest du mal etwas näher rangehen«, forderte Frau Linden ihre Freundin auf.

»Warum?«

»Um sie zu fragen, was für eine Mixtur sie sich da anmischen lässt.«

»Geh doch selbst.«

»Ich war doch eben schon da, aber als ich dicht hinter ihr stand, hat sie sich so gedreht, dass ich keinen Blick auf den Zettel werfen konnte.«

»Sie hat ein Rezept?«, fragte Frau Petersen. Es klang, als wäre das sehr unhöflich. »Dann war sie auch beim Arzt.«

Von der Neugier ihrer Freundin angesteckt, tat sie nun doch, was diese von ihr erwartete. Sie schlenderte nach vorne in den Laden und griff betont beiläufig dicht an der Eisernen Lady vorbei nach einem Exemplar der Rentner-Bravo, dem Apothekenblatt, das sich gleich neben Helenas Zettel auf dem Verkaufstresen stapelte.

»Darf ich?«, fragte Frau Petersen der Höflichkeit halber und konnte dabei tatsächlich einen schnellen Blick auf das Objekt ihrer Begierde werfen. Sie bezahlte noch schnell ihre Schmerztabletten, wandte sich ab und ging zur Ladentür. Ihrer Freundin gab sie heimlich ein Zeichen, sie draußen zu treffen.

»Beifuß und Melisse«, raunte sie Frau Linden auf der Straße zu.

»Wie, Beifuß und Melisse?«

»Stand auf dem Zettel.«

»Mehr nicht?«

»Doch.«

»Nun sag schon.«

»Kann ich nicht. War in einer anderen Sprache.«

»Ach was, die Eiserne Lady kann doch gar kein Ausländisch.«

»Der Apotheker aber schon. Jedenfalls waren es Worte, die ich noch nie gehört habe.«

»Latein«, vermutete Frau Linden.

»Mag sein. Du weißt doch, dass ich mir so schwere Worte nicht merken kann.«

»Aber Beifuß und Melisse schon.«

»Ja, genau. Auf jeden Fall hast du recht: Es ist tatsächlich verwunderlich, dass Helena hier ist. Die alte Kräuterhexe mischt sich doch ihre Säftchen und Salben selbst.«

»Seit wann? Warum erzählst du mir so was nicht? Und woher weißt du das? Mir erklärt Helena immer, sie wäre fit und würde keine Mixturen zur Erhaltung der Gesundheit benötigen.«

»Beifuß und Melisse braucht sie anscheinend schon«, sagte Frau Petersen.

»Papperlapapp. Die hat sie bestimmt in ihrem Garten.«

»Du musst es ja wissen, du wohnst ja gleich nebenan.«

Das stimmte nicht ganz. Frau Linden wohnte schräg gegenüber, sehr schräg sogar. Doch mit einem guten Fernglas konnte man viele Entfernungen überwinden.

»Diese grässlichen Artikel.« Frau Linden rümpfte die Nase. »Da wird einem ja ganz übel.« Sie legte die Apothekenzeitschrift aufgeschlagen neben ihre Kaffeetasse auf den Tisch und tippte angewidert auf das Foto. Gerötete Haut, versehen mit Pickeln und ekelig ausschauenden Pusteln, zierte die Seite. »Sieh nur, Theda. Allein vom Hinsehen bekomme ich schon das Jucken.«

Frau Petersen wandte sich vom Wohnzimmerfenster ab, legte das Fernglas auf die gehäkelte Tischdecke, zog das Heftchen zu sich herüber und las interessiert den Text unter dem Foto: »Freunde von Heilkräutern verwenden Ehrenpreis gegen ein leichtes Jucken. Auch Kamille und Lavendel wirken beruhigend und sind antibakteriell. Bei hartnäckigem Juckreiz jedoch empfehlen wir ...« Sie las nicht weiter, sondern schlug mit der flachen Hand auf den Artikel. »Das ist es, Christine. Eine andere Erklärung kann es nicht geben.«

»Wofür?«

»Helenas Apothekenbesuch – Kamille und Lavendel wachsen hier in fast jedem Garten, und Ehrenpreis war sicherlich das Wort, das ich nicht entziffern konnte. Ich möchte wetten, Beifuß und Melisse helfen ebenfalls, die Symptome zu lindern. Daher die angerührte Mixtur für die Eiserne Lady.«

Keine der beiden verschwendete einen Gedanken daran, dass sie nicht einmal wussten, ob sie einen Salbentopf gesehen hatten, ein Fläschchen, oder ob die Mischung aus dem Mörser in eine Tüte gewandert war.

Frau Lindens Augen leuchteten auf. »Du meinst also ...« Wieder warf sie einen Blick auf das Zeitschriftenfoto, diesmal jedoch eher zufrieden denn angeekelt.

»Genau.«

Genüsslich schlürfte Frau Linden ihren Kaffee. »Wenn ich es mir recht überlege, hat sie sich an der Nase gekratzt.«

»Die Nase?«

»Und am Hals und am Kopf auch.«

»Vielleicht juckte ihr Schal. Du weißt, sie spinnt die Wolle selbst und verstrickt sie. Die riechen immer so streng. Die Wollschals, meine ich.«

»Die Eiserne Lady hat die Krätze«, behauptete Frau Linden, obwohl in dem Artikel von Krätze überhaupt nichts erwähnt wurde.

Zufrieden, in dieser Angelegenheit endlich eine ausreichende Antwort gefunden zu haben, gönnten die beiden sich ein zusätzliches Stückchen Kuchen.

»Wo sie die wohl herhat?«

»Na, wo fängt man sich so etwas schon ein?« Frau Linden betrachtete ihre Freundin mit hochgezogenen Brauen, so als wollte sie behaupten, Theda müsse das doch wohl am besten wissen.

»Von Männern?«

Frau Linden knallte ihre Tasse auf die Untertasse, dass es klirrte. Das Absplittern eines Stückchens Porzellan vom Tellerrand verdarb ihr normalerweise den Tag, jetzt merkte sie davon gar nichts. »Du bist phantastisch, Theda. Auf den Gedanken wäre ich nie gekommen.«

Frau Petersen lächelte verkniffen. »Welchen Gedanken?«

Frau Linden war jetzt in ihrem Element. »Kein Wunder, dass die Eiserne Lady so heimlich getan hat. Wenn man sich mit so einer Krankheit ansteckt, hängt man das nicht an die große Glocke.«

»Christine, du machst mir Angst.«

»Keine Bange, meine Liebe. Für dich ist es nicht ansteckend.«

Aufatmend nahm Frau Petersen den letzten Schluck aus ihrer Kaffeetasse.

»Und du weißt sicherlich auch, warum?« Die Stimme ihrer Freundin hatte einen lauernden Unterton, und Frau Petersen dämmerte, was sie meinte.

»Weil ich eine anständige Frau bin?«

»So kann man es auch ausdrücken.«

Frau Linden nahm das Fernglas vom Tisch, stand auf und ging damit zum Fenster. Dort richtete sie den um achtfache Vergrößerung verstärkten Blick auf das Haus der Eisernen Lady. Die Theorie von der Krätze und dem dazugehörigen Mann wollte bewiesen werden, sonst würde ihnen die Geschichte schon in wenigen Tagen keiner mehr glauben.

»Geh doch etwas vom Fenster weg, man sieht dich ja«, bemängelte Frau Petersen.

»Eben nicht«, triumphierte Frau Linden. »Das sind ganz neue Gardinen. Der letzte Schrei. Die sind von einer Seite blickdicht.«

»Nur von einer Seite? Kaum zu glauben.«

»Habe ich zuerst auch nicht geglaubt. Aber der Dekorateur hat es mir vorgemacht. Er hat mitten im Laden den Stoffballen ausgerollt, die Tüllgardine vor sich gehalten und gefragt: ›Sehen Sie mich?‹ – ›Ja‹, hab ich gesagt, und er sagte: ›Ich Sie aber nicht.‹« Frau Linden strich zärtlich über ihre neue Fensterbekleidung. »Wunderbar. Ich stand nur knapp einen Meter von ihm entfernt, und er hat mich nicht gesehen. Da hab ich sie sofort gekauft.«

Sie reichte Frau Petersen das Fernglas. »Hier, du bist dran. Trau dich, du kannst ganz nah rangehen.«

★★★

Helena Perdok konnte sich denken, was ihr Besuch in der Apotheke bei den Klatschweibern ausgelöst hatte. Wäre sie sich darüber im Klaren gewesen, dass die beiden im hinteren Bereich lungerten, sie hätte ihren Einkauf auf den nächsten Tag verschoben. Doch sei's drum, sollten sie eben reden. Sie ging die Einkaufsstraße entlang, deren einzige Reklame der Läden darin bestand, dass über den Geschäftseingangstüren kunstvolle Metallschilder hingen, die auf die einzelnen Gewerke hinwiesen. Unter einem Schwertfisch, der an Ösen hängend leicht im Wind hin- und herpendelte, blieb sie stehen. Das Quietschen war geradezu ohrenbetäubend. Sie betrat den Laden, um die Eigentümerin darauf hinzuweisen, dass das mit ein paar Tropfen Öl zu beheben sei.

Sie wartete, bis die Fischverkäuferin im Hinterzimmer verschwand und mit einer Sprühflasche WD-40 und einer Trittleiter zurückkam. Unter Helenas Aufsicht wurde das störende Geräusch beseitigt, und sie kaufte ein Kilo Granat. Die Krabben waren absolut frisch, was sie noch im Laden überprüfte, indem sie eines der Tierchen flink aus seiner Schale pulte.

Als sie in ihre Straße einbog, konnte sie an deren Ende schon ihr Haus mit dem seit Kurzem verwildernden Garten sehen. Ein ungewohnter Anblick, denn noch im vergangenen Jahr hatte sie großen Wert auf einen gestutzten Rasen und gepflegte Blumenrabatten gelegt. Zeitschriften mit Berichten über verwilderte Gärten und deren Vorteile im biologischen Sinn hatten sie eines Besseren belehrt. Seither erfüllte der Anblick ihrer kleinen Wildnis sie immer wieder aufs Neue mit einer Freude, die ihre Nachbarn leider Gottes nicht teilten. Sie hielten ihre Gartenbepflanzung für Gestrüpp. Unkraut, dessen Saat vom Wind in die ach so gepflegten Nachbargärten getragen wurde. Unverschämt.

Jetzt sah der Garten kahl aus. Wie vom Ratgeber empfohlen, hatte sie im vergangenen Herbst mehr Sträucher, Büsche und Hecken als sonst heruntergestutzt, was den Pflanzen kaum schadete und dem Haus mehr Licht brachte.

Als sie am Haus von Christine Linden vorbeiging, wunderte sie sich nur kurz, dass deren Freundin Theda Petersen mit dem Fernglas in der Hand so dicht hinter der Gardine stand, dass sie jeder sehen konnte. Schon wenige Schritte später waren Theda und Christine vergessen. Helena hatte über Wichtigeres nachzudenken als über die Indiskretion mancher Personen.

Zu Hause in ihrer Küche goss sie einen Kaffeelöffel der vom Apotheker frisch zusammengestellten Kräutermischung zur Stärkung des Körpers mit heißem Wasser auf. Sie ließ den Tee eine Minute ziehen, und nachdem sie in aller Ruhe den Becher leer getrunken hatte, fühlte sie sich topfit. Das musste sie auch. Sie plante eine Aktion und brauchte dafür jede Menge Energie. Ihr Leben lang hatte sie sich für öffentliche Belange engagiert und sammelte Geld für mildtätige Zwecke. Es war erst wenige Wochen her, dass aufgrund ihrer Initiative eine Orgel für die Kirche hatte angeschafft werden können. Doch sie musste zugeben, dass ihr das Engagement inzwischen mehr Kraft abverlangte als noch vor wenigen Jahren.

Während Helena noch überlegte, welcher Art die neue Aktion sein musste, um zum gewünschten Ergebnis zu führen, betrat ihr Ehemann Tilo die Küche. Er brachte ihr die Ostfriesenzeitung von heute Morgen, die Helena nahm und auf dem Küchentisch ausbreitete, um darauf die Krabben auszuschütten. Leise vor sich hin pfeifend ließ sie die ersten Granatleiber aufs Papier gleiten, als ihr Blick auf eine Anzeige fiel. Sie unterbrach den Krabbenfluss und rief aufgeregt: »Tilo, hör mal, was hier steht!«

»Hm?«, antwortete Tilo. Er war kein Mann vieler Worte.

»Da ist ein Bericht in der Zeitung. Setz dich hin.«

Tilo schwieg, während sie las. Auf das, was er dachte, legte sie sowieso keinen Wert.

»Protest gegen Emsvertiefung‹«, las sie laut. »Das muss eine Aktion dieser neuen Organisation sein. Du weißt schon, die, von der Gerti erzählt hat. Eine Gruppe enthusiastischer Menschen, die Umweltsünder anprangern.«

Tilo hatte nur ein weiteres lang gezogenes »Hmmm« dazu beizusteuern.

»Ich möchte allzu gern wissen, was die Umweltministerin dazu zu sagen hat.«

Tilo kommentierte Helenas Worte mit einem weiteren »Hm«, um wenigstens so zu tun, als zeigte er Interesse.

»Ich wette, eine ganz große Demonstration könnte ihr ordentlich einheizen.«

Tilo horchte auf. Seine Frau plante etwas, da musste er sicherlich wieder arbeiten.

»Nun sag doch mal was.«

»Demonstration?«

»Ja. Gegen die Emsvertiefung vor Ameroog.«

»Hm.«

»Hm? Stimmt. Du hast recht. Ist schon etwas länger her, dass ich eine Demo organisiert habe. Aber vielleicht sollte ich es trotzdem durchziehen?«

Schweigen.

»Wir Insulaner müssen etwas unternehmen, sonst machen die mit unserer Natur, was sie wollen.«

»Hm.«

»Das dürfen wir uns nicht gefallen lassen.«

»Hm.«

»Hier stecken ja sonst alle den Kopf in den Sand. Der Stadtrat verschläft die Angelegenheit und wundert sich später, dass er keine Einwände mehr erheben kann.« Sie schaute ihn auffordernd an. »Tilo, nun sag schon, was, denkst du, soll ich tun?«

Er gönnte ihr zwei Worte: »Krabben pulen.«

»Ach, Tilo. Das ist wichtig.«

»Hm.« Hungrig betrachtete er die Krabben, die noch aus dem Panzer geschält werden mussten. »Gib dem Mann endlich etwas zu essen«, würde manch einer jetzt sagen, denn Tilo konnte man das Ave-Maria durch die Rippen blasen, obwohl er viel, gut und gerne aß. Sein Brustkorb war eng, die Schultern spitz und die Hüften knochig. Der Mann hatte kein Gramm Fett am Leib.

»Hol schon mal das Schwarzbrot und die Mayonnaise«, beauftragte ihn Helena gnädig.

Zu seinem Leidwesen las sie dann aber zuerst noch einmal aufmerksam den Zeitungsbericht, ehe sie sich wieder den Krabben zuwandte und die Meerestierchen mit flinken Fingern aus ihren Panzern schälte.

Als sie ein kleines Schälchen beisammenhatte, wischte sie sich die Finger an einem nassen Lappen sauber und fischte eine Scheibe Brot aus der Tüte. Sie verrührte die Krabben mit einem großen Klecks Mayonnaise, häufte alles auf das Brot und schob es ihm hin.

Tilo aß sein Brot und beobachtete ihre flinken Handbewegungen. Die Krabben waren perfekt, denn sie flogen geradezu aus der Schale, was sie nicht tun würden, wenn die Tierchen zu lange gekocht oder zu alt wären. Helenas beachtlicher Busen wogte beim Krabbenpulen bedrohlich auf und ab, wie immer, wenn sie aufgeregt war.

Als ihr Atem flacher ging und ihr Busen kaum noch wogte, wusste er, sie hatte eine Entscheidung getroffen, was diese Ems-Dingsbums-Demo betraf. Er seufzte innerlich und hoffte, in ihren Augen als Demonstrant unbrauchbar zu sein. Er verspürte keine Lust, sich schon wieder für eines ihrer sozialen Projekte einspannen zu lassen. Sie hatte doch gerade erst der Kirche zu einer Orgel verholfen. Vermutlich langweilte sie sich bereits wieder und suchte neue Herausforderungen. Immer musste sie etwas unternehmen. Eine Eigenschaft, wegen der er sich vor über dreißig Jahren in sie verliebt hatte. Zugegeben nicht nur, denn damals hatte sie weniger adelig, dafür aber sehr entzückend ausgesehen. Heute waren nicht mehr die strahlenden dunklen Augen das Beherrschende an ihr, sondern die Art, wie sie ihn befehligte.

Tilo kniff kauend die Augen ein wenig zusammen, um seine Helena in Ehrfurcht zu betrachten. In ihrem brokatenen Kleid, im Moment von einer von zart geklöppelter Spitze gesäumten Schürze bedeckt, der schimmernden Perlenkette und ihrer aus der Stirn nach hinten gekämmten weißgrauen Haarpracht wirkte sie sogar auf ihn wie eine echte Monarchin.

»Ich hasse es, wenn du mich so ansiehst«, fuhr sie ihn an.

Er verschluckte sich, hustete, und sie sprang auf, um seine Rettung einzuleiten. »Du bringst mich um«, keuchte er unter ihren hilfreichen Schulterschlägen, die ihm fast die Knochen brachen.

»Bring mich nicht auf dumme Gedanken«, sagte sie.

ZWEI

Man glaubt es kaum, aber in vielen Dingen des Lebens ist Lady
Helena flink wie eine kleine Windhose, die über den Strand
huscht, alles an sich reißt und wenige Meter weiter demoliert
wieder ausspuckt. Nachdem in ihr der Plan gereift war, eine
Demonstration zu organisieren, trat sie flugs dem in der Ostfriesenzeitung genannten Emder Verein »Nicht mit uns« bei,
dessen erklärtes Ziel es war, das Ausbaggern der Ems zu verhindern. Die geplante ständige Vertiefung der Fahrrinne sollte
Schiffen mit größerem Tiefgang das Passieren ermöglichen.
Ein Eingriff in die Natur, von dem die Gegner befürchteten,
dass er ein schnelleres Durchfließen der Gezeiten nach sich
ziehen würde. Und schnell fließendes Wasser kann vieles mit
sich reißen. Ein Abrutschen des Inselsockels lag im Bereich
des Möglichen. Das könnte mit dem Verlust des Strandes auf
der Seeseite und der Salzwiesen auf der Wattseite einhergehen,
was wiederum die Gefahr vergrößern würde, bei der nächsten
Sturmflut Düne um Düne an das Meer zu verlieren. Helena
und ihre Mitstreiter bangten um Ameroog. Vor ihrem inneren
Auge sah die Eiserne Lady schon das Wasser an der Schwelle
ihrer Haustür stehen.

Als Gegenargument führten die Verfechter der Emsvertiefung gern an, man könne den hochgesaugten Schlick doch
einfach vor dem Strand ablegen. Das klang zwar logisch, war
aber dennoch inakzeptabel. Dieser schwarze lebende Schlamm
würde Tag für Tag durch die Flut auf den weißen Strand gespült
werden. Sehr unansehnlich, und an den Gestank, wenn Tau-
sende von Kleinstlebewesen, die im Meeresboden leben, an der
Luft verreckten und verwesten, mochte sie gar nicht denken.

Nun, Helena hatte beschlossen, nicht tatenlos zuzusehen.
Mit Verbänden und Vereinen kannte sie sich aus, und die Er-
fahrung hatte sie gelehrt, dass die wenigsten Menschen sich um
Ehrenämter rissen. Wenn es bei Vereinssitzungen darum ging,
Arbeit zu verteilen, starrten die meisten ihre Schuhe an und

versuchten, sich unsichtbar zu machen. Ein Vorstandsposten bedeutete viel Mühe, wenig Anerkennung und jede Menge Ärger.

Helena war bereit, dies auf sich zu nehmen. So gelang es ihr innerhalb kürzester Zeit, den Verein und andere Organisationen mit ähnlichen Zielen von der Notwendigkeit einer Demonstration zu überzeugen. Eine Massenkundgebung sollte es werden, die die Welt wachrütteln würde. Mit nie gesehenen Ausmaßen.

Wenn Helena nämlich eines hatte, dann war es Ehrgeiz. Sie legte sich mächtig ins Zeug, und was wenige Monate zuvor noch als keimender Protestfunke durch ihre Gedanken gehuscht war, lag bei Saisonbeginn als vollständig ausgearbeiteter Plan vor ihr auf dem Schreibtisch. Alle Vereine und Verbände, auf dem Festland wie auf der Insel Ameroog und den Nachbarinseln, würden miteinander gegen die Emsvertiefung kämpfen. Frei nach dem Motto: Gemeinsam sind wir stark.

Tilo war da anderer Meinung. Er vertraute den verantwortlichen Ämtern und Behörden, die zusicherten, umweltschonend zu arbeiten, und nicht müde wurden zu beteuern, dass den Anwohnern der Ems im Allgemeinen und den Ameroogern im Besonderen nichts geschehen würde, was die Lebensqualität verschlechtern könnte. Er hielt sich so weit wie möglich aus allem raus. Seiner Meinung nach war eine Demonstration vollkommen nutzlos. Wenn Helena ihn gefragt hätte, was die Behörden tatsächlich beeindruckte, hätte er geantwortet: »Die Baggerschiffe entern, kapern und versenken.« Doch Helena fragte nicht, und er hielt den Mund, denn niemals hätte er seinen Worten Taten folgen lassen und die Hand gegen irgendjemanden erhoben. Er konnte sich ja kaum gegen Helena zur Wehr setzen, obwohl in seinen Adern noch Reste von Piratenblut flossen.

Es war einer dieser Frühlingstage, an denen man hoffte, der Winter wäre endlich vorbei. Da Helena heute glücklicherweise andere Leute für ihre Zwecke einspannte, nutzte Tilo die Gelegenheit und verbrachte den Tag mit seinem Freund Fietje, wohl wissend, dass er von Helena bald wieder an die Kandare genommen werden würde.

Fietje war Junggeselle und ein »Schmerlappe«. Seine Kleidung würde Tilos Ehefrau aus Scham nicht einmal mehr in die Kleidersammlung geben, doch Fietje juckte das nicht. Er war kein Mensch, der sich Gedanken machte, ob es andere unangenehm berührte, wenn er dieselbe Unterwäsche mehrere Tage nacheinander trug. Aber er sprach gern gestelzt und oft in der dritten Person. Seit Tilo in Rente war, saßen er und Fietje gern auf einer Holzbank auf dem Deich, schauten aufs Wasser und schwiegen.

»Ihn peinigt ein Gedanke«, unterbrach Fietje die Stille. »Seine Helena hat ganz schön was vor.«

Fietje trug einen Gesichtsausdruck, als habe er sein Leben lang noch keinen selbstständigen Gedanken zustande gebracht. Er verfügte über jahrzehntelange Praxis, Fremde von seiner Einfältigkeit zu überzeugen. Seiner Erfahrung nach machte es das Leben um vieles leichter. Sein erstes Opfer hatte er in der zweiten Klasse in Gestalt einer neuen Lehrerin gefunden. Sie war naiv genug gewesen, seine Mitarbeit in der Klasse aufgrund einer augenscheinlichen geistigen Behinderung einige Monate lang wohlwollend und unfair den anderen gegenüber zu bewerten, ehe sie ihm auf die Schliche kam.

»Lehrer sind ein weltfremdes Völkchen und brauchen in allem etwas länger«, betonte Fietje gern, wenn er die Geschichte erzählte.

So hielten ihn alle, die ihn nicht näher kannten, für einen armen Tropf, der zwei und zwei schwer zusammenzählen konnte.

Die beiden Männer wirkten wie Brüder. Ihre Körperstatur war fast identisch. Auch Fietje hing das Hemd an seinen Knochen wie an einem Kleiderbügel.

»Hmm«, antwortete Tilo.

»Muss er da mitmachen?« Eine rhetorische Frage. Fietje kannte sowohl Helena als auch die Antwort. Als Tilos Freund war er selbst oft genug in den zweifelhaften Genuss ihrer Aufmerksamkeit gelangt. Er konnte ihr im Gegensatz zu Tilo jedoch entwischen.

»Hmm.«

Eine Möwe flog vorbei, in der Ferne sah man die ersten Segelschiffe in diesem Jahr ihre Bahnen ziehen, ein Fischkutter war auf dem Rückweg in seinen Heimathafen, die Fangnetze hatte er eingezogen.

»Würdest du mir helfen?«, fragte Tilo.

Fietje nickte besonnen. »Das mache ich.«

Beiden Männern war klar, dass damit mehr als nur die Hilfe bei der Vorbereitung von Helenas Demonstration gemeint war.

Die Gelegenheit war günstig. Tilos Befreiung, über die sie so oft gesprochen hatten und die bisher reine Theorie geblieben war, konnte in die Praxis umgesetzt werden.

»Echt?«

»Kein Weg ist lang mit einem Freund an der Seite. Wann geht's los?«

»Bald.«

★★★

»Alles fauler Zauber, meine Liebe«, sagte Frau Linden und spitzte die faltigen Lippen. »Die Frau ist die Pest. Das sagen auch meine Cousine und deren Freundin.«

»Ach, ich weiß nicht.«

»Doch, doch. Sie plant etwas Schlimmes, glaube mir. Warum sonst, frage ich dich, ist sie in diesen Verein eingetreten? Damit sie die Macht hat. Ich habe recht, denn längst hat sie alle Ämter an sich gerissen.«

»Wohl wahr. Dabei ist Helena bereits Mitte siebzig. Ich weiß gar nicht, warum sie sich das noch antut.«

»Auch das kann ich dir sagen, Theda. Man erzählt sich, sie käme sonst ins Gefängnis.«

»Die Eiserne Lady, ins Gefängnis? Niemals! Sie gilt als Stütze der Gesellschaft. Denk an die vielen Ehrenämter, die sie hat, und die sozialen Projekte, die sie unterstützt. Und vergiss nicht die schöne neue Kirchenorgel.«

»Bei der Beschaffung der Gelder soll es nicht mit rechten Dingen zugegangen sein.«

Frau Petersen wandte sich vom Fenster ab, stellte das Fernglas auf den Kaffeetisch und nahm in einem tiefen Sessel Platz. Sie hatte genug davon, Helenas Haus zu beobachten. Christines Verdacht, die Eiserne Lady habe sich durch eine Affäre die Krätze geholt, hatte sich nicht bestätigt. Kein Fremder hatte das Haus in der letzten Zeit betreten. Trotzdem musste sie noch immer jeden Nachmittag hier auf ihrem Beobachtungsposten hocken. Nur weil Christine vor vielen Wochen in der Apotheke skeptisch geworden war. Mein Gott, die Eiserne Lady konnte ja auch mal ganz normal krank werden!

»Erinnere dich nur mal an vergangenes Jahr. Wo, frage ich dich, hat sie das Geld hergenommen, um der Kirche eine Orgel zu spendieren? Zuvor hatte sie den Leuten über Monate hinweg nicht annähernd genug aus dem Kreuz geleiert, um auch nur eine einzige Pfeife auszutauschen.«

Frau Petersen biss ein Stück von ihrem Keks ab, so brauchte sie Frau Linden nicht zu antworten. Zugegeben, das mit der Orgel war schon seltsam. Es war eine sehr schöne Orgel. Ihre vielen Pfeifen glänzten wunderbar im Kerzenlicht, die weißen und schwarzen Tasten sahen aus wie aus Elfenbein und Ebenholz gefertigt, und sie hatte einen Klang, dass einem ganz glückselig zumute wurde. Sie musste ein Vermögen gekostet haben. Woher kam das Geld? Und eine noch entscheidendere Frage war: Wenn es denn wirklich ihr eigenes, ehrlich verdientes Geld war, wie Helena behauptete, warum hatte die Eiserne Lady es dann nicht in die Erhaltung ihres Hauses gesteckt? Da musste dringend mal Hand angelegt werden, was mit einem Eimer Farbe allein allerdings kaum mehr getan war. »Ich glaube kaum, das die Eiserne Lady etwas Kriminelles …«

»Die tut nur so unschuldig, das habe ich dir schon oft gesagt. Lauter faule Äpfel, sage ich dir. Denk an ihre Enkeltochter und die Geschichte auf dem Friedhof.«

Die wurde aufgebauscht, da war sich Frau Petersen sicher. Sie glaubte davon nur die Hälfte. Das junge Mädchen, Inka, hatte sich auf dem Friedhof mit ihrem Freund getroffen und war vom Pfarrer und der alten Peters beim Knutschen erwischt worden. Das war schon alles. Zuerst hatte es zwar geheißen, sie sei vor Frau Peters und aller Toten Augen mit einem verheirateten Familienvater auf Tuchfühlung gegangen. Der angebliche Ehebrecher hatte sich dann aber bald als minderjähriger Sohn des Mannes, Inkas Mitschüler, entpuppt.

Frau Petersen aß den Rest des Kekses und spülte ihn mit Kaffee hinunter. Sie musste sich ein anderes Gesprächsthema einfallen lassen, damit ihre Freundin nicht weiter auf deren Steckenpferd, der Eisernen Lady, davongaloppierte.

»Hast du schon gehört? Anneliese hat einen Kurgast, der hat in den Urlaub ein weißes Laken mitgebracht.«

»Und was soll daran komisch sein? Meine Laken sind auch alle weiß.«

»Aber dieses ist mit riesengroßen Buchstaben beschrieben, und es ist viel zu lang. Anneliese sagt, es sind gleich mehrere aneinandergenäht.«

»Buchstaben?«

»Nein, Laken.«

»Und was steht drauf?«

»Das konnte Anneliese nicht entziffern.«

»Die war in der Schule schon keine Leuchte.«

»Sie kann lesen, nur fand sie keine Gelegenheit, um das Laken auszurollen. Du kennst doch ihre Gästezimmer.«

»Ja, die sind viel zu klein. Hatte der Gast auch Stöcke dabei?«

»Keine Ahnung. Warum sollte er?«

»Laken und Stöcke, dazu fällt mir etwas ein.«

DREI

Helena stand am Fenster und hatte den Blick auf die Straße gerichtet. Gelegentlich strich sie sich mit der flachen Hand über die Haare. Sie musste fürchterlich aussehen. »Wo bleibt er nur?«, murmelte sie. Tilo sollte heute noch so viel für sie erledigen, und ihr blieb wenig Zeit, ihm zu erklären, wie sie es haben wollte.

Sie öffnete den rechten Teil des Flügelfensters und lehnte sich hinaus, um weiter nach links sehen zu können. Die Straße war mit Kopfsteinpflaster ausgestattet und so schmal, das zwei Autos nur knapp aneinander vorbeikamen. Das mochte daran liegen, dass die angrenzenden Häuser alle so etwa achtzig bis einhundert Jahre auf dem Buckel hatten. Am Ende der Straße, auf dem Grundstück von Pieter Dukegatt, stand ein Hinweisschild mit der Aufschrift »Flugplatz«, das zur Irreführung der Touristen diente. Denn in angegebener Richtung gab es schon lange keine Landebahnen mehr, auf denen Touristen einfliegen konnten. Dukegatt, diesem nichtsnutzigen Besitzer eines Trödelladens, wäre nie im Traum eingefallen, das Schild wegzunehmen. Im Gegenteil. Er liebte das alte verwitterte Holzschild, das sagte er jedenfalls immer, wenn sie ihn aufforderte, es zu entfernen.

Helena störte nicht nur die Irreführung, sondern auch das Schild selbst. Es zeigte eine auf einem fliegenden Drachen reitende Meerjungfrau. Der Himmel mochte wissen, was das mit einem Flugplatz zu tun hatte. Manchmal hegte sie den Verdacht, Dukegatt hielt sie für die Meerjungfrau und ihren Tilo für den Drachen.

Sie schaute zum anderen Ende der Straße, dorthin, wo noch niemand die Grünflächen bebaut hatte und man daher die Häuser in der Querstraße sehen konnte. Die Gardinen im Haus von Christine Linden bewegten sich leicht. Die Frau stand die meiste Zeit des Tages dahinter und beobachtete die Nachbarschaft.

Ah, da kam er ja, ihr Tilo, und wie genüsslich er lächelte.

Helena schloss das Fenster und trat in den Flur. Ihr blieb

keine Zeit, ihn zur Schnecke zu machen. Also begnügte sie sich mit Anweisungen. Noch bevor er seine Jacke an den Haken hängen konnte, erklärte sie ihm, mit welchen Aufgaben er sich den Rest dieses schönen Frühlingstages zu beschäftigen hatte. Endlich konnte sie zum Friseur gehen.

Sie warf einen prüfenden Blick in den Spiegel. Ja, ihre Haare saßen fürchterlich. Wenn man wie die ehemalige Königin der Niederlande aussah, hatte man Verpflichtungen, was korrekte Kleidung und eine ordentliche Frisur betraf. Wie leicht konnte ein ungepflegtes Aussehen ihrerseits in der Öffentlichkeit auf Ihre Hoheit zurückfallen.

Im Spiegel sah sie Tilo noch immer im Flur stehen. Sein listiger Zug um die Lippen gefiel ihr überhaupt nicht. »Hast du alles genau verstanden?«

»Natürlich«, beteuerte er, half ihr in den Mantel – sehr verdächtig! – und ging ins Wohnzimmer. »Anrufen, Datum, Ort und Uhrzeit durchgeben. Tu ich doch gerne, Schatz.«

Tilo tänzelte über die Teppichfliesen, es wirkte beinahe so, als folgten seine Füße einer lustigen Melodie, die nur in seinem Kopf zu hören war. Für Helenas Geschmack war er viel zu fröhlich, ja schon fast unanständig gut gelaunt für jemanden, der sich gern vor der Arbeit drückte und dem es Unbehagen bereitete, ihre Aufträge zu erledigen. Außerdem quasselte er heute unablässig. Allein in den vergangenen Minuten hatte er schon mehr gesagt als manchmal in einer Woche. Sie würde ihn im Auge behalten müssen. Das fehlte gerade noch, dass er sich von ihr freischwamm, ehe ihrer beider Lebensversicherung im kommenden Jahr ausgezahlt wurde.

Im Schutz der selbst gehäkelten Gardinen beobachtete Tilo, wie Helena die Straße hinuntereilte. Als sie um die Ecke gebogen war, atmete er durch und wartete. Keine Minute später klopfte es an der Hintertür.

»Komm rein«, bat er Fietje und ließ seinen Freund ins Haus. »Du weißt, was zu tun ist.«

Gemeinsam machten sie sich über Helenas Schreibtisch her. Ah, wunderbar, alles war da, genau so, wie Helena es ihm gesagt hatte. Tilo reichte Fietje ein Blatt, auf dem diverse Adressen und Telefonnummern notiert waren, und widmete sich selbst dem zweiten Stück Papier von Helenas Liste wichtiger Pressekontakte sowie aller Vereine, Clubs und Institutionen, die sich dem Umweltschutz verschrieben haben. Tilo griff zum Telefonhörer, Fietje zog ein Handy aus seiner Hosentasche.

Fietje war der Erste, der jemanden erreichte. »Spreche ich mit Greenpeace? Welch Glückes Geschick. Meine Dame, es gibt gar wundersame Wendungen …«

Wenig später hatte Tilo sich durch den bürokratischen Sumpf gekämpft, der einem im Wege steht, wenn man eine Ministerin sprechen will, und zumindest den Sekretär erreicht. Da er wusste, dass Sekretäre meist besser über die Arbeit und die Termine ihrer Vorgesetzten informiert waren als die Minister selbst, teilte er ihm mit, dass Frau Dünkel-Piephahn persönlich anreisen musste, wenn sie verhindern wollte, dass ihr angestrebtes Umweltprojekt den Bach hinunterging. Als er so nebenbei erwähnte, dass mehrere TV-Sender vor Ort sein würden, sicherte der Sekretär den Besuch kurzerhand zu. Der Mann verlegte die Einweihung des Erweiterungsbaus einer Seehundaufzuchtstation einfach auf einen anderen Tag und verschob, noch während er mit Tilo telefonierte, ein Mittagessen mit einem Sponsor für kosmetische Tierversuche an Nordseequallen sowie ein Galadinner mit dem dänischen Vertreter einer Umweltorganisation auf den Färöer Inseln.

Danach musste Tilo erst einmal etwas trinken. Die Zunge klebte ihm bereits am Gaumen vom vielen Gerede. Wenn er alles in allem zusammenzählte, würde er bis heute Abend sein jährliches Kontingent an ausgesprochenen Wörtern verbraucht haben. Er schüttete ein Glas Wasser in sich hinein und griff wieder zum Telefon, um jede inländische und ausländische Zeitung im Umkreis von zweihundert Kilometern anzurufen. Als er bei der dritten angelangt war, wusste man dort bereits Bescheid, eine recht kleine Fernsehanstalt hatte die Redaktion fünf Minuten zuvor ins Bild gesetzt.

Tilo holte eben Luft, als ARD und ZDF zurückriefen. Nur gut, dass Helena noch unterwegs war. So konnte er den

Leuten erzählen, das Greenpeace, statt gegen die japanische Walfangflotte im Eismeer anzugehen, nun Walschlächter hier im Wattenmeer aufs Korn nahm. Den irritierten Einwand, dass die Nordsee dort für die Tiere doch viel zu flach sei, parierte er mit: »Wenn die Emsvertiefung für Schiffe mit siebzehn Meter Tiefgang ausreicht, passt ein Schwarm von Schweinswalen allemal hindurch.« Das überzeugte.

Jedenfalls konnte er Helena später mit der Information überraschen, dass das Erste und Zweite Deutsche Fernsehen je ein Team auf die Insel schicken würde, um einen Bericht aufzuzeichnen. Schlussendlich gab er sogar ein Telefoninterview bei Radio Monnika, einem niederländischen Sender. Es wurde aufgezeichnet und sollte mehrfach ausgestrahlt werden, um möglichst vielen Hörern die Möglichkeit zu eröffnen, rechtzeitig ein Schiff zu besteigen, um mitzudemonstrieren.

Nach aufreibenden zwei Stunden hatten Tilo und Fietje alles zu ihrer Zufriedenheit erledigt. Fietje verschwand wieder, und Tilo lüftete eine Viertelstunde, um den Muff aus dem Raum zu bekommen, den sein Freund hinterließ. Seine Helena hatte eine feine Nase.

»Alle Aufträge ausgeführt«, meldete er, als Helena vom Friseurbesuch heimkehrte, und versuchte, nicht allzu zufrieden zu klingen. Er nahm ihr den Mantel ab und holte ihre Pantoffeln.

»Geht es dir gut?«, argwöhnte sie mit zusammengekniffenen Augen, genau so, wie er sonst sie betrachtete.

»Ja. Ich habe die komplette Liste abgearbeitet«, erstattete er brav Bericht.

»Ich hoffe, du hast ausführlich mit den Leuten gesprochen, ihnen alles genau erklärt und nicht nur das Datum, die Uhrzeit und den Treffpunkt durchgegeben.« Sie wusste, dass er interessant und leidenschaftlich erzählen konnte, wenn er nur wollte. In ihren ersten Ehejahren hatten sie Abende damit verbracht, sich bei leiser Musik zu unterhalten. »Hast du jeden erreichen können?«

»Alle, die ich rot abgehakt habe, mit denen habe ich gesprochen.«

»Und?«

»Sie werden pünktlich da sein.« Er überreichte ihr feierlich die Liste, auf der nahezu alle Adressen einen roten Haken hatten. »Den Rest rufe ich später an.«

»Hat jemand abgesagt?«

»Nein, nein. Warum sollten sie? Es war doch alles geklärt. Fehlte praktisch nur noch der genaue Termin.«

Helena nickte zufrieden, so lange, bis sie feststellte, dass ihr Tilo immer noch bester Laune war. Wieder war sie es, die die Augen bis auf einen Spalt zusammenkniff und ihn argwöhnisch betrachtete.

Tilo riss sich am Riemen. Wenn er nicht sofort verschwand, würde er sich mit seinem glücklichen Gesichtsausdruck verraten. Er schnappte sich seine Jacke.

»Wo willst du hin?«, fragte sie.

»Zu Fietje.« In der Hosentasche knisterte eine zweite Liste von Leuten, die nichts auf Helenas Demonstration zu suchen hatten, die er aber ebenfalls zum Kommen aufgefordert hatte.

»Sei pünktlich zum Essen zurück.«

***

»Hast du das gesehen?«, fragte Frau Linden.

Ihr Tonfall bewegte Frau Petersen dazu, klirrend die Kaffeetasse abzustellen und zu ihrer Freundin ans Fenster zu eilen. »Was denn?«

»Jetzt ist es zu spät. Er ist weg.«

»Wer, Christine?«

»Fietje. Er ist eben hinter dem Haus verschwunden.« Frau Linden deutete mit dem Zeigefinger auf Tilos und Helenas Haus.

»Was ist daran sehenswert? Er besucht Tilo. Die beiden sind Freunde.«

»Das weiß ich auch. Aber es sah so aus, als habe Fietje gewartet, bis Helena nicht mehr zu sehen war, um dann ums Haus herum zur Hintertür zu schleichen.«

»Du kennst doch Helena. Die ist so etepetete. Da kann sich Tilos schmieriger, ungewaschener Freund kaum in ihrem Haus blicken lassen, ohne entsprechende Kommentare und Beleidigungen abzubekommen.«

»Fietje hat an der dünnsten Stelle so ein dickes Fell.« Frau Linden zeigte mit zwei Fingern an, für wie dick sie Fietjes Selbstbewusstsein hielt. »Der schleicht sich sonst auch nicht hinein. Ich frage mich, was das zu bedeuten hat. Ich will ja keine Gerüchte in die Welt setzen, aber …«

»Ja?«

»Du weißt, ich bin ein toleranter Mensch und denke immer nur das Beste von den Leuten, Theda. In diesem Fall jedoch …«

»Was denn, Christine?«

»Es ist zu schrecklich, um es auszusprechen.«

»Jetzt machst du mir Angst.«

»Die solltest du auch haben, Theda. Diesem Fietje ist nämlich nicht über den Weg zu trauen.«

»Aber er ist doch bloß ein harmloser alter Mann.«

»Papperlapapp, alter Mann. Der Kerl war in der Schule zwei Klassen unter mir und hatte es schon damals faustdick hinter den Ohren.«

»Wenn du das sagst.« Frau Petersen sah aus, als sei sie anderer Meinung.

»Sicher geschieht bald etwas Schreckliches. Du hättest es mit eigenen Augen sehen sollen. Das war höchst konspirativ! Erst schaut Tilo aus dem Fenster heraus seiner Helena hinterher, mit einem Ausdruck im Gesicht, dass dir angst und bange wird. Dann, keine Minute später, schleicht sich Fietje zur Hintertür hinein. Ich frage dich, Theda, und zwar allen Ernstes: Was hat das zu bedeuten?«

»Was fragst du mich? Du weißt es sowieso besser.«

»Ich glaube, die beiden stecken mit Ikonius Hagen unter einer Decke.«

»Nun hör aber auf. Der Drogendealer? Wie kommst du jetzt auf den?« Frau Petersen trat vom Fenster weg an den Tisch heran, leerte mit einem Schluck ihre Kaffeetasse und griff nach ihrer Handtasche.

»Wo willst du hin?«, fragte Frau Linden, ohne den Blick vom Haus der Perdoks abzuwenden.

»Ich habe genug von deinen Verdächtigungen und den wilden Phantasien. Allein der Gedanke, dass die beiden mit Hagen krumme Geschäfte machen, ist absurd.«

Als die Haustür hinter ihrer Freundin ins Schloss fiel, murmelte Frau Linden achselzuckend: »Ich finde die Erklärung ganz logisch. Die beiden alten Kerle verdächtigt keiner.«

Die Worte hörten sich selbst für Frau Linden wenig überzeugend an. Trotzdem blieb sie so lange hinter der Gardine stehen, bis Fietje das Haus wieder verließ. Erst als der Blick durch das beste Fernglas es ihr nicht mehr ermöglichen konnte, ihn weiter zu beobachten, weil er pfeifend um die Straßenecke gebogen war, gab sie ihren Beobachtungsposten für heute auf.

Vier

Auf dem Frisiertisch in Frau Dollings Schlafzimmer standen mehrere Marienfiguren. Zwei davon waren aus Plastik. Sie stammten aus Lourdes. Eine konnte im Dunkeln leuchten. Fehlt nur noch das beleuchtete Bild der Jungfrau Maria mit dem Jesuskind auf dem Arm im Muschelrahmen, dachte Elfriede Dolling und sah sich suchend um. Es lag unter einigen Handtüchern verborgen. Mit spitzen Fingern zog sie das gute Stück hervor. Ob sie es wagen konnte, es endlich wegzuschmeißen? Die Frau, die es ihr mitgebracht hatte, war im vergangenen Herbst gestorben. Nein, damit warte ich noch ein Weilchen, entschied sie.

Im Gedenken an die Tote nahm sie das Bild mit ans Fenster und betrachtete es im Licht der Sonne. Es war fast so scheußlich wie das illuminierte Bildnis, das ihre Schwester mal auf einem Jahrmarkt gekauft hatte, in der Absicht, ihre Freundinnen damit zu ärgern. Als der nächste Geburtstag anstand und sie die Damen zu Kaffee und Kuchen in ihr Haus bat, leuchtete ihnen im verdunkelten Hausflur das Antlitz der Mutter mit dem Kind entgegen. Nur eine der Frauen, nämlich Elfriede Dolling selbst, hatte ihre Schwester darauf aufmerksam gemacht, dass das hässliche Ding den Ruf der Dollings, was den guten Geschmack anging, bedenklich schädigte.

»Das sagst gerade du? Wo dein Haus bis obenhin vollgestopft ist mit solchen Scheußlichkeiten?«, hatte sie zu hören bekommen.

Natürlich hatte ihre Schwester recht. Aber was sollte sie tun? Sämtliche Bekannte, Freunde und Nachbarn vor den Kopf stoßen und gestehen, dass sie die Mitbringsel aus aller Welt im Grunde ihres Herzens unausstehlich fand? Seit fünfundvierzig Jahren schenkte man ihr diesen Tand. Nur weil sie beim allerersten Urlaubsmitbringsel in helle Freude ausgebrochen war. Der Geste wegen, nicht weil ihr der Gegenstand gefallen hätte. Ein Fehler, dessen Folgen sie heute noch zu spüren bekam. Sie sollte sich ein Beispiel an ihrer Schwester nehmen und gelegentlich jemanden mit diesen Schauerlichkeiten veräppeln.

Elfriede Dolling betrachtete das Bild im Muschelrahmen und die Madonnen. Sollte sie gleich damit anfangen und eines davon in Bakkers Zimmer stellen? Mal sehen, wie er darauf reagierte.

Sie wollte gerade nach einer der Figuren greifen, als sie hörte, wie er nach Hause kam. Hastig schob sie den Muschelrahmen wieder zwischen die Handtücher und eilte ihm entgegen.

★★★

»Das nehme ich«, sagte Elfriede Dolling.

Kommissar Johann Bakker versuchte erst gar nicht, Widerstand zu leisten, er wäre zwecklos. Seine Vermieterin war gut dreißig Jahre älter als er, dennoch ließ er es zu, dass sie ihm die Einkaufstüte abnahm und in sein Zimmer trug. Noch vor wenigen Monaten wäre ihm ihre Fürsorge peinlich gewesen. Mittlerweile wusste er es besser und freute sich darüber. Dass sie sich auf diese Weise peu à peu in sein Privatleben einschlich, störte ihn nicht. Er genoss es, wie Frau Dolling ihn umsorgte. Das begann morgens mit einem liebevoll zubereiteten Frühstück im Bett, bei dem sie sein Kopfkissen zurechtklopfte, und endete mit einem leckeren Abendessen, bei dem sie darauf achtete, dass seine Teetasse stets voll und der Kluntje dick genug war. Inzwischen wusch sie seine Sachen, sortierte Socken und Unterwäsche in die Kommodenschubladen und kochte für ihn seine Lieblingsgerichte. Er ließ es sich gefallen, ins Bad geschickt zu werden, wenn er ihrer Meinung nach einer Rasur bedurfte, und hielt den Friseurtermin ein, den sie für ihn ausmachte. Würde man Bakker fragen, was Frau Dolling in seinem Leben für eine Stellung einnahm, käme dabei vermutlich eine Bezeichnung wie »ein Mittelding zwischen Mutter und Großmutter« heraus.

Dass die resolute Elfriede Dolling es innerhalb kürzester Zeit geschafft hatte, diesen Platz für sich zu behaupten, mochte daran liegen, dass Bakkers Ehefrau ihn kurz vor seiner Ankunft auf der Insel vor einigen Monaten ohne jede Vorwarnung von heute auf morgen verlassen hatte und mit dem Innenminister durchgebrannt war. Frau Dolling war jedenfalls vom ersten Moment an, da Bakker ihre Pension betreten hatte, der Ansicht gewesen, dass er Trost brauchte. Kerstin Bakker hingegen würde behaupten, er sei nur zu faul, um sich selbst um diese Dinge zu kümmern.

Bakker stellte fest, dass er immer seltener an sie dachte. An sie und ihren Geliebten, der die Macht besessen hatte, ihn gegen seinen Willen nach Ameroog zu versetzen. Hoffentlich würde sie den Mann mit ihrer Spielsucht irgendwann ebenso zur Verzweiflung und zu Fall bringen wie ihn.

Bakker schenkte Frau Dolling ein Lächeln und ließ zu, dass sie die Tüte auspackte, ihn für die Auswahl der gekauften T-Shirts lobte, die Etiketten abriss und die Kleidungsstücke ordentlich in seinem Kleiderschrank verstaute. Als sie fort war, ging er ins Badezimmer und betrachtete sich im Spiegel. Er beugte sich vor, um genauer sehen zu können. Ja, sie wurden mehr, die grauen Haare an den Schläfen. Hoffentlich bekam er keine Glatze wie der Kollege Lukas Storch. Mit den Fingern strich er das noch volle Haar nach hinten und trat etwas näher an den Spiegel heran. Konnte es sein, dass sich die Querfalten auf der Stirn verzogen? War gut möglich. Er hatte lange nicht mehr so oft schlechte Laune wie noch vor wenigen Monaten.

»Das macht das Nordseeklima«, wiederholte er zufrieden den Gesundheitsslogan der Kurverwaltung.

Heute war ein besonderer Tag, das konnte er spüren. Manch einer mochte es als Intuition bezeichnen, doch Bakker wusste, Sinneseindrücke beeinflussen das Unterbewusstsein. Die Sonne schien, die Temperaturen stiegen, und die Insulaner waren von einem ungewohnten Optimismus ergriffen, denn die ersten Gäste reisten an. Der langweilige Winter hatte ein Ende. Er hatte die Gelegenheit ergriffen und sich den Vormittag freigenommen, um gut gelaunt ein paar Besorgungen zu machen.

Bis ins Bad hinein hörte er Frau Dollings überschwängliche Stimme und ihr fröhliches Lachen. Vermutlich telefonierte sie unten an der Rezeption mit einem potenziellen Feriengast. Das Sommervermietungsgeschäft lief an.

Bakker strich sich übers Kinn. Es kratzte. Entschlossen griff er zum Rasierschaum.

Als er aus dem Bad kam, umhüllte ihn der Duft seines Rasierwassers, und er war allein im Haus.

Alles war still.

***

Es war der 13. April. Ein wunderschön sonniger Morgen, der Tag könnte nicht besser beginnen. Das hofften Polizeihauptwachtmeister Lukas Storch und Agent Wim Heijen jedenfalls und stellten ihrem Vorgesetzten einen Strauß Blumen auf den Tisch. Auf den Tag genau vor sechs Monaten war Johann Bakker ihr Dienststellenleiter geworden, da hatte er sich eine Belohnung verdient.

Für Zugezogene war es nicht einfach, mit den Insulanern klarzukommen, doch wenn sie es erst einmal ein halbes Jahr ausgehalten hatten, bestand eine reelle Chance, dass sie für lange Zeit, vielleicht für immer, blieben.

Storch und Heijen mochten den Chef und wussten, sie hätten es schlechter treffen können. Dennoch war diese kleine Aufmerksamkeit für Kommissar Bakker nicht nur ein Zeichen ihrer Wertschätzung, sie zeugte auch von einem Hauch von schlechtem Gewissen. Den beiden war im tiefsten Innern klar, dass sie es dem Dienststellenleiter während der ersten Wochen in seinem neuen Amt nicht unbedingt leicht gemacht hatten.

»Wenigstens haben wir ihn nie angelogen«, sagte Heijen. Er strich sich eine lange Haarsträhne hinters Ohr und lächelte. Dabei wirkte er sanftmütig, als könnte er kein Wässerchen trüben. Heijens Gesichtszüge waren zart, und die braunen Augen bestachen durch einen fröhlichen Ausdruck. Jeder, der ihn kannte, wusste es besser.

»Nicht angelogen? Du hast recht – jedenfalls nicht vorsätzlich«, entgegnete Storch. Ab und an so dies und das vor dem Dienststellenleiter zu verschweigen zählte kaum als Lüge. Doch

Bakker hatte sich als zäher und anpassungsfähiger erwiesen als seine Vorgänger, und die beiden verspürten Gewissensbisse wegen ihrer kleinen Geheimnisse. Das sollte heute, an diesem schönen Sonnentag, anders werden. Bakker hatte sich in ihren Augen bewährt.

Der Blumenstrauß war eine Auszeichnung. Eine Anerkennung dafür, dass der Chef es geschafft hatte, die Wintermonate, in denen die Langeweile auf der Insel zu Hause war, durchzuhalten, ohne mit einem Nervenzusammenbruch in einem Rettungshubschrauber zur nächsten Klinik gebracht werden zu müssen. Seinen drei Amtsvorgängern war dieses Schicksal auch ohne Winter widerfahren. Sie hatten sich mit den ihrer Ansicht nach irrsinnigen Vorgängen auf der Insel nicht arrangieren können. Doch spätestens wenn die kalte Jahreszeit kam, wenn fast alle Geschäfte, Lokale und Freizeitaktivitäten geschlossen waren, strichen auch die meisten anderen Festländer, die es beruflich auf die Insel verschlagen hatte, die Segel und zogen wieder fort.

Bakker war aus soliderem Holz geschnitzt, er konnte was aushalten.

Lukas Storch, der mit seiner Zahnlücke, der langen Nase und den großen abstehenden Ohren mehr nach einem Gauner aussah als manch echter Gauner, drehte das Einwegglas, in dem die Blumen standen, hin und her.

Wim Heijen, sein niederländischer Kollege, setzte sich rücklings auf einen Drehstuhl, die Beine gespreizt, die Unterarme auf die Stuhllehne gestützt. Er sah bei geistiger Abwesenheit, was öfter mal vorkam, mit selig verklärtem Gesichtsausdruck wie ein Himmelsbote aus, was ihm bei Bakker den Spitznamen Engelchen eingebracht hatte. Der zarte Fünfundzwanzigjährige mit den etwas zu langen Haaren war vom Aussehen her das, was sich ältere Damen unter einem perfekten Schwiegersohn vorstellten.

»Glaubst du, es wirkt übertrieben?«, fragte Heijen mit Blick auf die Blumen.

»Nö.«

»Ich meine ja nur.« Er stupste einen hängenden Blumenkopf

mehrmals mit dem Finger an, so als könnte er ihn dadurch ermuntern, sich aufzurichten. »Wenn ich meiner Freundin abseits von Geburtstag oder Valentinstag Drachenfutter mitbringe, klingeln bei ihr alle Alarmglocken. Und haste nicht gesehen, fliegen mir die Dinger auch schon um die Ohren.«

»Du meinst, der Chef könnte glauben, wir hätten etwas bei ihm gutzumachen?«

»Oder wollen uns einschleimen?« Heijen ließ von der Blüte ab, als ihre Blätter auf den Tisch rieselten.

»Etwas verschleiern?«, überlegte Storch.

»Ein schlechtes Gewissen?«

Gleichzeitig griffen sie nach dem Einwegglas.

Die Eingangstür ging auf, und im selben Augenblick flog das Präsent in den Papierkorb. Mit dem Ärmel wischte Heijen das Wasser, das übergeschwappt war, vom Schreibtisch, und Storch empfing Hauptkommissar Bakker mit einem Lächeln, das etwas künstlich ausfiel.

»Ist was?«, fragte Bakker, der langsam lernte, in den Gesichtern seiner Untergebenen zu lesen.

»Nein, nein, alles bestens. Ein wunderbarer Morgen, finden Sie nicht?«

»Und die Sonne, sie scheint so schön«, bekräftigte Heijen und schnippte mit dem Zeigefinger ein Blütenblatt vom Schreibtisch.

Bakker war anzusehen, dass er vermutete, die beiden hätten etwas zu verheimlichen. Er öffnete die Holzklappe, ein Durchlass im Empfangstresen, der die Beamten der Polizeistation von ihrem Publikum trennte. »Guten Morgen«, grüßte er. »Was liegt an?«

»Keine besonderen Vorkommnisse«, meldete Storch.

Bakker nickte und durchquerte den Raum. »Ich bin in meinem Büro.«

★★★

In den Räumlichkeiten der Amerooger Polizeistation herrschte der bürokratische Charme der siebziger Jahre. Die von den

Wänden abblätternde Farbe, ein schmutziges Beige, nahm Bakker kaum mehr wahr, ebenso wenig wie die stark verblasste Demarkationslinie auf dem Fußboden, die mittig das Büro durchzog. Sie trennte das Polizeirevier – und in ihrer Blickverlängerung die gesamte Insel – in zwei Hoheitsgebiete. Seltsam? Nur für Neuankömmlinge.

Ähnlich wie Zypern teils zu Griechenland, teils zur Türkei gehört, ist eine Hälfte von Ameroog deutsch, die andere niederländisch. Beide haben ihre eigenen Regeln und Gesetze, die – und das ist der wesentliche Unterschied zum zyprischen Beispiel – von einer Gemeinschaftsverwaltung und einer zweistaatlichen Exekutive unter derzeit deutscher Leitung, namentlich Kriminalhauptkommissar Johann Bakker, durchgesetzt werden. Die Staaten teilen sich wichtige Ämter, was Vorteile hat. So benötigt die Insel nur ein Rathaus, ein Wasserwerk, eine Kirche und eine Polizeistation.

Bakker hatte nicht vor, hier alt zu werden. Laut Staatsvertrag hatte er noch maximal vier Jahre das Sagen auf der Insel, dann oblag die Leitung der Polizeidienststelle wieder den Niederländern. Ihn würde man dann vermutlich aufs Festland zurückversetzen.

Bakker trat ans Fenster und schaute hinaus. Von seinem Büro und allen anderen Fenstern auf dieser Hausseite der Polizeidienststelle aus sah man direkt auf die fröhlich im Hafenbecken schwankenden Masten der Fischkutter, Segel- und Motoryachten. Die Freizeitschiffer hatten ihre Boote erst vor wenigen Tagen wieder zu Wasser gelassen. Ein erstes Anzeichen dafür, dass der Saisonbeginn bevorstand. In der Ferne sah er die regelmäßig zwischen der Insel und dem Festland verkehrende Fähre auf die Insel zukommen. Ab morgen sollte sie laut Fahrplan mehr als nur einmal am Tag hin- und herpendeln. Auch das ein untrügliches Zeichen, dass bald die ersten Gäste auf die Insel kommen würden.

Die Hafeneinfahrt bewachte der rot-weiß gestrichene Leuchtturm. Bei Dunkelheit warf er sein rotierendes Licht über das Hafenbecken und die Insel. Früher hatte er mit seinen Signalen den Schiffen den sicheren Weg um die Riffe herum gewiesen, heute, in Zeiten von GPS, kam ihm nur noch ein symbolischer Charakter zu. Touristen bestiegen ihn gern, und auch Bakker hatte sich in seinen ersten Tagen auf der Insel von der Aussichtsplattform aus einen Überblick über sein Revier verschafft.

Bakkers ständiges Team bestand aus zwei deutschen Polizisten, Storch und Taubert, sowie drei niederländischen, das waren die Kollegen Heijen, Dijkstra und neuerdings Friese. Im Sommer, wenn die Zahl der Bewohner durch die Touristen auf das Achtfache anstieg, bekam auch die Polizeiverwaltung Verstärkung. Die Saisonpolizisten blieben von Mitte April bis Oktober. Dann waren nicht nur die vier Schreibtische nebenan im Hauptraum der Polizeidienststelle besetzt, sondern auch die im großen Büro darüber.

Agent Wim Heijen, dessen Rang mit dem eines deutschen Polizeimeisters oder Obermeisters vergleichbar war, und seine niederländischen Kollegen trugen selbstverständlich niederländische Uniformen. Dunkelblaue Poloshirts mit gelben Streifen auf der Brust, dem Rücken und den Schultern sowie Polizeilogos auf Brust und Rücken. Die sportlichen Hosen waren mit geräumigen Taschen auf beiden Oberschenkeln versehen. Entsprechend trugen die deutschen Kollegen die Uniform der Landespolizei Niedersachsen.

Unschlüssig, wie er den heutigen Arbeitstag verbringen sollte, betrachtete Bakker seinen leeren Schreibtisch. Kein einziger noch so klitzekleiner Fall lag darauf. Seit Wochen hatte es nicht einmal mehr einen schnöden Taschendiebstahl gegeben, dem er nachgehen könnte. Fast wünschte er sich, die streitbaren Nachbarn dies- und jenseits der Grenze würden sich gegenseitig anzeigen, dann hätte er wenigstens etwas zu tun.

Er schlich zur Tür, öffnete sie einen Spalt und linste vorsichtig hinaus. Wim Heijen beugte sich geschäftstüchtig über ein rot eingebundenes Buch, das aufgeschlagen auf dem Tresen lag. Es war das deutsche Diensttagebuch. Er schrieb etwas hinein. Vermutlich nur das Datum, wie in den vergangenen Tagen. Mehr gab es nicht zu berichten. Bakker überlegte, wann das letzte Mal ein richtiger Eintrag den Weg ins Buch gefunden hatte.

Im Januar hatte sowohl auf dem West- wie auf dem Ostland ein Bauer eine uralte Scheune abreißen und sie durch eine neue ersetzen wollen. Auf deutscher Seite wurde keine Genehmigung erteilt, da Fledermäuse in der betreffenden Scheune ihr Zuhause hatten, die unter Naturschutz standen und eine Heimat brauchten. Dasselbe galt für die niederländische Scheune, da hingen genauso viele Tiere kopfüber an den Dachbalken. Doch anscheinend sind niederländische Fledermäuse intelligenter als deutsche, denn ihnen wurde ein Umzug aus eigener Kraft zugetraut. Der Westlandbauer durfte seine Scheune abreißen, musste jedoch gleich nebenan einen Fledermausturm bauen.

»Fledermausturm?«, hatte Bakker verwundert gefragt. »Was muss ich mir darunter vorstellen?«

»Das ist ein Gebäude, etwa sechs Meter hoch, drei Meter breit und drei Meter lang. Oben ist es mit einem Spitzdach versehen, damit es innen trocken bleibt. Die Wände haben viele Löcher zum Ein- und Ausfliegen, und die Backsteine werden bewusst schief und unregelmäßig gemauert, sodass die Tiere sich gut an die Hohlmauern hängen können«, lautete die Antwort.

Bakker hatte sich den Turm ansehen dürfen, ihn für toll befunden und mit dem deutschen Amt gehadert, das ihn zwang, den Abriss der Ostlandscheune mit Polizeigewalt zu verhindern.

Tja, so unterschiedlich urteilen die zuständigen Umweltbehörden im vereinten Europa in ein und demselben Nationalpark.

»Wissen Sie, was bei Fledermäusen eine wirklich fiese Krankheit ist?«, hatte Storch ihn gefragt.

»Nein, was denn?«

»Inkontinenz.«

Er blickte zu Hauptwachtmeister Storch hinüber, der gerade irgendwas auf der alten Adler-Schreibmaschine tippte, und wusste, er würde jedes Mal an inkontinente Fledermäuse denken, wenn er den Turm sah.

Wim Heijen klappte laut das Dienstbuch zu, und Bakker zog erschrocken die Bürotür ins Schloss.

»Das war knapp«, flüsterte er. Die beiden sollten schließlich nicht mitbekommen, wie sehr er sich langweilte.

* * *

»Darf ich reinkommen?« Wim Heijens Frage war rhetorisch. Anklopfen und Eintreten waren eine Bewegung. Heijen hielt einen grauen Porzellanseehund mit rotem Kopftuch und Augenklappe in der Hand. Im Rücken hatte der Sparseehund einen Schlitz für die Geldeinlage.

»Sammeln Sie für die Kaffeekasse?«, fragte Bakker und griff sich an die Gesäßhosentasche, um die Geldbörse herauszuholen. Er war immer wieder erstaunt darüber, wie sprachbegabt er offenbar war. Es bereitete ihm keine Probleme, Heijen zu verstehen, wenn er mit ihm sprach.

Das mit dem gegenseitigen sprachlichen Verstehen auf Ameroog wird nämlich seit jeher ganz einfach gehandhabt: Jeder spricht in seiner Muttersprache. Das hört sich für Außenstehende komisch an, funktioniert aber. Es ist einfacher, eine fremde Sprache zu verstehen, als sie zu sprechen. Mit dieser Methode klappt die Konversation.

Bakkers sprachliches Talent war sogar so groß, dass er nahezu übergangslos, ohne dass er es selbst bemerkte, angefangen hatte, Heijen auf Niederländisch zu antworten. Erst mit ein oder zwei Worten, inzwischen gelangen ihm ganze Sätze. Irgendwann hatte sich seine Zunge quasi allein auf den Weg gemacht. Sein Gehirn hatte etwas länger gebraucht, um es bewusst zu bemerken. Jedenfalls redete er mit Heijen niederländisch, wenn sie allein waren.

»Sie sollten es nicht dort aufbewahren«, mahnte Heijen und deutete auf Bakkers Hinterteil. »Das Portemonnaie schaut viel zu weit heraus. Das ist eine Einladung für jeden Taschendieb.«

»Keiner wird es wagen, den Dienststellenleiter der Amerooger Polizei zu beklauen.«

»So bekannt sind Sie auf der Insel noch nicht«, sagte Heijen und blickte aus dem Fenster, wohl um anzuzeigen, dass er Anstand besaß und keinen Blick in Bakkers Portemonnaie warf.

Vermutlich ahnte er, dass wenig Geld drin war. Es war kein Geheimnis, das Bakkers Noch-Ehefrau ihm jeden Cent abnahm, den sie kriegen konnte.

Er gab Heijen einen Zehner. »Reicht das?«

Heijen nickte und steckte den Schein in den Schlitz, machte aber keine Anstalten, das Büro zu verlassen.

»Ist noch was?«

»Es gibt Gerüchte.«

»Die gibt es immer.«

»Sie betreffen uns.«

»Soso. Und was redet man?«

»Dass Etatkürzungen anstehen.«

»Wer genau behauptet das?«

»Die Jungs von der Gemeindeverwaltung haben zum Geburtstag unseres Königs und zum Tag der Deutschen Einheit zwei neue Landesflaggen angefordert. Sicher haben Sie es selbst auch schon gesehen, die deutsche Fahne hat bereits kein Gold mehr. Durch den Wind hat sich der Faden von unten her aufgeribbelt, und die holländische …«

»Ich weiß«, unterbrach ihn Bakker.

»Jedenfalls sagen sie, dass der Antrag abgelehnt wurde, weil kein Geld für Fahnen da ist.«

»Was gehen uns die finanziellen Sorgen der Kommunalverwaltung an? Oder sind unsere Wimpel auch aufgeribbelt?«

»Nein, sind sie nicht. Ich meine ja nur. Ich mache mir Sorgen wegen der Aufkleber für den neuen Streifenwagen.«

Unbekannte hatten im vergangenen November Ameroogs einzigen Streifenwagen im Hafenbecken versenkt, was erst nach einer Woche bemerkt worden war. Die kurzen Wege machten sie mit dem Fahrrad, und auf Ameroog gab es viele kurze Wege.

Der Spott der Einheimischen war noch nicht verklungen, und auch Bakker sah noch deutlich den Dienstwagen vor sich, wie er am Kran baumelte, während Seetang an den Außenspiegeln hing und unten das Wasser herauslief. Das Salzwasser hatte ihn komplett ruiniert. Ein neuer Dienstwagen – laut Wagenpapieren aus dritter Hand – war vorletzte Woche geliefert worden, doch die Folien, mit denen er auf der einen Seite als niederländischer, auf der anderen als deutscher Streifenwagen gekennzeichnet wurde, fehlten bis heute.

»Ich frage noch einmal nach, wo die Klebefolie bleibt«, versprach Bakker und stellte sich vor das Fenster, um die Ankunft der Fähre zu beobachten.

Wim Heijen wirkte erleichtert und verließ das Büro. In der geöffneten Bürotür quetschte er sich am gerade eintretenden Lukas Storch vorbei.

»Oh, nein!« Bakkers entsetzter Tonfall ließ Storch zu ihm ans Fenster eilen.

»Was ist, Chef? Sie sehen ja ganz blass aus.«

»Äh, nein, es geht mir gut. Ich wollte bloß sagen: Die Fähre ist da. Langsam scheint es loszugehen, die ersten Touristen kommen. Nur zwei Einheimische waren an Bord.«

»Woher wissen Sie das?«

»Die beiden ganz vorne, die wohnen gleich hier um die Ecke. Sonst kenne ich niemanden, der an Land kommt«, log Bakker.

Storch kombinierte schnell. Er wusste, dass Bakker unter den Feriengästen jemanden erkannt hatte, dessen Ankunft ihm nicht geheuer war.

»Soll ich jemanden für Sie beobachten?«

»Nein, das wird nicht nötig sein.«

»Wäre eine Kleinigkeit, ich habe im Augenblick sowieso wenig zu tun.«

»Alle Berichte geschrieben?«

»Selbstverständlich.«

Bakker nahm das Fernglas vor die Augen, beobachtete, wie seine Ehefrau und ihr Lover Arm in Arm den Hafen verließen und in die Geschäftsstraße einbogen, und schwieg.

Storch verstand. Still blieb er neben ihm stehen und ließ Bakker mit seinen trüben Gedanken einen Moment allein.

Was wollten die beiden ausgerechnet hier auf seiner Insel, hatten sie ihm nicht schon genug geschadet? Sicher führte Kerstin irgendetwas im Schilde.

Dieser Gedanke machte Bakker mehr zu schaffen als der Anblick des frisch verliebten Paares, der seinem Herzen eigentlich einen Stoß versetzt haben müsste. Eifersüchtig war er also offenbar nicht mehr. Das ist doch schon mal ein gutes Zeichen, dachte er, um sich selbst ein wenig Mut zu machen. Sollte er Storchs Angebot annehmen und die beiden beschatten lassen? Das würde allerdings bedeuten, dem Kollegen Einblick in sein Privatleben zu gewähren. Zumindest in jenes, das er vor Ameroog gehabt hatte. Bakker vermutete nämlich stark, dass er seit seiner Versetzung hierher keines mehr besaß. Seinen Untergebenen schien jeder seiner Schritte bestens bekannt zu sein. Kein Wunder, die Insulaner steckten doch alle unter einer Decke. Aber er würde es schon noch schaffen, sie anzuheben und mit hinunterzuschlüpfen.

Was denkst du denn da?, schalt er sich entrüstet. Du willst doch so schnell wie möglich von hier verschwinden! Also kümmere dich nicht darum, ignorier die beiden, die eben angekommen sind, und mach dich wieder an die Arbeit.

Von seiner Noch-Ehefrau würde er früher oder später schon ganz von allein etwas zu hören bekommen. Wobei ihm später weitaus lieber wäre.

»Chef«, sagte Storch, als erinnerte er sich jetzt erst wieder daran, weswegen er eigentlich hier war, und strich sich mit einer Hand über seine Glatze. »Ich habe eben einen Anruf bekommen.«

»Ja?«

»Sehr sonderbar.«

Bakker steckte die Geldbörse zurück in die Hosentasche, setzte sich auf seinen Schreibtischsessel und wartete auf Storchs Erklärung.

»Der Besitzer der Pension ›Seeblick‹ hat angerufen. Er behauptet, im Wattenmeer führt sich jemand sonderbar auf.«

»Das ist alles?«

»Ja.«

»Was hat dieser Jemand Verdächtiges gemacht?«

»Nun, im Grunde nichts. Der Mann fand es ratsam, uns um Hilfe zu bitten, da an der Stelle trügerische Löcher im Watt sind. Wenn man ortsunkundig ist, kann man leicht stecken bleiben und versinken.«

»Ist die Person denn stecken geblieben oder eingesunken?«

»Nein. Sie steht einfach nur still herum. Das ist ja das Seltsame.«

»Schicken Sie jemanden hin.« Bakker wedelte mit einer Hand, als Zeichen, Storch solle ihn nicht weiter damit behelligen und sein Büro verlassen.

»Geht nicht, Chef. Taubert geht Streife in der Fußgängerzone, Radfahrer aufschreiben. Ruben Friese kommt erst in einer Stunde zum Dienst, und Jan Dijkstra ist im Yachthafen. Zwei Segelboote sind ineinandergerauscht, er nimmt den Sachschaden auf.«

Wunderbar. Demnach würde heute Abend mehr als nur das Datum im Diensttagebuch stehen. »Für Boote ist der Wasserschutz zuständig«, mahnte Bakker halbherzig. »Die Kollegen wollen auch etwas zu tun haben.«

»Die sind im Eemshaven.« Storch deutete mit dem Daumen über seine Schulter die ungefähre Richtung zum niederländischen Festland. »Bis die hier sind, ist das längst erledigt.«

»Dann schicken Sie Heijen. Oder gehen Sie selbst.«

»Heijen holt frischen Kaffee. Angebot, das Pfund drei Euro und etwas. Ich könnte hinfahren, aber dann müssten Sie Telefondienst machen.«

»Nein. Ich fahre. Geben Sie mir die Adresse.«

»Nehmen Sie den Wagen, es ist etwas weiter weg, Richtung Westen«, sagte Storch, der wenig Vertrauen in Bakkers Orientierung auf Ameroogs Straßen hatte.

Und weil er damit nicht ganz falschlag, kam Bakker dem Rat sogar nach. Einige Minuten später hielt er gegenüber der Fremdenpension »Seeblick«. Er stellte den Motor ab und schaute hinüber.

Die Pension lag etwas außerhalb des Ortskerns. »Seeblick« war kaum der passende Name, stellte Bakker fest, da man von drei Seiten aus auf Dünen und von der vierten ins Watt sah statt aufs Meer. Das Grundstück lag auf der Seite der Insel, die zum Festland zeigte. Und wie auf allen Inseln von Wangerooge bis Texel handelte es sich beim Meer zwischen Inseln und Festland um Wattenmeer, das hatte Bakker gleich in den ersten Tagen auf Ameroog gelernt. Als Seeseite bezeichnete man den nördlichen

Teil, wo die Strände lagen und der Blick unendlich weit über die Nordsee ging, wo die Wellen ungebremst auf Land trafen und bei Niedrigwasser höchstens die vorgelagerten Sandbänke trockenfielen. Dort erkannte man Ebbe und Flut daran, dass der Strand mal breit und etwa sechseinhalb Stunden später wieder schmal war. Das Watt hingegen war bei Ebbe beinahe komplett begehbar.

Darin herumzuwandern, war allerdings nur denjenigen zu empfehlen, die sich in der Gegend auskannten. Sonst bestand die Gefahr, bei auflaufendem Wasser den Weg zurück nicht zeitig genug zu finden und das Abenteuer mit dem Leben zu bezahlen. Von Frau Dolling wusste Bakker, dass es im Watt sogar Stellen gab, die mit Treibsand zu vergleichen waren. Einmal hineingeraten, kam man ohne fremde Hilfe schwer wieder heraus. Dennoch hatte er sich fest vorgenommen, eine geführte Wanderung mitzumachen, wenn die Temperaturen angenehmer wurden. Gummistiefel würde er dazu sicher nicht anziehen, die fand er albern. Wenn er schon durch Schlick wanderte, wollte er das barfuß tun.

Das Grundstück war ziemlich groß. Einen Anfang oder ein Ende konnte er zu beiden Seiten hin nicht ausmachen. Das Gebäude war rundherum großflächig mit Rasen umgeben, der von wilden Dünenrosen eingefasst war, die sich etliche Meter nach links und rechts erstreckten. Einen Zaun oder ein Tor gab es nicht. Zum Bürgersteig hin waren die Rosen gestutzt und hatten eine Lücke für die Zuwegung zum Haus.

Bakker stieg aus dem schlichten grauen Dienstwagen. Nur an der Blaulichtleiste auf dem Dach war zu erkennen, dass es sich um ein Polizeiauto handelte. Sie stammte vom versunkenen alten Wagen und hatte als einziges brauchbares Stück vor dem Salzwasserfraß gerettet werden können. Es benötigte nur eine neue Verkabelung und frische Glühbirnen. Eine Aufgabe, die Kollege Friese gern übernommen hatte, er war handwerklich sehr geschickt. Verflixte Etatkürzungen.

»Ah, die Polizei.« Ein dünner, hochgeschossener Mann war hinter Bakker aufgetaucht und ließ ihn erschrocken herumfahren. »Von hier aus kann man den Mann nicht sehen. Kommen

Sie mit ins Haus. Von der obersten Etage aus haben Sie ihn im Blick.«

»Woher wissen Sie, dass es ein Mann ist?«

»Keine Ahnung. Ich nehme es an. Was soll eine Frau allein im Watt?«

»Weiß ich auch nicht. Vielleicht dasselbe wie ein Mann?«

»Und was wäre das, Ihrer Meinung nach?«

Bakker ließ die Frage unbeantwortet. An der Eingangstür zur Pension streifte der Hauseigentümer seine Schuhe ab und ging auf Socken hinein.

Bakker überlegte kurz, seine Schuhe anzubehalten, tat es dem Hausherrn dann aber nach.

»Man sieht, dass Sie allein leben«, sagte der Pensionsbesitzer und deutete nach unten. Bakker trug eine grüne und eine rote Socke.

»Steuerbord und backbord.« Er hob grinsend erst den linken, dann den rechten Fuß und erntete ein Kopfschütteln. Vermutlich war es gerade umgekehrt, er konnte sich das einfach nicht merken. »Seit wann steht die Person im Watt, Herr …«

»Sesam. Walter Sesam«, antwortete der Mann und hob abwehrend eine Hand. »Bitte ersparen Sie mir jeden Kommentar. Ich habe schon alles gehört. Von ›Sesam, öffne dich‹ bis hin zur ›Sesamstraße‹.«

»Also gut, seit wann und wo steht der Mann?«

»Ha, jetzt sagen Sie auch, dass es ein Mann ist.« Er kicherte. »Wir sollten uns beeilen.«

Bakker folgte Walter Sesam in die erste Etage. Am Ende der Treppe verharrte Sesam, als müsste er sich zuerst überlegen, an welches der drei Fenster er treten sollte. Er entschied sich für das mittlere, hob die Gardine an und deutete hinaus. »Der Mann steht immer noch an derselben Stelle.«

Bakker kniff die Augen ein wenig zusammen. Das Sonnenlicht wurde vom feuchten Untergrund reflektiert, eine menschliche Gestalt konnte er da draußen im Watt nur mit viel Phantasie erkennen.

»Sie haben gute Augen. Das könnte auch ein Pfahl sein.«

»Ist es aber nicht. Sie sollten sich beeilen.«

»Warum?«

»Sehen Sie genau hin. Die Flut kommt rasch.«

* * *

Bakker stockte auf der Hälfte der Treppe. Wo blieb Walter Sesam?

»Nun kommen Sie schon. Allein kann ich den Mann kaum aus dem Watt befreien.«

Sie verließen das Haus, und er überlegte, ob ihm noch ausreichend Zeit blieb, Socken und Hose auszuziehen. Er entschied sich dagegen. An der Hausecke schaute er sich nach Sesam um. Der zog in aller Ruhe seine Strümpfe aus und krempelte die Hosenbeine hoch.

»Beeilen Sie sich!« Bakker lief voraus und überquerte den Rasen, der bald in eine Salzwiese überging. Hier wurden die Socken feucht, fünfzig Meter weiter reichte ihm das Wasser an tiefer gelegenen Stellen schon bis zu den Knöcheln. Er übersprang einige Büschel Queller, von dem der Heijen behauptete, er schmecke hervorragend als Salat, und umrundete mehrere Flecken, die dunkler waren als der Rest des Bodens. Erste Schlicklöcher, aus denen man allein schwer herauskam?

Nach etwa zweihundert Metern hatte Bakker wieder trockenen Boden unter den Füßen, und je näher er dem Ziel kam, desto schwieriger wurde es, geradeaus vorwärtszukommen. In einem schmalen Prielausläufer direkt vor Bakker stand das Wasser bereits knietief, die Fließgeschwindigkeit schätzte er höher als sein Schritttempo. Er blieb stehen und wartete auf Sesam. Ja, von hier aus war nun deutlich eine menschliche Gestalt im Watt zu erkennen.

Sesam schloss zu ihm auf und blieb etwa einen Meter neben ihm stehen. Er streckte Bakker eine Hand entgegen und schaute wie ein Lehrer, dessen Schüler wiederholt den gleichen Fehler macht. »Wenn Sie noch länger stehen bleiben«, sagte er und schnippte mit den Fingern der ausgestreckten Hand, »dann wird's schwierig.«

Bakker wollte weitergehen, doch der Boden hielt seine Füße

fest. Er griff nach Sesams Hand und zog mit einem schmatzenden Geräusch erst den einen, dann den anderen Fuß aus dem Schlick. Er hätte es auch ohne die Hilfe des Pensionsbesitzers geschafft, doch immerhin hatte er jetzt einen Vorgeschmack, was es hieß, bis zu den Knien im Watt festzustecken. Null Chance zu entkommen.

»Lassen Sie mich vor.« Sesam wartete nicht auf Antwort, er lief weiter und übersprang den schmalen Priel. Durch den nachfolgenden mussten sie hindurchwaten.

»Schaffen wir es?«, rief Bakker, während er hinter Sesam hereilte. Die Gestalt hatte bestimmt schon komplett nasse Füße und Hosenbeine. Warum bewegte sie sich nicht?

Etwa zwanzig Meter vor dem Ziel blieb Sesam schließlich stehen und wartete auf ihn. Der Mann kannte sich in seinem »Wattvorgarten« gut aus, an seinen Hosenbeinaufschlägen klebte weder dunkler Schlick, noch waren sie so nass wie die von Bakker. »Den Weg hätten wir uns sparen können«, sagte er.

Verdammt, war der Mann schon ertrunken? Bakker hob eine Hand über die Augen, um das ihn blendende Sonnenlicht abzuschirmen.

»Wollen Sie sie gleich bergen, oder müssen zuerst Fotos gemacht werden?«, erkundigte sich Sesam. Es klang weder fassungslos noch entsetzt, eher so, als fragte er, ob Bakker den Kaffee mit oder ohne Zucker trank.

Die Strohpuppe war an einen stabilen Besenstiel gebunden und trug ein Schild um den Hals: »Rettet das Wattenmeer!« Mist. Dafür hatte er sich seine Hose versaut.

»Was ist nun?« Sesam ging zur Vogelscheuche und begann an dem Holzstiel zu zerren, der fest im Schlick steckte. »Hier sollte sie nicht bleiben.«

»Wegen mir schon.«

»Aber Herr Kommissar, das hier ist Naturschutzgebiet, da darf man ohne Genehmigung nichts aufstellen.«

»Wir sind doch auf der niederländischen Wattenmeerseite, Herr Sesam. Wenn ich richtig informiert bin, sehen die Holländer das weniger eng als die Deutschen.«

Bakker wurde bewusst, dass er mit »die Holländer« und »die

Deutschen« die Menschen auf dem Festland meinte, zu denen er die Amerooger, sich selbst eingeschlossen, im Augenblick nicht zählte. Diese Sichtweise verunsicherte ihn. Ebenso der Umstand, dass er seit Tagen keinen Gedanken an eine Rückversetzung zum Festland verschwendet hatte.

»Ich merke, Sie gewöhnen sich langsam an uns«, sagte Sesam und grinste. »Also gut. Der Pfahl kann erst mal bleiben, die Puppe sollten wir aber mitnehmen.«

Gemeinsam banden sie die Puppe los und trugen sie zur Wiese vor der Pension. Dort legten sie sie ab.

Nass und bis zu den Knien mit Schlick bekleckert, zog Bakker auf Sesams kurz gemähtem Rasen die Socken aus, die nass und schwer vom durch den Stoff gedrungenen Wattboden waren. Das Gefühl, diese Pampe zwischen seinen Zehen kleben zu haben, ekelte ihn. Als er wieder aufblickte, war Walter Sesam verschwunden. Ein Wasserhahn, der an der Giebelseite des Hauses unter einem Fenster aus der Wand ragte, weckte in Bakker die Hoffnung, sich vor der Rückfahrt notdürftig säubern zu können. Es kam jedoch kein Wasser, also schrubbte Bakker mit den Füßen durch die Grashalme und hinterließ braune Spuren. Dann ging er barfuß zum Streifenwagen.

»Ihre Schuhe, Herr Kommissar.« Sesam kam angelaufen und reichte ihm das Paar durchs Fenster in den Wagen. Unter seinem Arm klemmte ein zusammengerolltes Handtuch. »Brauchen Sie das noch?«, fragte er und entfaltete das Tuch.

»Nein. Danke.«

»Was wird aus der Puppe?«

»Die können Sie behalten. Das heißt, nein, warten Sie.« Bakker überlegte es sich anders. »Ich schicke einen Kollegen, der wird sie abholen.« Er startete den Wagen und fuhr davon.

Der Geruch, der von seinen Füßen aufstieg, ließ ihn nach wenigen Metern die Fensterscheibe herunterkurbeln. In einem Quadratmeter Schlick lebten Abertausende von Kleinstlebewesen. Und der Rest zwischen seinen Zehen roch nach verwesenden Tierchen.

Als er vor einer Bäckerei anhalten musste, um mehrere Fußgänger die Straße überqueren zu lassen, wurde der Gestank vom Duft nach frischem Brot überdeckt. Sein Magen begann zu knurren, dabei hatte er doch gut gefrühstückt. Frau Dolling sorgte dafür, dass er stets mit vollem Bauch ihr Haus verließ. Auch heute Morgen hatte sie ihm wieder das Frühstück ans Bett gebracht.

»Reise reise, aufstehen«, hatte sie geträllert und, noch ehe er die Augen offen gehabt hatte, mit dem Frühstückstablett in der Hand seine Zimmertür aufgeschoben. »Das ›Piratennest‹ öffnet in wenigen Tagen.«

Es hatte geklungen, als sagte sie es zu einem Kind, das aufgeheitert werden wollte. Sicher war es auch so gemeint, denn Frau Dollinger wusste um die Langeweile, die seit Wochen in der Dienststelle herrschte. Fehlte nur noch, dass sie ihm über den Kopf streichelte und ihn an ihren Busen drückte. Sie hatte das Tablett auf die Bettdecke gestellt, ihm geholfen, sich aufzusetzen, sein Kissen aufgeschüttelt und es ihm in den Rücken gestopft.

Ja, das »Piratennest«. Eine kriminelle Brutstätte, die derzeit noch im Winterschlaf lag. Bei dem Gedanken an eine zünftige Kneipenschlägerei hatte Bakker tatsächlich lächeln müssen. Und beim Anblick seines Frühstücks noch viel mehr. Es hatte zwei Spiegeleier auf Kochschinken und Brot gegeben, verziert mit einem sauren Gürkchen. Dazu eine Tasse Tee mit Kluntjes und Sahne und ein Glas frisch gepressten Orangensaft. Die alte Dame verstand es, ihre Gäste zu verwöhnen. Klein, rundlich und mit einem Dutt auf dem Hinterkopf betrieb sie ihre Pension seit Jahrzehnten. Sie war alleinstehend, eine »alte Jungfer«, wie sie sich selbst augenzwinkernd bezeichnete. Im Haus machte sie das meiste selbst, nur gelegentlich bat sie ihn um einen handwerklichen Gefallen. Überwiegend handelte es sich um kleinere Reparaturarbeiten wie Schrauben festziehen, einen Nagel in die Wand schlagen oder quietschende Scharniere ölen. »Ich bin froh, einen Mann im Hause zu haben«, sagte sie dann, vollkommen übersehend, dass er nur halbwegs einen Schraubenzieher halten konnte und sich mit dem Hammer regelmäßig auf den Daumen schlug.

Es hupte hinter ihm. Die Fußgänger waren verschwunden. Er legte den ersten Gang ein, gab Gas und war im nächsten Moment auch schon an der Bäckerei vorbei. Neben dem Polizeigebäude stellte er den Wagen in dem Gang ab, der die Dienststelle vom Nachbargebäude trennte, und ging ins Haus.

Unter der Türglocke blieb er stehen, sie war bei seinem Eintreten stumm geblieben. Er hob den Arm und bog den Glockenanschlag, der am Türblatt befestigt war, nach unten. Jetzt würden sie es hören, wenn jemand eintrat. Der Glockenton hatte einen hellen Klang, wie in einem Einkaufsladen zu Großmutters Zeiten, und während der Saison bimmelte es nicht selten alle fünf Minuten. Vor Monaten hatte Bakker daher einmal Anweisung gegeben, das Ding abzunehmen, sich dann aber von Storch überreden lassen, das Geläut nur während der Öffnungszeiten abzustellen.

»Wir haben Öffnungszeiten?«, hatte er seinen Hauptwachtmeister erstaunt gefragt.

»Mittwochs von zehn bis zwölf und donnerstags von fünfzehn bis siebzehn Uhr. Nein, war nur Spaß. Ich meine tagsüber, wenn viel los ist, brauchen wir das Ding nicht. Sonst sollte es aber läuten. Stellen Sie sich vor, Herr Kommissar, Sie sitzen allein im Büro, alle anderen sind schon zu Hause. Da kann leicht mal jemand zur Tür hereinkommen, den Sie überhören. Ich mag nicht daran denken, was so einer alles an Unterlagen einsehen kann, wenn er ungestört in unserem Büro ist.«

»Dann schließen Sie ab, bevor Sie gehen.«

»Und was ist, wenn wir tagsüber mal alle kurz weg sind?«

Das hatte Bakker überzeugt.

Im Hauptbüro saß Ruben Friese an Heijens Schreibtisch. Er hob kurz den Kopf und nickte ihm zu.

»Ist der Kollege Heijen noch nicht vom Kaffeekauf zurück?«

Friese hob einen Becher zur Antwort, ein Hauch von frisch gebrühtem Kaffee lag in der Luft. »Wollen Sie einen Becher?«

»Gern. Bleiben Sie sitzen, ich nehme ihn mir selbst.«

In Bakkers Büro kam die Sonne noch weit genug herum, um den Raum mit hellem Licht zu fluten. Das machte ihn zwar nicht unbedingt hübscher, die Wandfarbe, die Möblierung und das altmodische Telefon konnten nur als bescheiden bezeichnet werden. Hier war lange kein Geld mehr reingesteckt worden.

Doch die Sonne erwärmte das Zimmer auf angenehme Weise, und der Ausblick auf Hafen, Leuchtturm und das Meer war unbezahlbar. Mit einem Becher in der Hand stand er am Fenster und schaute hinaus. Am Liegeplatz der Passagierfähre wurde gerade die Rampe angelegt, damit die Passagiere von Bord gehen konnten. Der Schornstein stieß eine dunkle Rauchwolke aus, ein Zeichen, dass der Schiffsmotor ausgestellt wurde. Bakker warf einen Blick auf seine Armbanduhr. Das war doch bereits die zweite Fähre. Begann schon heute der neue Fahrplan?

Die Touristen unter den Leuten, die das Schiff verließen, erkannte er sofort. Obwohl das Wetter noch keine sommerlichen Temperaturen bereithielt, trugen einige von ihnen Sandalen mit Stricksocken und kurze Hosen. Bakker schaute noch eine Weile dem Treiben am Hafen und dem Anlegemanöver eines Frachtkahns zu und dachte über Ameroog im Allgemeinen und seine Dienststelle im Besonderen nach.

Er hatte den trostlosen Winter überlebt, ohne an Langeweile zu sterben, und wenn er ehrlich mit sich war, war es weniger schlimm gewesen als erwartet. Zu Ostern waren bereits ein paar Touristen auf die Insel gekommen, aber jetzt ging die Saison los. In den kommenden Tagen würden nach und nach fünf zusätzliche Polizisten anreisen, die sein Team bis Ende Oktober verstärken sollten.

Auf dem Festland machte sich niemand Gedanken darüber, dass es bei einer Polizei jahreszeitlich bedingte Besetzungen geben konnte. Für die Nordseeinseln war das nichts Ungewöhnliches, und doch konnte Bakkers Standort auch im Vergleich mit den anderen Inseln mit einem Alleinstellungsmerkmal aufwarten. Er hätte nicht gedacht, dass er darauf jemals stolz sein würde, aber Ameroogs Einzigartigkeit als zweistaatliche Insel machte irgendwie Eindruck auf ihn. Schon verrückt, dass sich zwei Länder einen Hafen, kommunale Einrichtungen und den Hauptbadestrand teilen konnten, obwohl die dazugehörigen Hoheitsgebiete per Zickzacklinie voneinander getrennt waren. Als Dienststellenleiter war er für beide Seiten verantwortlich. Strafversetzt, behauptete sein Vorgesetzter Martin Dahl. Er selbst fühlte sich unschuldig, was den Versetzungsgrund anbelangte, dennoch – er drohte sich selbst mit dem Zeigefinger – musste diese Schande ausgemerzt werden. Erst wenn er bei seinem Vorgesetzten genügend Pluspunkte als guter Ermittler und vorbildlicher Dienststellenleiter gesammelt hatte, konnte er um Versetzung auf einen anderen Posten auf dem Festland bitten.

Ein zwiespältiger Gedanke, wie er in letzter Zeit immer häufiger feststellte. Bakker war eine Großstadtpflanze, und Ameroog lag am Arsch der Welt. Aber trotzdem fühlte er sich unter den Insulanern inzwischen weitaus wohler, als er ursprünglich erwartet hatte. Apropos: Storch und Heijen behaupteten gern, Ameroog wäre nicht der Arsch der Welt, doch den könne man von hier aus sehen. Die Einwohner auf der Nachbarinsel hörten das nicht so gern.

Der Gedanke zauberte ihm ein Lächeln aufs Gesicht. Er stellte den Becher weg, nahm ein Fernglas aus dem Regal, hielt es vor die Augen und drehte an den Einstellungen für die Sehschärfe.

Das Schiff musste bis auf den letzten Platz besetzt gewesen sein. Bakker versuchte, in der Menschenmasse jeden einzelnen Passagier, der die Gangway herunterkam, genau zu betrachten. Er erkannte Christine Linden und ihre Freundin Theda Petersen. Sie ließen sich von einem der Matrosen ihre schweren Einkaufstaschen von Bord tragen. Vermutlich waren sie bei Lidl oder im Aldi einkaufen gewesen. Den Hand- und Kopfbewegungen der alten Damen nach zu urteilen, redeten sie über Ikonius Hagen, der wenige Meter vor ihnen ging. Hagen war Fremdenführer. Allerdings kein besonders guter, wie auch allgemein bekannt war. Man munkelte, er sei eigentlich ein Drogendealer. Ein Mann also, der auf Bakkers Liste verdächtiger Personen ganz weit oben stand. Er ließ ihn gelegentlich von Storch und Heijen überprüfen. Kurz dachte er daran, hinunterzugehen und ihn zu durchsuchen, doch Ikonius würde nicht so dumm sein, illegale Waren unter den Augen der Polizei auf die Insel zu bringen.

Ein anderer Mann war viel interessanter. Er trug einen Fotoapparat um den Hals, einen Strohhut auf dem Kopf und auf der

Nase eine Sonnenbrille, in deren Gläsern sich alles spiegelte. Auf Bakker wirkte er übertrieben auf Tourist gequält. Ein Hawaii-hemd hatte Bakker lange nicht mehr gesehen.

Wenn er sich den Hut und die Sonnenbrille wegdachte, könnte es … Ja, wer könnte es sein? Es wollte ihm nicht einfallen. Er stellte das Fernglas auf die Fensterbank und verließ sein Büro, überschritt im Hauptraum die abgetretene gelbe Staatsgrenze und trat auf die Straße hinaus. Dort ließ er den Strom der eben angekommenen Gäste an sich vorbeifließen, das Geratter der Räder ihrer Koffer auf dem Kopfsteinpflaster tunlichst überhörend. Er musste sich auf den Touristen in der Südsee-Verkleidung konzentrieren.

Da war er, die Hibiskusblüten seines Hemdes waren schon von Weitem zu erkennen. Bakker trat mitten auf die Straße, sodass die Leute um ihn herumgehen mussten. Ein Radfahrer kam herangeschossen und klingelte sich den Weg frei. In den Sommermonaten wurde der Bereich um den Hafen herum zur Fußgängerzone erklärt, doch jetzt durfte man hier noch fahren. Bakker wich kurz zur Seite und hätte den Fahrer angehalten, an dessen Rad weder eine Lampe noch eine Handbremse zu sehen waren. Doch es gab Wichtigeres. Aufmerksam sah er dem Mann mit dem Strohhut entgegen. Der hatte seine Sonnenbrille abgenommen, sie baumelte lässig am Bügel zwischen den Zähnen.

Jetzt hatte er mit dem Mann Augenkontakt. An einem winzigen Zucken seiner linken Augenbraue erkannte Bakker, dass der Mann ihn wiedererkannt hatte. Andersherum war das leider noch nicht der Fall. Der Fremde setzte die Brille auf, hob den Kopf und tat, als interessierte er sich für die Fassaden der Häuser gegenüber der Polizeistation. Dabei lief er einen leichten Bogen, um Bakker zu umgehen.

»Wenn ich nur wüsste, woher ich dich kenne«, murmelte Bakker.

»Wen denn?« Lukas Storchs neugierige Stimme direkt neben seinem Ohr ließ ihn herumfahren.

»Was?«

»Wen wollen Sie kennen?«

»Den Mann mit dem Strohhut.« Er deutete mit dem Finger in die entsprechende Richtung.

»Von hinten kann ich ihn schwer identifizieren.« Storch sprintete los, umrundete dicht an der Häuserfront die Menschenmenge und mischte sich dann unter die Touristen. In der Menge erkannte man ihn trotzdem eindeutig auch aus der Entfernung an seiner Glatze. Storch rasierte sich oft und gern den Kopf, was seine abstehenden Ohren erst richtig zur Geltung brachte. Bakker wusste, der Mann war genauso ein Schlitzohr, wie er aussah.

Storch war ein gutes Stück vorausgelaufen, drehte sich jetzt um und bummelte dieselbe Strecke zurück, dem Unbekannten entgegen.

»Nee, den kenne ich nicht«, sagte er, als er Bakker wieder erreichte. Gemeinsam beobachteten sie, wie der Mann um die nächste Ecke verschwand. »Soll ich mich nach ihm erkundigen?«

»Tun Sie das. Und schicken Sie jemanden zur Pension ›Seeblick‹, die Strohpuppe abholen.«

Storch nickte und zog los, und Bakker fragte sich verwundert, warum er keine Fragen stellte. Den Auftrag, eine Strohpuppe irgendwo abzuholen, bekam man als Polizist selbst auf Ameroog eher selten. Sein Blick fiel auf den metallenen Mörser im Schild über dem Apothekeneingang. Fast hätte er den Arzttermin vergessen, obwohl Frau Dolling ihn heute Morgen beim Frühstück daran erinnert hatte. Er benötigte einen Sehtest. Eine arbeitsmedizinische Vorsorgeuntersuchung für Bildschirmarbeitsplätze, um Schäden am Auge zu verhindern oder frühzeitig zu erkennen. Vom Arbeitgeber gut gemeint, doch Bakker empfand es als Last, deswegen extra zum Festland fahren zu müssen.

Die von ihm bereits vor längerer Zeit bestellten und vor wenigen Wochen endlich gelieferten drei Computer der Dienststelle wurden ohnehin nur sporadisch benutzt. Zwei davon standen im Hauptbüro und wurden von seinen Leuten zumindest im Winter oft tagelang nicht angeschaltet. Für Protokolle und sonstigen Schriftkram benutzten sie weiterhin die alte Adler-Schreibmaschine, und Bakker wunderte sich, woher die Kollegen die notwendigen Farbbänder bekamen. Aus dem Museum? Der dritte PC stand in seinem Büro. Doch für die wenigen Stunden, die er im Monat vor dem Bildschirm verbrachte, fand er, benötigte er keine ärztliche Untersuchung.

Bakker prüfte den Inhalt seiner Geldbörse. Für die Hin- und Rückfahrkarte der Fähre und das Taxi auf dem Festland reichte es. Wenn alles glattging, war er am späten Nachmittag zurück.

★★★

Hauptwachtmeister Storch nutzte Bakkers Abwesenheit von der Insel, um herauszubekommen, wer und was hinter der unbekannten Frau steckte, die der Chef von seinem Fenster aus gesehen hatte und die ihn so beunruhigte. Wenn ihn etwas wirklich interessierte, konnte er sich daran festbeißen, gerade so, wie der blöde Dackel drei Straßen weiter das gern mit seinem Hosenbein und dem des Postboten tat.

»Es muss etwas Privates sein«, murmelte er vor sich hin. Er tippte Namen und Dienstgrad seines Vorgesetzten in die Suchmaschine ein, und binnen kurzer Zeit teilte das Internet ihm mit, wer da eben mit der Fähre angereist war. »Weiber, die machen immer Ärger.«

»Wer macht wem Ärger?«

Storch weihte Wim Heijen in sein Wissen ein. »Bakkers Frau ist auf der Insel.«

»So sieht sie also aus«, sagte der Holländer und beugte sich über den Computerbildschirm. »Die Frau, die dafür verantwortlich ist, dass der Chef hierherversetzt wurde. Wir können ihr dankbar sein.«

»Die hat das kaum aus reiner Freundlichkeit getan. Wir sollten herausfinden, was sie hier will. Zumal der da«, Storch klickte ein anderes Bild an, auf dem Kerstin Bakker beim Innenminister von Niedersachsen untergehakt war, der sie wie ein verliebter Gockel anhimmelte, »auch dabei ist.«

»Der alte Knabe hat dem Chef die Frau ausgespannt und ihn, um freie Bahn bei ihr zu haben, hierherversetzt?«

»So ist es. Er wollte seinen Nebenbuhler loswerden.«

»Arme Sau.«

»Wer, der Minister?«

»Nein, der Chef.«

»Wir werden ihn im Auge behalten.«

»Du glaubst, er plant nichts Gutes?«

»Warum sollte er sonst hier sein?«

»Urlaub?«

»An dem Ort, an dem der Ehemann seiner Geliebten das Sagen hat? Nein, da steckt mehr dahinter. Eines sage ich dir, ich schaue nicht zu, wie er so was Mieses ein zweites Mal versucht.«

»Was sagen wir Bakker?«

»Der Chef braucht nicht alles wissen.«

FÜNF

Das Fräulein Ingrid Magerlein war weit mehr als eine einfache Steuerprüferin und Fahnderin. Sie arbeitete in einer Spezialabteilung des Finanzamtes: Schwierige Steuersünder und undurchsichtige Fälle waren ihr Gebiet.

»Agentin« Magerlein – im Stillen nannte sie sich gern Agentin, Spionin klang so negativ – war eine Frau von beinahe vierzig Jahren, beruflich erfolgreich und finanziell gut abgesichert, was ja nicht weiter verwunderlich war bei ihrer Erfahrung in Steuerangelegenheiten. Sie war groß und ein wenig übergewichtig, und sie war es leid, ein Fräulein zu sein.

An diesem heißen Tag Anfang April, es war viel zu warm für die Jahreszeit, saß sie an ihrem Arbeitsplatz, die Sonderakte von Knut Schröder aufgeschlagen vor sich auf dem Schreibtisch, und schaute aus dem Fenster. Das Blau des Himmels stimmte sie optimistisch, was mit dem Gefühl, das sich bei ihr nach Durchsicht der Unterlagen eingestellt hatte, übereinstimmte. Der Gastwirt hatte Phantasie und Geschick bei der Führung seiner Steuerpapiere entwickelt. Es war schwer, ihm die Betrügereien nachzuweisen, derer man ihn verdächtigte. Dennoch, sie war schlauer. Es wurde Zeit, den Mann zu überführen.

Knut Schröder, der Wirt des Amerooger »Piratennestes«, hatte vor zwei Jahren eine Aktiengesellschaft gegründet und sich selbst als Alleinvorstand eingetragen. Die notariellen Unterlagen ließen zunächst einmal alles in bester Ordnung erscheinen, und Ingrid Magerleins Behörde hätte niemals etwas zu beanstanden gehabt, hätten nicht der Zoll sowie die deutsche und die niederländische Gerichtsbarkeit in der Vergangenheit bereits mehrmals um ihre Hilfe gebeten. Knut Schröder sei ein Krimineller, der schon oft zum Ärgernis geworden war und nie überführt werden konnte. Man verdächtigte ihn mehrerer Straftaten. Schmuggel und der illegale Betrieb eines Spielcasinos standen ganz oben auf der Liste. Man munkelte, er betreibe außerdem Wrackplünderungen und ließe sein Personal tätliche

Angriffe auf seine Gäste und Betrug an ihnen ausüben. Bislang konnte ihm nie etwas nachgewiesen werden. Das Casino war unauffindbar, die Plünderungen unbewiesen. Die Schlägereien in seiner Kneipe wurden von keinem Gast angezeigt, ebenso wenig wie die vielen nach einem Besuch in dem Etablissement vermisst gemeldeten Geldbörsen. Da lag es nahe, hinter der Gründung einer Aktiengesellschaft einen kriminellen Hintergrund zu vermuten.

Hier kam Ingrid Magerlein ins Spiel. Mit ihrer Hilfe sollte Schröder endlich überführt und hinter Gitter gebracht werden. So, wie es anno dazumal mit Al Capone geschehen war. Den berühmten Mafiaboss aus den zwanziger Jahren hatte man ebenfalls nicht der Kapitaldelikte überführen können, die er allesamt begangen hatte. Die von ihm Getöteten schwiegen, und es gab damals garantiert keine lebenden Zeugen, die es wagten, gegen Al Capone auszusagen, weil sie befürchten mussten, mit Zement an den Füßen im nächsten Hafenbecken versenkt zu werden. Nicht, dass Knut Schröders Missetaten einem Vergleich mit denen des Amerikaners standhielten, der damals nur geschnappt worden war, weil den Behörden der Trick mit der Steuer einfiel. Doch es gab immer etwas, was man am Fiskus vorbeischmuggelte. Das würde auch bei Schröder der Fall sein.

Bei der Durchsicht der Akte hatte Ingrid Magerlein zuerst ein beklemmendes Gefühl in der Brustgegend verspürt. Mit dermaßen umtriebigen Kriminellen hatte sie es bisher nie zu tun gehabt. Erleichterung und ein kleiner Hauch von Enttäuschung folgten, als ihr Abteilungsleiter im Vorgespräch zu diesem Fall beteuerte: »Es ist keineswegs so, dass es sich bei dem Wirt des ›Piratennestes‹ um einen gemeingefährlichen Kriminellen handelt, mein liebes Fräulein Magerlein. Einer solchen Gefahr würde ich Sie niemals aussetzen.«

Inzwischen war sie tief ins Thema eingestiegen und wusste, dass Schröder es kaum mit den Bossen der »Cosa Nostra«, der »Yakuza« oder den »Triaden« – oder wie immer die chinesische Mafia heißen mochte – aufnehmen konnte. Daher plante sie, das Nützliche mit dem Angenehmen zu verbinden. Zwei Fliegen, eine Klappe.

Sie löste den Blick vom Blau des Himmels, klappte die Akte zu und tauschte sie gegen die Zeitung, die in ihrer Aktentasche steckte. Sie blätterte bis Seite sieben der Annoncen, deren Ecke vom vielen Anfassen schon etwas unansehnlich war, und las erneut die mit rotem Filzstift eingerahmte Anzeige, obwohl sie sie mittlerweile auswendig kannte.

Suchen Sie Geborgenheit und wollen Sie nie mehr alleine sein? Naturbursche Daniel führt Sie, weiblich, zwischen fünfunddreißig und vierzig, mit sicherer Hand durch die Stürme des Lebens und leitet Sie in den Ehehafen.

Scharf zog sie die Luft ein, als müsste sie sich Mut machen. Sie wollte nicht mehr länger ledig sein und griff mit klopfendem Herzen zum Telefonhörer.

★★★

Ameroog, das war ein eigener Mikrokosmos mit weißen Stränden, hohen Sanddünen, von April bis Oktober blühenden Dünenrosen, den Salzwiesen und dem größten Naturschutzgebiet Europas, dem Wattenmeer. Abertausende von Zugvögeln machten hier Rast, im Frühjahr auf ihrem Weg zu den nördlichen Brutstätten und zurück in den Süden im Herbst. Die dunklen Vogelschwärme am Himmel, die sich bewegten, als würde jemand sie im Rhythmus einer Melodie dirigieren, die nur die Tiere hörten, zogen Vogelliebhaber aus aller Welt an. Die Kurverwaltung warb mit ihnen ebenso wie mit den bunten Strandzelten, den Fahrradwegen und dem Hafen mit dem malerischen Dorf drum herum, das aussah, als ob das zauberhafte Küstendörfchen Greetsiel und das französische Hafenstädtchen Honfleur Kopien ihrer schönsten Häuser hierherverlegt hätten. Die nostalgischen Häuserzeilen versetzten einen in das vorvorletzte Jahrhundert zurück, ließen die Touristen staunen und andere Küstenbadeorte vor Neid erblassen. »Tante-Emma-Läden statt Supermärkte« hieß die Devise, die Gäste anlockte, Arbeitsplätze schuf und Menschen miteinander kommunizieren ließ, die sonst kein Wort miteinander gesprochen hätten. Eines dieser Geschäfte war der Souvenirladen von Pieter Dukegatt.

»Wir hätten nicht hereinkommen sollen«, schimpfte eine Frau, die aufgetakelt war, als wollte sie gleich über den roten Teppich zur Filmpremiere in Cannes laufen. Ihr Begleiter grinste schief, vermutlich war er anderer Meinung. Er widersprach jedoch nicht und wehrte sich auch nicht, als sie ihn resolut am Arm packte und zurück auf die Straße zog.

Pieter Dukegatt verkaufte »Dinge, die die Welt nicht braucht«, wie er selbst gern sagte. Neben haufenweise Touristenschnickschnack aus Taiwan fand man bei ihm auch echte Antiquitäten, die ihm ein Freund auf dem niederländischen Festland besorgte, indem er dort die Bauernhöfe im Groningerland bis hin nach Ostfriesland abklapperte. Die Amerooger munkelten, dass sich außerdem so mache Hehlerware in seinen Regalen befand, was aber vermutlich bloß ein übles Gerücht war.

Das eine oder andere besondere Stück aus dem Meer, erkennbar an den daran haftenden Seepocken, zauberte Pieter Dukegatt für spezielle, sprich: zahlungskräftige und vor allem vertrauensselige Kunden unter dem Ladentisch hervor. Auf der Insel mutmaßte man hinter vorgehaltener Hand, er versenke alte Flaschen und angeschlagenes Porzellan irgendwo im Meer und ziehe selbige nach Jahren, wenn sich genügend Algen und Muschelbewuchs darauf abgesetzt hatten, wieder heraus. »Der Mensch will betrogen werden.« Noch so ein Spruch von Dukegatt: »Besonders von mir.«

Womit er keineswegs unrecht hatte. Die Touristen besuchten scharenweise seinen Laden, obwohl er sie gelegentlich beschimpfte. Immer dann, wenn ihm die Knochen schmerzten, denn er war nicht freiwillig Krämer geworden. Seine Passion war die Seefahrt, die für ihn aber vor vielen Jahren ein jähes Ende gefunden hatte, als er aus dem Mast aufs Deck gefallen war und sich alle Knochen im Leib gebrochen hatte.

Draußen vor Dukegatts Trödel-Antiquitäten-Souvenirladen saß Pieters Freund Anton in der Sonne auf einer Holzbank. An der Ladentür hing das Schild, das in großen Buchstaben anzeigte, ob der Laden »Offen« oder »Geschlossen« war, und winzig darunter, sodass man näher herangehen musste, um es lesen zu können: »Sie brauchen eine Brille.« Das kam bei den

Touristen gut an und stimmte sie vergnügt. »Einem fröhlichen Menschen sitzt das Geld lockerer in der Tasche als einem verdrießlich gestimmten«, hatte ihm mal ein kluger Mann gesagt.

Dukegatt schloss hinter der Kundschaft die Ladentür, drehte das Schild auf »Geschlossen« und setzte sich zu Anton auf die Holzbank vor einem der Schaufenster.

»Tut sich etwas?«, fragte er, und Anton hob seine Hand mit dem Handy an die Augen. Er schüttelte stumm den Kopf und reichte es Dukegatt, der es in seine Hosentasche steckte.

Sie warteten und blinzelten ins Sonnenlicht. Es dauerte länger als erwartet, das Telefon schwieg ebenso beharrlich wie sie selbst. Die Zeitung hatte die Kontaktanzeige veröffentlicht, wo blieben die Anrufe? Anton trug Daniels Handy nun schon den halben Tag mit sich herum, nachdem Dukegatt es heute Morgen stibitzt hatte.

Endlich ertönte der Klingelton von Daniels Handy und wurde von Mal zu Mal lauter. Dukegatt hob den Hintern ein wenig in die Höhe und zog das Telefon aus der Hosentasche. Im letzten Moment fiel ihm ein, dass er sich nicht mit seinem Namen melden durfte, er sagte deshalb bloß: »Ja?«

»Suchen Sie Geborgenheit und wollen Sie nie mehr allein sein? Naturbursche Daniel führt Sie, weiblich, zwischen fünfunddreißig und vierzig, mit sicherer Hand durch die Stürme des Lebens und leitet Sie in den Ehehafen. Telefonnummer …«

»Die Nummer brauchen Sie nicht zu sagen.«

»Wie bitte?«

»Die Nummer.«

»Was ist damit?«

»Die brauchen Sie nicht zu sagen, die kenne ich.«

»Das sollten Sie auch.«

»Hmmm.«

»Also, bin ich richtig bei Ihnen? Sind Sie der Naturbursche?«

Dukegatt, ein Mann, der alle Weltmeere befahren hatte, war nicht auf den Mund gefallen, wenn es darum ging, andere anzumeckern. Seine cholerischen Anfälle hatte er in den Bars und Nachtclubs der Häfen dieser Welt perfektioniert und beibehalten. Die hitzigen Ergüsse waren beliebt bei den Touristen.

Vermutlich meinten sie, es gehöre zu seinem Souvenirladen wie die ausgestopften Haie und die stinkenden Seesterne, der verstaubte Touristenkitsch und die echten wie falschen Antiquitäten unbekannter Herkunft. Sein Geschäft war dunkel und schmierig und dennoch ein Dauerbrenner bei den Touristen, was keiner der Einheimischen verstand. Wenn Pieter Dukegatt etwas nicht passte, die Kunden ihm zu viele oder zu dumme Fragen stellten, reagierte er aufbrausend. Auch nötigte er sie gelegentlich, ein Stück der Ware zu kaufen, oder gab zu seinen Gunsten falsches Wechselgeld heraus. Aber den Kunden gefiel das. Wenn sie richtig Glück hatten, warf er einen Gegenstand quer durch den Raum und schimpfte dabei.

»Was ist, hat es Ihnen die Sprache verschlagen?«, fragte die Anruferin.

Ihr Tonfall zerrte augenblicklich an Dukegatts Nerven. Seine Augen weiteten sich, und die Gesichtsfarbe wechselte. Ein untrügliches Zeichen für jeden, der ihn kannte, dass seine Wellenhöhe erreicht war. Gleich würde er überlaufen. Anton, der ihn beobachtete, rückte auf der Bank einige Zentimeter beiseite und blickte ängstlich auf das Handy. Sollte es zerdrückt werden, würde Daniel es später bemerken.

»He, Weib«, erwiderte Dukegatt mit erhobener Stimme. »Schrei mich nicht an.«

Anton sprang entsetzt auf und stellte sich vor ihn. Er machte mit den Händen Zeichen, die ihn beruhigen sollten.

»*Ich* schreie nicht, Sie … Sie …«, rief Dukegatt in den Apparat. Einige Leute am Ende der Straße drehten sich zu ihnen um und grinsten.

»Gib her.« Anton riss ihm das Handy vom Ohr. Er übernahm das Gespräch, indem er Dukegatt geistesgegenwärtig als seinen Sekretär bezeichnete, der sich leider nicht benehmen konnte, und gab sich selbst als Inserent der Kontaktanzeige aus.

Anton lauschte eine Weile, wurde wie sein Freund erst rot, dann blass, nahm das Gerät vom Ohr und betrachtete es angewidert. Er drückte auf den roten Knopf und hielt Dukegatt den Apparat wortlos unter die Nase.

»Und? Konntest du was retten?«, fragte Dukegatt kleinlaut

und hatte wenigstens den Anstand, einigermaßen geknickt auszusehen. »Ich hab dir ja gleich gesagt, lass mich nicht mit den Damen sprechen. Für nette, schmeichelnde Worte bin ich ungeeignet.« Er hob abwehrend beide Hände, um anzuzeigen, dass er das Telefon auf keinen Fall wieder entgegennehmen würde.

Anton sah ihn bloß an, ließ die Hand mit dem Handy sinken und setzte sich wieder.

»Du machst den Eindruck, als seist du unzufrieden mit dem Telefonat.«

»Unzufrieden? Die wollte mich sofort und unbesehen heiraten.«

»Das ist doch toll.«

»Toll?«

»Ist es nicht genau das, was wir wollten?«

»Ich war schon mal verheiratet, du Trottel.«

»Aber Daniel nicht. Und das wusste die Deern doch außerdem nicht.«

»Das war keine Deern. Das war ein Mannweib.« Beide schwiegen und schauten den Passanten nach, die an ihnen vorbeigingen.

»Was ist, wenn jetzt niemand mehr anruft?«

»Dann haben wir es wenigstens versucht.« Anton richtete sich gerade auf. »Du hast recht, ich hätte nicht auflegen dürfen. Beim nächsten Klingeln mache ich eine Verabredung klar.«

»Egal, was kommt?«

»Scheißegal.«

Sie nickten beide, lehnten sich vor, stützten die Ellbogen auf die Oberschenkel und starrten auf das Handy, das Anton in der Hand hin- und herdrehte.

Sehr lange saßen sie so, bis es erneut klingelte und Anton das Gespräch annahm.

»Wir sind verabredet«, sagte er kurze Zeit später.

»Wir?«

»Natürlich nicht wir. Daniel ist verabredet.«

»Mit wem?«

»Sie heißt Ingrid.«

»Ich kannte mal eine Ingrid. Im Hafen von Helsinki, oder war es Kopenhagen …«

»Hier«, unterbrach ihn Anton ungeduldig und reichte ihm das Handy. »Bring es zurück.«

»In Ordnung. Und was sagen wir Daniel über seine Verabredung mit dieser Ingrid?«

»Gar nichts«, sagte Anton. »Wir locken ihn unter einem Vorwand zum Treffpunkt. Ich hab da auch schon eine Idee.«

★★★

Davon, dass seine Freunde ihm eine Ehefrau besorgen wollten, hatte Daniel Munke keine Ahnung. Er war bei der Gemeinde als Friedhofsgärtner angestellt, doch auf Ameroog herrscht Hochseeklima, und die Luft, die man hier atmet, ist allergenarm und jodhaltig, also gesund. Das ließ die Einheimischen alt werden, weshalb sie noch lange keinen Platz auf dem Friedhof rund um die Kirche brauchten, und sorgte dafür, dass Daniel von seinem Gehalt als Friedhofsgärtner kaum leben konnte.

So half er zusätzlich bei den wenigen Beerdigungen mit und verdiente sich etwas nebenbei, indem er neue Grabsteine beschriftete und verkaufte, alte restaurierte oder für den Bau einer gemauerten Grabeinfassung sorgte. Sonntags spielte er gelegentlich in der Kirche die Orgel, wenn die Organistin verhindert war. Reich wurde er damit nicht, aber er war ein genügsamer Mensch, wohnte bei Mama, trank selten und fasste weder Zigaretten noch Zigarren an. Und er hatte keine Freundin, die sein Geld ausgeben konnte. Ein Zustand, den Anton und Dukegatt ändern wollten.

Seit dem frühen Morgen hatte die Sonne geschienen. Doch jetzt war später Nachmittag, und eine von Norden heraufziehende Nebelbank verdichtete sich von Sekunde zu Sekunde mehr. Ideales Wetter, um der Beschwerde des Kirchenvorstandes nachzugehen, Jugendliche würden sich auf dem Friedhof herumtreiben, vermutlich, um sich zu gruseln. Na, denen wollte er helfen.

Nicht der leiseste Windhauch rüttelte an den Büschen rund

um die Gräber. Daniel summte ein fröhliches Seemannslied und verlor wie jedes Mal an der selben Stelle den richtigen Ton, da er viel zu hoch sang. Die feuchte Luft trug jeden noch so kleinen Laut weiter, sorgte aber auch dafür, dass er in der Nebelsuppe schwer zu lokalisieren war. Auf den Haaren, die er in der Mitte gescheitelt und mit einem lichter werdenden Pony in die Stirn gekämmt trug, bildeten sich Wassertropfen. Er wollte nach Hause, daher legte er einen Schritt zu und eilte am Mausoleum vorbei. Es hatte bleiverglaste Fenster. Daniel fragte sich, wer wohl das Bedürfnis verspüren mochte, hier hineinsehen zu wollen. Noch unwahrscheinlicher war es, dass jemand herausschauen wollte.

Einige der Grabsteine hatten neben den wichtigen Daten wie Name, Geburts- und Sterbedatum jede Menge Text, und Daniel fragte sich oft, wer außer ihm das las. Vor Wochen fand er bei Werner Linden – dieser Bastard war ein schlimmeres Lästermaul gewesen als seine Witwe – eingemeißelt, man habe ihn innig geliebt und vermisse ihn. So ein verlogener Spruch.

Er spazierte noch einige Minuten hin und her. Aber von Jugendlichen war weit und breit nichts zu hören und zu sehen. Der Nebel lichtete sich genauso schnell wieder, wie er gekommen war, und Daniel verließ den Friedhof.

Sechs

»Ausstieg steuerbords, das ist in Fahrtrichtung die linke Schiffs-
seite«, verkündete eine nasale Stimme über Mikrofon, ehe die
letzte Fähre für heute, vom Festland kommend, im Amerooger
Hafenbecken wendete, um anschließend anzulegen. Die Touristen, die als Erste aussteigen wollten, hechteten mit ihrem
Gepäck auf die angegebene Seite. Als ob die wenigen Minuten,
die sie vor den anderen an Land gingen, etwas ausmachen würden. Sie hatten Urlaub, warum die Eile?

Bakker blieb auf seinem Platz sitzen, wartete, bis das Schiff
gedreht hatte und aufgrund des Rückwärtsganges anfing, laut zu
rattern, ehe es wenige Meter neben der Kaimauer verharrte und
sich dann langsam an die Anlegestelle heranschob. Er bewegte
sich auch nicht, als die Festmacher die Taue um die Poller
legten und der Schiffsmotor leiser wurde. Erst als er hörte, wie
die Gangway angelegt und das eiserne Schiffstor aufgeschoben
wurde, erhob er sich von seinem Platz. Während er zum Ausgang schlenderte, der in der Mitte der Fähre lag, ließ er den
Blick über das Deck schweifen. Die meisten Passagiere waren
bereits von Bord gegangen.

»Ihr habt die Schiffsdurchsage geändert«, sagte Bakker zu
einem Matrosen, der an der Gangway stand und das reibungslose
Verlassen des Schiffes überwachte. »Sonst heißt es«, er äffte die
näselnde Lautsprecherstimme nach: »»Keine Landratte an Bord,
trotzdem eine Durchsage. Ihr wisst, es ist Vorschrift – das muss
ich sagen. Ausstieg steuerbords.‹«

Der Matrose lächelte, gab aber keine Antwort.

»Ich hoffe, ab Oktober ändert ihr das wieder.«

Bakker war gar nicht bewusst, was er mit den letzten Worten
ausgedrückt hatte. Zum einem, dass er sich mittlerweile zu den
Einheimischen zählte, zum anderen, dass er damit rechnete,
wenigstens noch einen Winter hierzubleiben. Und dass er es
weniger eilig hatte, lieber heute als morgen versetzt zu werden.

Bakkers Worte wurden sofort seiner Vermieterin, Frau Dolling, zugetragen. Sie bestätigten ihr, dass sie von Anfang an recht gehabt hatte: Der Kommissar war wie geschaffen für die Insel, nur musste er selbst noch davon überzeugt werden. Schon bei der ersten Begegnung war sie sich sicher gewesen: Der Mann passte nach Ameroog.

»Jahrzehntelange Erfahrung mit Badegästen«, würde sie demjenigen antworten, der sie fragte, woher sie das wisse.

»Badegäste?«

»Ich finde, das Wort klingt netter als ›Touristen‹. Jeden Sommer habe ich es mit Hunderten von ihnen zu tun, da bekommt man ein Auge für die Menschen.«

Blieb die Frage, wann Bakker bemerken würde, dass er begann, sich einzuleben und wohlzufühlen. Er redete kaum noch davon, quasi auf der Durchreise zu sein und so bald wie möglich zum Festland zurückzukehren. Und das mit dem Respekt der Bevölkerung ihm gegenüber pendelte sich auch langsam ein. Die Wertschätzung seiner Person wuchs, und Frau Dolling wusste, er besaß genügend Stärke, um selbst mit den Widerspenstigen unter den Einheimischen fertigzuwerden. Ja, davon war sie überzeugt. Er war kein Weichei wie seine zu bedauernden Vorgänger, die der nervlichen Belastung nicht gewachsen waren. Die Armen.

Frau Dolling hatte volles Vertrauen in ihren Kriminalhauptkommissar, ja, sie musste zugeben, sie liebte und lenkte den Mann wie einen Enkelsohn. Diskret, versteht sich. Kein Mann sollte merken, wohin eine Frau ihn führte.

»Wie man hört, kennen Sie mittlerweile den Unterschied zwischen backbord und steuerbord«, sagte sie, als er eben die Haustür der Pension hinter sich zumachte. »Wie ist der Sehtest ausgegangen?«

»Woher wissen Sie denn das schon wieder?«

»Was? Das vom Sehtest oder das über Ihre Kenntnisse in der Seemannssprache?«

»Beides.«

»Man hört so einiges. Und nun setzen Sie sich. Es gibt Seezungen. Frisch vom Kutter, in feiner Butter goldbraun gebraten.«

»Ah, lecker. Sie sind ein Schatz, Frau Dolling. Ich habe riesigen Hunger.«

»Es ist leider nur noch wenig da. Etwas habe ich Lukas Storch gebracht. Ich konnte dem Charme Ihres Wachtmeisters mal wieder nicht widerstehen.«

»Storch kann charmant sein?«

»Aber sicher kann er das. Und? Brauchen Sie eine Brille?«

»Es geht noch ohne. Alles bestens.«

»Wie schön. Möchten Sie Salz- oder Pellkartoffeln zur Seezunge?«

Bakker nahm in der Küche am liebevoll für ihn gedeckten Tisch Platz und ließ sich bewirten.

»Fisch muss schwimmen«, sagte Frau Dolling, nachdem er seinen Teller leer gegessen hatte, nahm eine Flasche Bier aus dem Kühlschrank und einen Öffner aus der Schublade.

»Danke, für mich lieber keines. Ich will noch mal ins Büro.«

$$\star\star\star$$

»Wie war es bei der G 37?«, fragte Storch, als Bakker das Polizeigebäude betrat.

»G 37?«

»Der Sehtest. Mein Termin ist kommende Woche. Kollege Heijen braucht keinen.«

»Warum nicht?«

»Die Anordnung betrifft nur die Deutschen.«

»Die Holländer haben sicher auch ihre Gesundheitsvorschriften.«

»Soll ich mich erkundigen?«

»Nein. Wir sollten besser keine schlafenden Hunde wecken.«

»Wen sollen wir wecken?«, fragte Heijen, der mit zwei winzigen Espressotassen in den Händen aus der Kaffeeküche kam. »Möchten Sie auch eine?«

Bakker schüttelte den Kopf.

»Die Holländer machen besseren Kaffee als die Italiener«, sagte Storch.

»Danke, nein. Haben Sie etwas über den Mann im Hawaii-hemd rausbekommen?«

»Noch nicht, ich bin dran.«

Bakker nahm das Diensttagebuch mit in sein Büro, um nachzusehen, was sich während seiner Abwesenheit ereignet hatte. Die Amerooger Polizeistation besaß zwei davon. Eines war blau und wurde an geraden Kalendertagen verwendet. Die darin eingetragenen Vorkommnisse flossen in die niederländische Kriminalstatistik ein. An ungeraden Tagen benutzten sie das rote Diensttagebuch. Nur diese Daten gab Bakker an Martin Dahl weiter, obwohl Dahl die Existenz des anderen Buches bekannt war. Aber blau war eben Sache der Niederländer. So ließ sich Ameroogs Kriminalstatistik niedrig halten.

An seinem Schreibtisch schlug er es auf. Ein Fahrraddiebstahl, mehrere Verwarnungen wegen Radfahrens in der Fußgängerzone. Eine Störung der Mittagsruhe, jemand hatte mit der Bohrmaschine Hand an seine Ferienwohnung gelegt und dem Nachbarn so den Mittagsschlaf geraubt.

Das war alles.

Bakker schlug das Buch zu. »Was ist aus der Kollision der beiden Segelschiffe geworden?«, rief er durch die angelehnte Zimmertür. So konnte er hören, was im Hauptraum los war.

»Die Kollegen vom Wasserschutz haben die Angelegenheit übernommen«, rief Storch.

»Hat jemand die Strohpuppe abgeholt?«

»Heijen ist unterwegs.«

Er überlegte, warum er überhaupt den Befehl gegeben hatte, sie abzuholen, und was er mit dem Ding anfangen sollte. Einen Eintrag musste er trotzdem machen. *Außeneinsatz wegen mutmaßlichen Ertrinkens eines im Watt befindlichen Mannes bei Einsetzen der Flut stellte sich als falscher Alarm heraus, geborgen wurde eine Strohpuppe, Herkunft unbekannt. Ein politischer Hintergrund kann unterstellt werden,* Name des Anrufers, Ort und Uhrzeit, *gez. J. Bakker.*

Aus Langeweile sortierte er die Stifte, Radiergummis und Büroklammern in der Schublade. Er sollte Feierabend machen, doch ein Gefühl hielt ihn davon ab. Das Bimmeln der Glocke über der Eingangstür, gefolgt von einer lauten Stimme, ließ ihn aufhorchen.

»Künstliche Verwaltungsgebilde erschaffen, ja, das könnt ihr.« Die Stimme des Beschwerdeführers drang vernehmlich durch das Hauptbüro bis hierher zu seinem Schreibtisch. Mit Schwung schob Bakker die Schublade zu. Ein dumpfes Klappern verriet, dass er mit der Sortierung von vorn anfangen musste, wenn er es ordentlich haben wollte.

Er stand auf und spähte durch die angelehnte Bürotür. Ein Mann, dessen Stimme, Statur und Haltung jeden normalen Menschen automatisch einen respektvollen Abstand einhalten ließ, schritt breitbeinig über den verblassenden Grenzstreifen und ging auf Lukas Storch zu. Bakker hatte es vorhin versäumt, die Klappe im Tresen zu schließen.

»Die Gründung eines Nationalparks war auch wieder so ein Geniestreich der Regierung«, donnerte der Mann mit erhobener Stimme. Es klang, als wollte er Storch persönlich dafür verantwortlich machen.

Bakker seufzte. Seit er auf der Insel Dienst tat, verging kein Monat, in dem es nicht zu Streitigkeiten wegen des Nationalparks kam. Was in Ameroogs Dünen, am Strand, im Wattenmeer, auf den Äckern, ja sogar am Wellensaum und bis viele Kilometer aufs offene Meer hinaus verboten oder erlaubt war, bestimmten die Naturschutzgesetze. Der zweistaatliche Ursprung auch dieser Rechtslage führte bei der Umsetzung der Paragrafen jedoch zu einer Menge Unverständnis. Was der eine Amerooger durfte, war wenige Meter weiter einem anderen verboten und umgekehrt. Bakker und seine Kollegen taten ihr Bestes, um Gerechtigkeit walten zu lassen und auch mal ein Auge zuzudrücken. Eine schwere, oft undankbare und manchmal schier unmögliche Aufgabe. Als Polizisten mussten sie sich an Recht und Ordnung halten.

»Die da oben«, der Mann wandte sich von Storch ab, deutete zur Zimmerdecke und machte dann einen Schritt auf den soeben zurückgekehrten Wim Heijen zu, »die da oben am grünen Tisch erfinden Arbeitsplätze und schaffen Planstellen für Leute, die bis vor Kurzem noch nicht einmal wussten, dass es in der Nordsee überhaupt Inseln gibt. Solche Landeier sitzen dann in Bayern und entscheiden, was hier geschehen soll. Sie wollen eine Natur vor den Menschen schützen, die die Menschen selbst erst erschaffen haben. Ohne das emsige Mühen unserer Vorfahren gäbe es in der Nordsee doch gar keine Insel mehr.«

Der Mann klang, als wüsste er, wovon er sprach, auch wenn er mit dem drohenden Zeigefinger auf Heijen deutete, als hätte dieser etwas damit zu tun. Gerade Wim Heijen, der aussah, als könnte er kein Wässerchen trüben. Mit dem Gesicht eines Engels und seinen blonden Locken, die ihm bis weit über die Ohren reichten, war er die Unschuld selbst. Bakker lächelte bei dem Gedanken, es könnten sich durchsichtige Flügel hinter seinem Mitarbeiter ausklappen und er dem Phrasendrescher davonfliegen. Storch hingegen grinste bis hoch zu den Ohren und fuhr sich mit der Hand über die Glatze. Wie immer wirkte er wie einer, der bei Zollkontrollen sofort herausgewinkt wurde und am Einlass des Fußballstadions beweisen musste, dass er keine Waffen bei sich trug. Sie waren seine liebsten Mitarbeiter: Engelchen und Bengelchen.

Bakker betrat den Hauptraum, ohne von dem Besucher gesehen zu werden.

»Das wussten bereits Cäsar, Alexander, Napoleon und der kleine Mann mit dem Nasengrübchenbart«, zählte der Mann unter Zuhilfenahme seiner Finger auf. »Ohne unser Eingreifen in die Natur wäre keine der Inseln mehr da, auf der diese Sesselpuper sich wie Graf Koks von der Gasanstalt benehmen können.«

Wim Heijen machte große Augen. »Graf Koks?«

»Na, jemand, der tut, als wäre er der Chef vom Ganzen.«

»Nun ist aber gut. Noch ein Wort mehr und ich nehme ihn fest«, murmelte Storch, und seine Gesichtsmuskeln verzogen sich. Er konnte also tatsächlich noch böser aussehen.

Der Besucher trat an Heijen heran, wobei er Storch anschaute. »Nur weil ich die Wahrheit sage?«

»Wenn Sie sich über die Gesetzgebung beschweren wollen, gehen Sie bitte ins Rathaus«, sagte Heijen, schob sich an dem

Mann vorbei, winkte mit einer Hand, dass dieser ihm folgen möge, schritt durch die Holzklappe und verließ das Gebäude.

Der Mann folgte ihm. »Ins Rathaus?«, rief er, während er sich erneut durch den Tresen zwängte. »Die sind doch im Schaffen von neuen Ämtern und Positionen noch erfinderischer als …« Da entdeckte er Bakker. »Haben Sie hier was zu sagen?«

Ohne eine Antwort abzuwarten, streckte er ihm seine Pranke entgegen. Bakker nahm sie, was ein Fehler war. Seine Hand wurde kräftig gedrückt.

»Verzeihung, Udo Arends mein Name«, sagte der Mann und ließ offen, ob er die Quetschung von Bakkers Hand meinte oder sein Auftreten. »Ich werde Ihnen erzählen, was ich von alldem halte.«

So musste Bakker sich anhören, dass die Naturschutzbehörde das Fangen von Schollen in Prielen verbot. Ein Verstoß gegen diese traditionelle Art des Fischfanges wurde auf deutscher Seite vehement verfolgt und mit hohen Geldstrafen belegt, auf niederländischer aber nicht so eng gesehen.

»Verflucht seien die Ranger in ihren Häuschen. Als ob ihre Bretterbuden die Natur nicht verschandeln würden. Aber nein, die sind ja …«

»Die Ranger?«, fragte Bakker verständnislos.

»Die Aufsichtsbeamten im Nationalpark«, erklärte Storch. »Sie sind seit zwei Tagen wieder da. Die kommen jeden Sommer, zählen die Vögel und schauen den Bienen hinterher.« Dass er nichts davon hielt, konnte man seiner Stimme anhören.

»Jedenfalls wollte ich buttjen gehen …«, nahm Udo Arends den Faden wieder auf.

»Buttjen?«, fragte Bakker.

»So heißt die Fischfangtechnik, die von der Behörde verboten wurde. Sie wird von uns Insulanern seit Jahrhunderten angewendet. Man spannt ein Netz in einem Priel und treibt die Fische darauf zu. Priele sind die kleinen Flüsse im Sand oder Wattboden, die auch bei Ebbe noch mit Wasser gefüllt sind.«

»Ich weiß, was Priele sind«, sagte Bakker.

»Natürlich. Jedenfalls ist man beim Buttjen zu Fuß und hat einen Stock dabei, mit dem man beim Vorwärtsgehen im Wasser herumstochert. Das scheucht die Schollen auf, die sich in den Sandboden eingegraben haben. Wenn man Glück hat, fängt man zehn, fünfzehn Stück und gefährdet damit die Fischbestände weniger als die Gammelfischkutter aus dem Norden.« Er deutete aus dem Fenster.

Bakker verkniff sich die Frage, wen er als Gammelfischer betitelte. Er hatte keine Lust, sich wegen einer Handvoll Fische mit der Nationalparkverordnung auseinanderzusetzen. Dafür war das Ordnungsamt oder die Wasserschutzpolizei zuständig.

»Darum kümmert sich der Wasserschutz«, sagte Storch, als könnte er die Gedanken seines Vorgesetzten lesen.

»Die Entensheriffs?«, fragte Arends und winkte ab. »Da war ich schon. Dort sagte man mir, ich solle die Priele weiter östlich nehmen. Toller Rat. Ich frage Sie, Herr Kommissar, wie soll man im Watt erkennen, wo die Grenze verläuft? Zweimal am Tag geht da das Wasser drüber und verändert jedes Mal den Untergrund.«

»Kaufen Sie sich im Fischladen ein paar Schollen«, hätte Bakker gern geantwortet, stattdessen fragte er: »Fangen Sie auch Seezungen?«

»Nein, die leben in tieferen Gewässern. Warum fragen Sie?«

»Ach, nur so.«

»Sind Sie Angler?«

»Nein, ich esse sie nur gern.«

»Da sind wir ja schon zwei. Wissen Sie was, Herr Kommissar, ich verrate Ihnen etwas. Sie werden bald einen Heidenärger bekommen, wenn die vom grünen Tisch ihre neuesten Vorschriften durchsetzen.«

»Die da wären?«

»Es heißt, auf der deutschen Seite der Insel sollen alle Kiefern abgeholzt werden. ›Gebietsfremde invasive Gewächse‹ nennen die das. Diese hirnlosen Fuzzis in Bayern oder Berlin sind der Meinung, die Kiefern seien auf unnatürlichem Wege auf der Insel gewachsen. Ich frage mich, wie Bäume künstlich wachsen können.«

»Sicherlich sind von Hand angepflanzte Bäume damit gemeint.«

»Sie sind noch nicht lange hier, Herr Kommissar, deswegen lassen Sie sich Folgendes gesagt sein: Kein Insulaner geht in die Dünen und pflanzt Bäume.«

Storch schüttelte den Kopf zur Bestätigung.

»Vögel haben die Samen gefressen, sind übers Meer hierhergeflogen und …« Arends hob den Zeigefinger, zog ihn aber sofort wieder ein, als er Bakkers Gesichtsausdruck sah. »Kommt noch so weit, dass sie den Vögeln vorschreiben, wohin sie zu kacken haben.«

»Alles gut und schön«, sagte Bakker. »Was hat das damit zu tun, dass wir Ärger bekommen werden?«

»Spätestens wenn die Handlanger der Behörde das Blatt einer Kettensäge an die Prachtkiefer der Eisernen Lady legen, ist Ärger vorprogrammiert. Dann möchte ich nicht in Ihrer Haut stecken, Herr Kommissar.«

Bakker hatte Helena Perdok schon bald nach seiner Ankunft auf der Insel kennengelernt, weshalb er Arends Behauptung durchaus glauben mochte. Die Dame sah aus wie Königin Beatrix und benahm sich auch so. Er jedenfalls hatte ihr bei ihrer Begegnung nichts entgegenzusetzen gehabt. Die Eiserne Lady war es gewohnt, ihren Kopf durchzusetzen.

»Niemand, aber auch wirklich *niemand* legt Hand an Helenas Garten, das garantiere ich Ihnen. Und das Wäldchen im Kurpark wird sie mit dem Leben verteidigen«, übertrieb Arends. »Zugegeben, das ist angepflanzt worden. Das kann ich beweisen.«

»Aha«, sagte Bakker und verkniff sich den Hinweis, dass Arends sich jetzt widersprach. Er konzentrierte sich lieber darauf, weiter finster zu schauen.

»Sie glauben mir nicht?« Arends lachte künstlich. »Es gibt Fotos. Einige der Bäume habe ich selbst gepflanzt. Ist ewig her. Damals, mit der gesamten Schulklasse. Sehen Sie diese Narbe?« Er zeigte Bakker seine Handfläche, auf der eine leicht erhobene, blasse Linie zu sehen war.

»Warum erzählen Sie mir das alles?«

»Ja, hören Sie denn nicht zu? Wenn das so weitergeht, gelten demnächst die Insulaner als invasive Gewächse.«

Bakker musste lächeln. Invasive Insulaner, mit dem Gedanken konnte er sich anfreunden. »Vielen Dank für Ihren Besuch, Herr Arends.« Er wies auf die Eingangstür. »Das sind wertvolle Informationen. Ich werde es im Auge behalten.«

Wim Heijen, der eben wieder hereingekommen war, hielt dem Hünen beflissen die Tür auf.

»Bald gibt es keine Wattwanderungen mehr …«, warnte Arends.

»Das wäre schade«, sagte Bakker. »Aber …«

»Kein Aber. Mit dem Segelschiff dürfen wir kaum noch irgendwohin.«

»Jetzt übertreiben Sie.«

»Keineswegs. Wäre ja vielleicht noch gerecht, wenn es für alle gelten würde.« Der Blick, den Arends dem holländischen Kollegen zuwarf, war finster.

»Ich habe gar kein Segelboot.« Heijen hob abwehrend die Hände, dennoch meinte Bakker, ihm ansehen zu können, dass er sich amüsierte.

»Auf Wiedersehen, Herr Arends«, sagte er und schob den Mann sanft, aber bestimmt zur Tür hinaus.

Durchs Fenster sah er ihm hinterher. Er beobachtete, wie Arends die Straße überquerte, ein Holzschild, das an der gegenüberliegenden Hauswand lehnte, in die Hand nahm und schließlich in einer Seitenstraße verschwand. Er hätte gern gewusst, was auf dem Schild stand.

Storch setzte sich wieder an seinen Schreibtisch. »Die Leute melden immer nur die Nachteile, würde mich ehrlich wundern, wenn sich mal jemand über einen Vorteil beschwert«, maulte er.

»Zum Glück ist der Arends harmlos«, sagte Heijen. »Schimpft mit Vergnügen, vorzugsweise über die Regierung im Allgemeinen und den Nationalpark im Besonderen. Wir hatten aber noch keine Schwierigkeiten mit ihm.«

»Feierabend«, verkündete Bakker.

»Tut mir leid, da muss ich widersprechen«, sagte Storch. »Frau Dröge hat angerufen, sie macht sich Sorgen um ihren Mann.«

»Aha«, sagte Bakker. Er hätte auch »Soso« sagen können, doch das hörte sich abwertend an. Sein Wachtmeister wirkte beunruhigt, und er hatte gelernt, auf Bengelchen zu hören, wenn er sich sorgte. Der Mann kannte sämtliche Insulaner von Kindesbeinen an, wusste um ihre Charaktere und verstand sie besser, als er selbst es vermutlich jemals könnte.

»Sie befürchtet, er könnte etwas Unbedachtes tun«, sagte Storch.

Verflixt, mit potenziellen Selbstmördern hatte er keine Erfahrung. Da musste man auf jedes einzelne Wort achten, das man sagte. »Ich denke, in einer solchen Angelegenheit wäre der Herr Pastor vielleicht der bessere Mann.«

»Meierpiek? Ich weiß nicht, ob er als Seelenklempner der Richtige ist.«

Den Seelenklempner überhörend, trat Bakker vom Fenster weg. Bengelchen schien um die Hintergründe der Sorgen von Frau Dröge zu wissen. »Was meinen Sie? Steckt denn mehr dahinter?«

»Werner Dröge ist der Eigentümer des Hofes am östlichen Ende der Insel. Vor einigen Jahren hat er auf seinem Grund und Boden einen großen Teich ausgehoben. Wunderschön, sage ich Ihnen. Er hat Fische reingesetzt, Seerosen gepflanzt und rundherum alles begrünt. Sogar einen kleinen Holzsteg zum Angeln hat er gebaut, geschützt hinter dichten Büschen …«

Bakker stoppte die Schwärmerei, indem er eine Hand hob.

»Na, jedenfalls kam irgendwann eine Verfügung von der Naturschutzbehörde. Das war noch vor Ihrer Zeit hier auf Ameroog. Die verlangten, Dröge solle sofort den Teich zuschütten und alles so wieder herrichten, wie es vorher war.«

Storch schüttelte den Kopf. Es war ihm anzusehen, dass er mit dieser Entscheidung nicht einverstanden war. »Dröge weigerte sich, bekam weitere Aufforderungen und jede Menge Geldbußen. Bis er eines Tages aufgab, einen Schneeschieber vor seinen Trecker spannte und, wie vom Amt verlangt, Teich und Umgebung dem Erdboden gleichmachte.«

»Schade um so eine Idylle. Wie lange ist das her?«

»Wie gesagt, es war vor Ihrer Zeit.«

»Dann frage ich mich, warum sich Frau Dröge erst heute Sorgen um ihren Ehemann macht.«

»Sie sagt, es sei ein weiteres Schreiben der Naturschutzbehörde gekommen, und jetzt dreht er durch.«

Kein Zweifel, Bakker war neugierig geworden. Er wollte erfahren, was das Amt nun zu beanstanden hatte. »Ich fahre hin.«

Sieben

Dass Frau Dröge sich um ihren Ehemann sorgte, mochte daran liegen, dass sie eine vorausschauende Frau war. Werner Dröge befand sich derzeit jedenfalls bei bester Gesundheit, er war mit seinem Freund im Kuhstall und wirkte äußerst zufrieden. Vermutlich lag es am Gesprächsgegenstand, dem »guten Geschmack«. Ein beliebtes Thema zwischen Werner Dröge und Fritz Schulze, bei dem sie sich ständig in die Haare bekamen und dennoch ihren Spaß hatten. Irgendwann würde es vermutlich einmal in einer Katastrophe enden.

Warum die beiden überhaupt so etwas wie eine Freundschaft pflegten, war und blieb manch einem Insulaner für immer ein Rätsel.

Werner Dröges Statur entsprach dem gängigen Vorurteil gegenüber Bauern: hochgewachsen, kräftig, Gesicht und Unterarme vom ständigen Arbeiten in der Sonne gebräunt und Hände so groß wie Bratpfannen.

Fritz Schulze hingegen, von Beruf Strandzeltvermieter, war klein und hager und erinnerte an einen Terrier. Er war ein Feingeist, der Chopin hörte, zum Literaturkreis ging und regelmäßig an Weinproben in Südfrankreich teilnahm.

Schulze bezeichnete Schnecken mit Knoblauchsoße als Delikatesse, Dröge hielt sie für zähes Kaugummi, nach deren Verzehr man aus dem Hals stank. Schulze schlürfte gern Austern, für Dröge konnte man genauso gut Nasenrotz herunterschlucken und sich gleichzeitig ein wenig Zitronensaft auf die Zunge träufeln. Das Einzige, was die beiden Männer verband, war ihr Trachtenverein.

Dröge besaß mehrere Kühe. Eine von ihnen war sehr empfindlich und litt unter Verdauungsproblemen. Immer wenn sie kränkelte, musste er in den Stall, um sie zu massieren. Zwar hatte er niemals Tiermedizin studiert, doch er war kein völliger Dummkopf, was die Gesundheit seiner Tiere anging. Im Laufe der Jahre hatte er sogar ein derartiges Geschick in der

Kuhmassage entwickelt, dass er präzise vorhersagen konnte, wann ihre Darmqual ein Ende hatte. Genauer gesagt, wann in wenigen Sekunden all der Mist, der sie quälte, im hohen Bogen aus ihr herausfliegen würde.

Werner hockte also neben der Kuh in einer Stallbox und massierte ihren Bauch. Fritz Schulze stand im Mittelgang und stritt mit ihm. Er behauptete auch heute wieder, den besseren Geschmack und die feinere Nase zu haben.

»Die Nase, Werner«, dabei zeigte er auf Dröges Knolle im Gesicht, »ist es, worauf es ankommt. Meine ist auf die allerfeinsten Geruchsabstufungen trainiert. Mir gelingt spielend jeder Vergleich, egal, ob es sich um Wein handelt, feinste Zigarren, erlesene Speisen oder Parfüme.« Herablassend ergänzte er: »Das kann nicht jeder«, und tippte sich selbstgefällig an sein eigenes Riechorgan. »Eine besondere Nase ist das A und O, um einen edlen Geschmack sein Eigen nennen und hervorragend vergleichen zu können.«

Dröges Finger fühlten, wie unter der Kuhhaut etwas in Bewegung geriet. »Du kannst doch noch nicht einmal den Duft einer Rose von einem Gänseblümchen unterscheiden.«

»Rosen, mein lieber Werner, vergleicht man nur mit Rosen.«

Dröge hatte sich unterdessen leicht vorgebeugt und gesehen, was die Hand bereits gespürt hatte: Am Unterbauch seiner Kuh bewegte sich das schwarz-weiße Fell in ganz seichten Wellenbewegungen.

»Fritz, geh hinter der Kuh weg«, lag ihm auf den Lippen zu sagen, doch dann dachte er sich, sei ein höflicher Mensch, unterbrich den Fritz nicht in seinem Vortrag über den Duft der Rosen. Er konnte ja später behaupten, er habe schon immer erfahren wollen, was unangenehmer roch – frische Kuhscheiße oder Erbrochenes. Für ihn persönlich war die Entscheidung klar, doch wäre es egoistisch, dem geruchssüchtigen Fritz und seinen olfaktorischen Superfähigkeiten dieses Erlebnis vorzuenthalten. Die einmalige Gelegenheit, beides im direkten Vergleich zu bekommen.

Dröge strich mit kräftigen Fingern noch einmal über den Unterbauch des Tieres, ehe er aufstand, die Arme vor seiner

Brust verschränkte und einen Schritt zur Seite tat. Wie erwartet, taten Fritz und die Kuh ihm den Gefallen und entleerten sich fast zur gleichen Zeit, wobei sich im letzten Moment unglücklicherweise eine menschliche Gestalt zwischen die beiden schob.

Der Kuh ging es sogleich besser. Die Darmqual war vergessen. Ein bisschen vom menschlichen Mageninhalt klebte an den Haxen, aber wie wir Kühe kennen, interessierte sie diese Tatsache nicht im Geringsten. Ganz im Gegensatz zu Fritz Schulze, der leicht bekleckert im Mittelgang stand, immer noch würgend, und den über und über mit Kuhscheiße bedeckten Polizisten anstarrte. Beide wirkten auf Dröge etwas lädiert.

»Nun, Fritz, welcher dieser Gerüche ist für deine Nase der feinere?«

»Dröge, du Sau!«, schrie Schulze und wischte sich mit dem mit Dungspritzern versehenen Ärmel über den Spuckmund. »Das hast du extra gemacht.«

Schulze rannte wütend aus dem Stall, und Dröge betrachtete sich den armen Kommissar Bakker, der wohl mehr als nur ein frisches Hemd benötigte, um sich wieder in der Öffentlichkeit blicken lassen zu können. Dennoch war er zufrieden mit dem Experiment. Auch ohne duftverwöhnte Nase stand für ihn zweifelsfrei fest, dass die Kuh ein angenehmeres Aroma verströmte als Schulzes Mageninhalt.

»Das tut mir fürchterlich leid, Herr Kommissar. Kommen Sie schnell mit ins Haus, da werden wir Sie wieder herrichten.«

So kam es, das Johann Bakker kurze Zeit später beim Ostlandbauern unter der Dusche stand. Als er sich danach die Haare trocken rubbelte, rekapitulierte er sein Missgeschick und kam zu dem Schluss, dass er die Worte »Tote, mein lieber Werner, vergleicht man nur mit Toten« falsch verstanden und noch falscher interpretiert haben musste, als er in den Stall gekommen war, denn sonst wäre er kaum im Laufschritt zwischen eine Kuh und einen ihm unbekannten Mann getreten.

So viel zu Dingen, die man glaubt zu hören, wenn man mit dem Gedanken einen Raum betritt, dass sich jemand etwas antun will. Dröge mochte alles Mögliche sein, aber er war sicher kein Mensch, der Suizidgedanken hegte.

»Ihre Frau …«, begann Bakker, als er aus Dröges Badezimmer trat.

»Die hat Ihre Sachen bereits in die Waschmaschine geschmissen. Anschließend kommt alles in den Trockner, dann sind sie wie neu.«

»Davon rede ich nicht. Ihre Frau …«

»Macht uns gleich erst einmal einen leckeren Grog, da kommen Sie auf andere Gedanken, und den bestimmt noch in Ihrer Nase festsitzenden Geruch vertreibt er auch.«

»Ihre Frau …«, fing Bakker zum dritten Mal an und hob die Hand, um eine erneute Zwischenbemerkung von Dröge zu unterbinden, »… hat etwas von einem weiteren Bescheid der Umweltbehörde gesagt.«

»Sind Sie deswegen hier? Wollen Sie das zweite Bußgeld gleich mitnehmen? Ich habe alles wieder so hergerichtet, wie es vorher war. Den Teich zugeschüttet, die Bäume und Hecken rausgerissen und Rasen ausgesät. Bis es eine Wiese mit Löwenzahn wird, dauert es aber noch etwas.«

»Welches zweite Bußgeld?«

»Na, das Bußgeld, das im neuen Bescheid gefordert wird. Eines musste ich zahlen, weil ich einen Teich angelegt hatte, und dieses hier wegen der Vernichtung eines Biotopes.«

»Biotop?«

»Damit ist mein Teich gemeint. Herr Kommissar, die Seerosen hätten Ihnen gefallen. Einfach traumhaft. Und der Meinung waren anscheinend auch eine ganz besondere Libellenart und irgend so eine komische Unke.«

»Unke?«

»Ein dicker schwarzer Frosch mit Pickeln.«

»Ah ja. Und was ist mit den Tierchen?«

»Die stehen auf der Roten Liste.«

»Gefährdete Arten? Gab es die denn nur hier?« Bakker deutete mit dem Finger über seine Schulter, in der Annahme, dass der Teich ungefähr dort gelegen haben musste.

»Nein. An jeder anderen feuchten Stelle auf der Insel wimmelt es nur so von ihnen.« Er seufzte. »Was ist los mit den Behörden, haben die nichts Wichtiges zu tun?«

Ja, das fragte Bakker sich auch. Er wollte dem zustimmen, doch er war selbst ein Beamter.

Die Erkenntnis spülte er mit einem steifen Grog hinunter, bei dem ihm Dröge Gesellschaft leistete. Bis seine Kleidung wieder sauber und trocken war, würde es längst dunkel sein. Feierabend. Da konnte er genauso gut noch ein wenig hierbleiben.

Alles, woran er sich später erinnerte, war, dass der Westlandbauer einen ebenso schönen Teich, wie Dröge einmal einen hatte, sein Eigen nannte. Von ihm hatte die Umweltschutzbehörde allerdings noch nie etwas gewollt.

Als Bakkers Kleidung fertig und die Stimmung auf dem Höhepunkt war, weil er mehr Grog getrunken hatte, als er vertragen konnte, legte Frau Dröge ihr Fahrrad in den Kofferraum des Polizeiwagens und fuhr ihn nach Hause.

★★★

Daniel schob die eiserne Friedhofspforte auf. Dass diese Dinger immer quietschen mussten, wenn man sie öffnete! Tagsüber fiel einem das nicht auf, doch in der abendlichen Stille konnte man die Schlafenden in den umliegenden Häusern damit aufwecken. Sollten sich Jugendliche unbefugt auf dem Friedhof herumtreiben, hatten sie ihn bestimmt gehört.

Daniel verharrte einen kurzen Moment, doch nirgends in der Nachbarschaft ging ein Licht an oder klappte eine Tür. Er griff seine Schaufel fester, marschierte los, den Hauptweg entlang, und leuchtete mit der Taschenlampe die Gräber ab. Seine Schuhsohlen knirschten auf dem Kies.

Scheppernd schlug das metallene Blatt der Schaufel gegen einen Eingrenzungsstein, und er glaubte, sein Herz würde vor Schreck einen Aussetzer machen. Horchend blieb er stehen. Alles still. Niemand rührte sich.

Daniel musste schmunzeln. Welcher seiner unterirdischen Kunden sollte sich hier auch rühren?

Er zuckte zusammen, als sein Handy klingelte, dann atmete er erleichtert durch. Hatte er also doch recht behalten. Den ganzen Tag hatte er danach gesucht. Er musste das verflixte kleine Ding irgendwo hier verloren oder womöglich sogar versehentlich eingegraben haben.

Er drehte sich mehrmals um seine eigene Achse, um zu hören, woher das Geräusch kam. Der Ton wurde immer lauter. Bei Frau Susemann ging schon das Küchenlicht an.

Ein blasser bläulicher Schein zu Füßen eines Engels zeigte ihm den Weg. Komisch, dachte Daniel, ich erinnere mich nicht, heute schon hier gewesen zu sein. In drei Schritten war er da, nahm sein Handy und sah auf das Display.

»Aufgelegt«, sagte er zu dem Engel. Der wirkte sehr lebensecht, wenn man von den Flügeln einmal absah, die Daniel viel zu groß fand. Sollte er sich jemals, zum Beispiel beim Jüngsten Gericht, in die Lüfte erheben wollen, würde er sicherlich nach hinten wegkippen.

Das Handy klingelte erneut. Dieses Mal konnte er das Gespräch schon beim zweiten leisen Ton annehmen. Kein weiteres Licht in den umliegenden Häusern ging an.

»Gott sei Dank«, flüsterte er in den Apparat.

»Wie bitte?«

»Ach, nichts.«

Ein Mann, dessen Stimme ihm bekannt vorkam, der auf seine Nachfrage hin jedoch abstritt, ihn persönlich zu kennen, gab sich als Lieferant von preiswerten Grabsteinen aus und wollte mit ihm ins Geschäft kommen. Der Fremde versprach kunstvolle Gravuren zu niedrigen Preisen, ja er konnte sogar Engelskulpturen liefern. Daniel betrachtete den steinernen Gesichtsausdruck des Seraphim vor ihm. Er war eher verkniffen, so als müsste er dringend einmal auf die Toilette. Daniel fand, so sollte kein himmlisches Wesen dreinblicken. Ein paar neue Skulpturen würden dem Friedhof gut zu Gesicht stehen.

Dieser Gedanke mochte das ausschlaggebende Motiv gewesen sein, sich auf den Gesprächsteilnehmer einzulassen. Er stimmte einem Treffen mit dem Fremden zu.

»Wann und wo?«

Der Mann sagte es ihm.

»Etwas exotisch für ein Geschäftstreffen«, murmelte Daniel nach Beendigung des Gespräches. Die Menschen wurden immer verrückter. Für einen kurzen Moment durchzuckte ihn der Gedanke, dass die Stimme des Vertreters und die des anonymen Anrufers, der vorhin die nirgends zu sehenden Jugendlichen gemeldet hatte, ähnlich klangen. Da knackte es in einem Gebüsch.

»Ist da wer?«

Verflixt, warum trieben sich junge Menschen bloß so gern nachts auf dem Friedhof herum? Daniel wusste wirklich schönere Plätze, um Spaß zu haben.

★★★

Als Frau Dolling am Morgen mit dem Frühstückstablett hereinkam, fühlte Bakker sich noch genauso mies wie am Abend, kurz bevor er ins Bett gefallen war. Er rief Storch an, um zu sagen, dass er heute etwas später kommen würde.

»Sie haben Dröges Grog getrunken«, stellte Bengelchen umsichtig fest. »Die Nachwirkungen sind bei mir auch immer recht heftig. Aber meine Mama sagt, wer saufen kann, der kann auch arbeiten.«

»Verschonen Sie mich mit den Zitaten Ihrer Mama.« Bakker drückte den roten Knopf, ohne sich zu verabschieden, und stöhnte, als Frau Dolling ihre Hand in seinen Nacken legte, um ihm beim Anheben des Kopfes zu helfen. Der Parfümgeruch ihres »Tosca«, der ihn an seine richtige Oma erinnerte, bereitete ihm Magendrücken. Er hatte sie sehr gemocht.

Frau Dolling knuffte vorsichtig das Kissen unter ihm zurecht und strich ihm eine widerspenstige Locke aus der Stirn. Das hatte sie noch nie gemacht. Normalerweise vermied sie solche Gesten. Er musste noch schrecklicher aussehen, als er sich fühlte. Dasselbe sagte ihm auch sein Frühstück. Er betrachtete den sauren Hering auf dem Teller, als befürchtete er, dieser könnte von den Toten auferstehen und ihn in die Nase zwicken, und schob mit angeekeltem Gesichtsausdruck das Tablett von sich weg.

»Nichts da«, sagte Frau Dolling, während sie das Servierbrett zurück auf die ursprüngliche Position rückte. »Was Sie jetzt brauchen, ist was Deftiges. Und will der Matjes ihren Magen wieder verlassen ...« Sie deutete auf einen kleinen roten Plastikeimer, der neben seinem Bett stand.

Wann hatte sie den denn dorthingestellt? Vermutlich noch in der Nacht.

Sie nahm Messer und Gabel, schnitt dem Fisch den Schwanz ab und schob ihn auf den Tellerrand. Das nächste Stück steckte sie ihm in den Mund. Nur mit Widerwillen schluckte Bakker. Die ersten Happen rutschten die Speiseröhre hinunter, und je mehr sich sein Magen füllte, desto besser ging es ihm. Auch meinte er zu spüren, dass die Kopfschmerzen nachließen. »Nun kann ich allein essen.«

»Zitrone im Kaffee wirkt Wunder«, sagte Frau Dolling, gab ihm das Besteck und beobachtete, wie er den Hering aß, ihn mit einem Schluck Kaffee aus dem Becher herunterspülte und das Gesicht verzog. »Das ist besser als jede Schmerztablette. Von denen halte ich wenig. Medikamente soll man nur dann nehmen, wenn man sich anders nicht helfen kann.«

Sie wartete, bis er auch den Becher geleert hatte, nahm ihn und ließ Bakker in seinem Elend allein zurück. An der Tür drehte sie sich noch einmal zu ihm um. »Wenn es so schlimm bleibt, bringe ich Ihnen verdünnten Essig, der soll auch gegen Kopfschmerzen helfen.«

Auf keinen Fall, ein Alka-Seltzer wäre ihm lieber.

Den Blick auf die Zimmerdecke geheftet, versuchte Bakker sich zu erinnern, was der Bauer ihm alles erzählt hatte. Dabei war etwas Bestimmtes zwischen den Zeilen zu hören gewesen, so als wollte er gern, dass der Kommissar es wusste, ohne direkt davon sprechen zu müssen. Was war das noch gleich gewesen? »Man sollte keinem Geschwätz Glauben schenken«, hatte Dröge gesagt, »das einen Zusammenhang zwischen meinem Biotop, der Umweltministerin und gewaltbereiten Autonomen herstellen möchte.« Klang etwas geschwollen dahergeredet für einen Bauern.

Ein leises Klopfen, gefolgt von anschließender Stille, ließ ihn die Bettdecke bis zum Hals hochziehen. Frau Dolling konnte es nicht sein. Sie klopfte und kam im selben Moment in sein Zimmer.

»Herein?« Seine Stimme klang leidender als beabsichtigt.

»Die Insel ist schlecht für dich, du entwickelst dich zum Säufer. In all der Zeit, die ich dich kenne, habe ich dich niemals so viel trinken sehen, dass du am nächsten Tag liegen bleiben musstest.«

Der mahnende Ton gehörte seiner Frau Kerstin.

Bakker zog die Decke übers Gesicht. »Was willst du?«

»Martin Dahl macht sich Sorgen um dich«, flötete sie honigsüß, und er wusste, das war kaum die Wahrheit.

»Wer's glaubt. Sicherlich hast du Angst, ich springe vom Leuchtturm oder man bringt mich in die Psychiatrie wie meine Vorgänger. Befürchtest du, keine Alimente mehr zu bekommen?«

»Du zahlst kein Ziehgeld, denn das bedeutet das Wort Alimente, sondern Unterhalt.«

Kerstins Angewohnheit, ihn ständig zu verbessern, hatte er schon fast vergessen gehabt. Ihn zu korrigieren und damit vom Thema abzulenken, war ihre Stärke. Heute fiel er darauf nicht herein. Demnach ging es um etwas anderes als seine monatlichen Zahlungen.

»Was gibt es denn da zu lächeln?«, fragte sie misstrauisch, und er schüttelte selig den Kopf. Bis eben hatte die Erkenntnis, dass es ihm ohne sie besser ging, noch in seinem Unterbewusstsein geschlummert, doch nun trat voll zutage, was er schon seit Wochen fühlte. Wann war der Tag gewesen, an dem er aufgehört hatte, sie zu vermissen? Er konnte es nicht sagen. Doch eines wusste er genau: Er war über sie hinweg. Sollte der Minister, der sie ihm ausgespannt hatte, doch glücklich mit ihr werden.

Oder waren die beiden schon wieder auseinander, weil auch ihr neuer Lover Kerstins Spielsucht überdrüssig geworden war? Womöglich wollte sie zu ihm zurückkehren.

Ihn schüttelte es innerlich.

»Ist dir kalt?« Sie betrachtete ihn lauernd. Sie wusste noch immer, was in ihm vorging.

»Wie geht es dir?«, wollte er fragen, verkniff es sich aber. Eine Diskussion mit Kerstin über ihre derzeitige Lebenslage, an der sie ihm – so sie misslich war – die Schuld geben würde, mochte er nicht ertragen. Ja, vermutlich hatte der Mann ihr den Laufpass gegeben, und nun wollte sie zurück zu ihrem Ehemann und Versorger. Aber der Innenminister, erinnerte er sich, war doch gemeinsam mit ihr auf die Insel gekommen. Hatte er vielleicht aus irgendeinem Grund mit seinem Vorgesetzten über ihn gesprochen? Das wäre ja sogar noch schlimmer!

»Ist es dienstlich?«, murmelte er unter der Bettdecke hervor und blinzelte gerade rechtzeitig über den Deckenrand hinweg, um zu erkennen, dass er vermutlich ins Schwarze getroffen hatte. »Sag schon. Was gibt es so Wichtiges, dass es *dich* nach Ameroog verschlägt, oder besser gesagt, dass du dich schicken lässt?« Er versuchte, fies zu klingen, doch es misslang.

»Die Umweltministerin kommt morgen.«

»Die Umweltministerin, aha! Und nun habt ihr Angst, der Frau könnte etwas zustoßen?«

»Wohl kaum, sie hat Bodyguards. Aber bei dir weiß man ja nie.«

Verdammt, war er so ein Idiot, dass sie dachte, er könnte das versauen? Kerstin musste ihn für einen absoluten Volltrottel halten, der er ja wohl auch gewesen war, denn wie sonst hätte er es so lange mit ihr ausgehalten?

»Auf der Insel haben wir kein Spielcasino, nicht mal einen schnöden einarmigen Banditen wirst du finden, um mein Geld zu verpulvern.«

Ja, auch er konnte gemein sein. Ihre Spielsucht hätte auf Dauer sicherlich zum Bruch ihrer Ehe geführt. Nein, nicht hätte, verbesserte er sich, sie *hatte* dazu geführt, schließlich war es Kerstins Sucht gewesen, der er die Affäre mit dem Innenminister und seine Versetzung nach Ameroog verdankte. Doch darüber wollte er mit Kerstin nicht zanken.

Sein ausgestreckter Zeigefinger wies zur Zimmertür. »Da hat der Zimmermann das Loch gelassen«, sagte er und wunderte sich, dass sie der Aufforderung folgte. Dieser Sieg war zu leicht gewesen. Was zum Teufel hatte sie vor?

ACHT

Nachdenklich verließ Bakker sein Zimmer. Was immer Kerstin nach Ameroog und in seine Unterkunft getrieben hatte, es konnte für ihn kaum Gutes bedeuten. Er ging den Pensionsflur entlang und musste lächeln. Er dachte an Kerstins dummes Gesicht beim Anblick von Einrichtung und Mobiliar. Sie gab immer geringschätzige Kommentare ab, wenn etwas unmodern war, und sie musste Fürchterliches gesagt haben, als sie vorhin Frau Dollings Flure durchquerte. In den dunklen Gängen fühlte man sich in die sechziger Jahre zurückversetzt. Rot-weiße Tapeten mit großen Ornamenten, die an Wappen mit Krönchen erinnerten, schmückten die Wände. Überall im Haus stand Nippes aus aller Welt.

Nicht, dass Frau Dolling jemals selbst weiter weg als bis nach Groningen oder Emden gekommen wäre. Diese schönen Scheußlichkeiten brachten ihr Insulaner und Gäste von ihren Urlaubsreisen mit.

Als Bakker hier eingezogen war, hatte er gedacht wie Kerstin und sich geschworen, nur so lange wie unbedingt nötig zu bleiben. Mittlerweile konnte er sich gar nicht mehr vorstellen, anderswo zu wohnen. Er hatte Gefallen an dem Nippes gefunden. Seit er in der Pension lebte, hatte er sich zum Minimalisten entwickelt. Die eigenen Möbel waren auf dem Festland eingelagert, und außer Kleidung, Hygieneartikeln und ein paar Büchern besaß er nichts. Dabei hatte er sich noch vor ein paar Monaten einen eigenen Garten gewünscht. Heute kam ihm diese Vorstellung lächerlich vor. Warum sollte er Zeit und Energie verschwenden, wenn er einen wunderschönen Sandstrand quasi direkt vor der Haustür hatte und jederzeit durch die grandioseste Dünenlandschaft wandern konnte, die kein Landschaftsgärtner je so erschaffen könnte?

Nun ja, grandios bis auf dieses mickrig kleine Wäldchen, das, wie er jetzt wusste, vor Jahrzehnten von Schülern angelegt worden war.

Bis zur Polizeidienststelle waren es keine fünf Minuten zu Fuß. Um nicht jeden Tag dieselbe Strecke zu gehen, was langweilig gewesen wäre, lief Bakker gelegentlich einen Umweg durch die schmalen Inselstraßen rund um den Kurpark mit Kurhaus und Schwimmbad. Eben verließ er die Kurgegend und bog um eine eher unwirtliche, trostlose Straßenecke. Hier begann die »dunkle Gegend«, die tugendhafte Insulaner nach Sonnenuntergang mieden. Keine zweihundert Meter weiter lag das berüchtigte »Piratennest«, eine Spelunke, wie sie im Buche stand. Das Haus und seine Bewohner machten dem Namen alle Ehre. Bakker hatte sich in der Vergangenheit schon mehrmals mit ihnen anlegen müssen und dabei jedes Mal den Kürzeren gezogen. Vor allem der Besitzer, Knut Schröder, ließ keine Gelegenheit aus, seine Gäste und besonders die Polizei an der Nase herumzuführen.

Seine Aufmerksamkeit wurde auf etwas Buntes gelenkt, einen Blumenstrauß oder ein gemustertes Hemd, das am Ende der Straße nach rechts verschwand. Es erinnerte ihn an den unbekannten Touristen, dessen Identität Kollege Storch noch nicht klären konnte. Es würde ihn kaum wundern, wenn der Fremde etwas mit Knut Schröder zu tun hätte.

Vor dem Gebäude blieb Bakker stehen. Ein faszinierendes altes Haus mit Erkern, Giebeldächern, Zwiebeltürmen und Schornsteinen, auf denen kleine Abzugsrohre saßen, die aussahen wie Hüte. Vermutlich kamen sie aus England, da gab es die größte Vielfalt. Der Vorplatz war kunstvoll mit Seemotivornamenten gepflastert. Links und rechts standen je eine rote und eine grüne Fahrwassertonne. Bakker ging zum Haupteingang und drückte die Türklinke herunter. Verschlossen.

Schröder war verreist, das hatte ihm Wim Heijen erzählt. Was Bakker auf die Idee brachte, dem »Piratennest« heute Nacht einen Besuch abzustatten. Vielleicht fand er irgendeinen geheimen Zugang zu dem Gebäude, um sich dort einmal in Ruhe genauer umzusehen.

Vermutlich war der Restalkohol schuld an dem Gedanken. Das Gebäude und vor allem die Keller und unterirdischen Gänge bargen viele Geheimnisse, wie er bereits vor Monaten in seinem ersten Fall festgestellt hatte. Man erzählte sich, es seien einige dabei, die nicht einmal der Hauseigentümer selbst kannte. Überbleibsel aus der Zeit der Piraten zu Napoleons Zeiten, während der Kontinentalsperre Anfang des 19. Jahrhunderts.

Die Wintermonate hindurch war das Etablissement geschlossen, da die wenigen Einheimischen nicht genügend Umsätze brachten. Jetzt, im Frühjahr, öffnete das »Piratennest« zu Saisonbeginn seine Pforten, und mit dem Anstieg der Gäste stieg auch die Arbeit der Polizei. Das Lokal trug wesentlich dazu bei. Es war bekannt für Prügeleien, gutes Essen und eine historische Einrichtung, die an Seefahrerzeiten vor zweihundert Jahren erinnerte. Auch für sein Personal war das »Piratennest« berühmt. Die Kellner wirkten alle, als wären sie einem Kinofilm über Seeschlachten zwischen Freibeutern in der Karibik entsprungen.

»Entschuldigung.« Eine Männerstimme ließ Bakker erschrocken herumfahren. »Können Sie mir helfen? Meine Fieze hängt im Baum.«

»Ihre was?«

»Mein Fahrrad.«

»Ihr Fahrrad hängt im Baum?«

»Sag ich doch.«

Der Mann war offensichtlich betrunken. Bakkers Blick folgte dem Fingerzeig des Mannes. Sie überquerten die Straße und gingen einige Schritte. Wirklich, an einem Ast hing eine Fieze. Der Mann hatte recht. Das Rad befand sich in einer Höhe, in der er es mit ausgestrecktem Arm gerade eben mit den Fingerspitzen erreichen konnte, aber zu hoch, um es herunterzuheben.

Bakker fragte sich, ob er vom gestrigen Grog immer noch benebelt war. Wie lange mochte es dauern, bis der Alkohol aus seinem Blutkreislauf verschwunden war?

Er hob den Blick ein wenig höher, und ja, er sah richtig. Neben dem Fahrrad, dessen Eigentümer neben ihm stand, hingen noch drei weitere Räder in den Ästen. Aufgehängt am Vorderrad, unter Zuhilfenahme eines Speckhakens, drehten sie sich friedlich im leichten Wind. Er reckte erneut den Arm und stellte sich auf die Zehenspitzen, doch es gelang ihm nicht, den hinteren Gummireifen eines der Zweiräder zu fassen.

»Du liebe Zeit, wie sind die denn da hochgekommen?«

»Ich denke, mit Hilfe einer langen Leiter, Herr Kommissar«, belehrte ihn der Mann. »Mein Name ist übrigens Rolof Rolofsen. Sie steht dort hinten an der Wand. Die Leiter, meine ich. Wenn Sie mir helfen könnten, zu zweit ist es leichter. Sie müssen sie nur festhalten.«

Bakker machte einen Schritt in die angegebene Richtung, hielt dann aber inne. Er konnte als Polizist nicht so einfach über einen fremden Gartenzaun steigen, sich eine dort an der Wand lehnende Leiter nehmen und zusammen mit einem Unbekannten, immerhin kannte er nur seinen Namen, ein Fahrrad aus einem Baum heben. Wer garantierte ihm denn, dass das angegebene Rad tatsächlich Rolofsen gehörte? Außerdem sah es so aus, als stünde der Baum auf Privatgrund, und er fühlte sich zu körperlichen Belastungen noch nicht in der Lage. Das sagte er dem Mann auch – na ja, das mit den physischen Anstrengungen verschwieg er lieber.

Ein junges Mädchen, dessen Turnschuhschnürsenkel sich gelöst hatte, kam vorbei.

»Moin«, grüßten die beiden Männer, und Rolofsen deutete auf ihren Fuß, woraufhin sie sich bückte, um den Schuh zuzubinden. Dabei entblößte sich ein Teil ihres Rückens und zeigte den Herren ein hauchdünnes Bändchen, das teilweise zwischen den Pobacken verschwand.

»Früher konnte man mit einem Damenschlüpfer ein ganzes Fahrrad putzen«, teilte Rolofsen Bakker mit. »Heute reicht es nicht einmal mehr für den Klingeldeckel.«

Das Mädchen zeigte ihm einen Vogel, lächelte aber dabei und ging weiter.

»Was ist nun, helfen Sie mir?«

Bakker schüttelte den Kopf.

»Na, dann geh ich eben zu Fuß nach Hause«, sagte Rolofsen und verschwand. »Wenigstens weiß ich, wo mein Fahrrad ist. Da klaut es keiner.«

★★★

Die Kopfschmerzen wurden heftiger. Bakker legte den Stift zur Seite, mit dem er eben ein paar Formulare unterschrieben hatte, und rieb sich die Stirn. Dann sah er auf die Uhr: Mittagszeit. Er sollte in der Apotheke vorbeigehen, sich Tabletten besorgen und zu Hause ein Mittagsschläfchen machen, dann ginge es ihm sicherlich bald besser.

Bakker verließ das Polizeigebäude und bog in die Hafengasse ein. Er stolperte über einen um wenige Millimeter erhöhten Stein im Buckelpflaster und fand Halt an einem altmodischen Laternenpfahl. Hastig sah er sich um, ob ein unliebsamer Beobachter in der Nähe war und sein Missgeschick bemerkt hatte, dann ging er weiter. Vor den Schaufenstern der Einzelhändler zog er unwillkürlich den Kopf ein, um gegen keines der schmiedeeisernen Schilder, die über den Eingangstüren hingen, zu stoßen. Ein Reflex, der nicht notwendig war, die Hinweistafeln hingen für seine Körpergröße hoch genug. Eine offene Schere über der Tür zum Friseur, gleich dahinter ein Mörser über der Apothekentür, darunter die Zahl 1873. Ob es das Eröffnungsjahr der Apotheke oder das Erbauungsjahr des Hauses war, vermochte er nicht zu sagen.

Er kaufte etwas gegen sein Kopfweh und spülte es noch in der Apotheke mit einem Schluck Wasser hinunter. Der Krebs über dem Fischladen gleich gegenüber der Apotheke, der einen Fisch in der Zange hielt, gefiel ihm besonders, doch heute bemerkte er ihn kaum. Er ignorierte auch das Posthorn, das Maßband für die Schneiderin und die Maske für den Karnevalsladen. Wovon ein Kostümverleiher hier leben konnte, mochte man sich fragen, doch das hatte er schon in seinen ersten Tagen auf Ameroog herausgefunden: Das »Piratennest« ließ seine Kundschaft, Einheimische wie Touristen, ausschließlich in historischen Kostümen das Haus betreten.

In seinem Zimmer angekommen, streifte Bakker die Schuhe ab, ließ sich ins Bett fallen und schlief sofort ein.

Ein Mann in einem schwarzen Kapuzenshirt, unter dem ein paar Hibiskusblüten hervorschauten, zupfte Schilder mit Kritzeleien darauf aus einer Baumkrone. Es war ein großer Baum.

Zwischen den Schildern hingen mehrere Fahrräder. Überall hockten Strohpuppen, und menschliche Gestalten mit Schlingen um den Hals baumelten von den Ästen. Eine der Puppen streckte die Hand nach Bakker aus, eine andere schwenkte ein schwer wirkendes Schild und schlug damit nach ihm. Er versuchte auszuweichen und gleichzeitig zu entziffern, was darauf geschrieben stand. Da kam der Kapuzenmann, nahm einer Strohpuppe, deren Gesicht sich in das von Knut Schröder verwandelte, die Stiefel ab und schüttete Bakker das darin befindliche Wasser entgegen. Bakkers Kopf wurde nass, das Wasser, das ihm über die Lippen lief, schmeckte salzig. Er versuchte, dem Fremden die Kapuze vom Kopf zu reißen, um sein Gesicht zu erkennen, während sein Inneres ihn zwang, die Worte auf den Schildern zu entziffern. Von der Entscheidung, wo er nun zuerst hinschauen sollte, vollkommen überfordert, wirbelte Bakker im Kreis herum, hob abwehrend die Hände und schrak hoch.

Es war einer dieser Träume, die man zwischen Schlafen und Erwachen träumte. In dem winzigen Zeitraum, der so dünn wie ein Haar war und an den man sich dennoch erinnerte, als wären es Minuten gewesen. Er erwachte und konnte im abgedunkelten Zwielicht des Raumes nichts sehen, was darauf schließen ließ, ob es noch immer Mittag oder bereits früher Abend war. Sein Wecker, den er seit er bei Frau Dolling wohnte nicht mehr stellen musste, da sie diese Aufgabe übernommen hatte, zeigte vierzehn Uhr dreißig an. Er sollte aufstehen.

Bakker setzte sich auf, wischte sich die Feuchtigkeit von den Wangen und versuchte, den Schrecken abzuschütteln, den ihm der Traum bereitet hatte. Er dachte an das Gruselgesicht aus Edvard Munchs Gemälde »Der Schrei«. Den norwegischen Maler konnte er noch nie leiden.

Für einen Moment lauschte er den Geräuschen des Hauses. In den vergangenen Monaten hatte er gelernt, auf Dinge zu achten, an die er früher nicht einmal im Traum gedacht hätte. So stellte er fest, dass der Wind, der heute Morgen aufgekommen war, sich gelegt hatte. Er stand kurz auf, um die Vorhänge zur Seite zu ziehen und drei Gegenstände von der Fensterbank zu nehmen, und kuschelte sich wieder in die Bettdecke. Er beobachtete, wie die wenigen kleinen Wolken am Himmel sich unter der Sonne auflösten, was einen angenehm warmen Nachmittag ankündigte.

Sein Traum wollte sich nicht abschütteln lassen. Bakkers Unterbewusstsein teilte ihm etwas mit. Irgendwie meinte er zu wissen, dass der Mann im Hawaiihemd, von dem er glaubte, ihn irgendwoher zu kennen, und der Auftritt von Udo Arends, der sich im Revier über die Ungerechtigkeiten der National-parkverordnungen beschwert hatte und dann mit einem großen Holzschild von dannen gezogen war, in einem Zusammenhang standen. Und wie passte die Strohpuppe im Watt ins Bild? Oder ihr Schild »Rettet das Wattenmeer!«?

Ein bisschen viele Schilder, fand Bakker, zumal ihm jetzt wieder einfiel, dass er auf der Fähre bei seiner Rückreise vom Augenarzt auch eines gesehen hatte. Zu viele, als dass es sich um einen Zufall handeln konnte.

Entschlossen schwang er die Beine aus dem Bett, zog seine Schuhe an und stellte den schiefen Turm von Pisa, die Akropolis und das Pissmännchen aus Brüssel wieder auf die Fensterbank zurück. Sie hätten den Blick aus dem Fenster gestört. Er musste herausbekommen, was es mit den Schildern auf sich hatte. Storch und Heijen wussten es bestimmt. Außerdem wollte er sie fragen, warum jemand die Räder in den Baum beim »Pira-tennest« hängte. Danach würde er sich die Vogelscheuche aus dem Watt genauer ansehen und die Kollegen nochmals auf die Suche nach dem unbekannten Touristen schicken.

***

Als Bakker das Hauptbüro betrat, war niemand da. Etwas Buntes, das aus Heijens Papierkorb herausragte, erweckte seine Neugier. Verwelkte Blumen? Die Putzfrau kam freitags, daher lag alles, was sich im Laufe der Woche angesammelt hatte, noch immer im Papierkorb.

Er bückte sich, um das Corpus Delicti herauszuholen, ließ es aber sogleich wieder los, da die Blütenblätter herunterrieselten. Für wen das welke Gemüse wohl bestimmt gewesen war? Das

Gefühl, von etwas ausgeschlossen worden zu sein, erfasste ihn. Storch und Heijen verheimlichten etwas vor ihm. Er gab dem Papierkorb einen Tritt, der fiel um, und einzelne Blüten kullerten heraus. Während er sie wieder einsammelte, beruhigte er sich. Blumensträuße waren meist etwas Persönliches. Die Privatangelegenheiten seiner Mitarbeiter gingen ihn nichts an.

Er betrat sein Büro, um zu sehen, ob sich während der Mittagspause etwas ereignet hatte. Sein Schreibtisch war leer. Er stellte sich ans Fenster und schaute hinaus. Eben lief eine Segeljacht unter Motor in den Hafen ein. Während der Skipper am Ruder stand, mühte sich eine Frau, die Segel festzuzurren.

Der leise Klang der Türglocke zeigte Bakker an, dass jemand das Gebäude betrat. Er hörte, dass es sich um die Kollegen Storch und Heijen handelte, also schaute er weiter zum Fenster hinaus. Draußen war alles ruhig. Die Geschäfte rund ums Hafengelände öffneten nach ihrer Mittagspause gerade wieder ihre Pforten, und die Touristen saßen in den Pensionen bei Tee und Kuchen.

»Touristen – Terroristen, Terroristen – Hooligans«, flüsterte Bakker. Das erste Puzzleteil seines Traumes hatte sich offenbart. Bakkers Gedanken mussten sehr verworrene Wege gegangen sein, wenn aus einem Hawaiihemdtouristen ein Kapuzenshirthooligan wurde. Egal, Hauptsache, er fand den Anfang des Fadens zur Entschlüsselung des Traumes. Alles hing zusammen, da war er sicher.

»Was hat ein Hooligan mit Schildern zu tun?«, fragte er sich laut.

»Damit könnte so ein Typ gehörigen Schaden anrichten«, antwortete Storch.

Bakker fuhr erschrocken herum. Sein Hauptwachtmeister stand in der offenen Tür.

»Kommen Sie rein und machen Sie die Tür zu.«

Storch gehorchte und blieb vor dem Schreibtisch stehen. Er schaute erwartungsvoll, also berichtete Bakker ihm von seinem Verdacht.

»Der Mann könnte ein Hooligan sein, den ich von früher kenne. Einer, der auf Ärger aus ist. Ich bin ziemlich sicher, dass es so ist. Wenn ich mich nur an den Namen erinnern könnte! Konnten Sie ihn inzwischen ausfindig machen?«

»Noch nicht.«

»Verständlich, Sie haben ihn ja auch nur kurz gesehen.«

»Wenn ich in etwas gut bin, Herr Hauptkommissar, dann darin, mir Gesichter zu merken«, sagte Storch. »Auf Ameroog gibt es keinen Besseren«, fügte er hinzu, was er vermutlich im gleichen Moment bereute.

»Wunderbar. Dann setzen Sie sich sofort an meinen PC und sehen Sie im Polizeiregister nach, ob Sie ihn finden.«

Es klopfte.

»Herein.«

Die Aufforderung hätte Bakker sich sparen können. Wim Heijen war bereits eingetreten.

»Daniel Munke hat ein Rendezvous«, verkündete er, und es klang, als würden gleich die apokalyptischen Reiter um die Ecke biegen. Er sah, wie Storch sich auf Bakkers Stuhl setzte, und seine Augen weiteten sich vor Entsetzen.

»Und was interessiert das uns?«, fragte Bakker.

»Ich fürchte, das wird übel enden.« Niemand konnte sagen, ob Heijen damit Storch an Bakkers PC oder Daniels Rendezvous meinte.

»Rendezvous sind Privatangelegenheit, die gehen uns nichts an.« Bakker wollte Heijen, der immer noch aussah, als habe jemand dem Engelchen die Wolke unter dem Hintern weggezogen, eben hinausjagen, als ihm sein Erlebnis mit den Rädern einfiel. »Ich habe da etwas für Sie zu tun.«

Er erzählte von dem Baum voller Fahrräder. Seine Mitarbeiter warfen sich einen wissenden Blick zu, der ihn ausschloss. Beide schwiegen so lange, bis er schon glaubte, sie würden vermuten, dass er sich das alles nur einbildete, und bangten um seinen gesunden Menschenverstand, als Lukas Storch sich endlich räusperte.

»Das ist der Akkermann'sche Fiezenbaum.«

Er sagte das, als erklärte es alles.

»Und? Was ist damit?«

»Wir kümmern uns nicht darum. Das macht er immer. Der

Herr Akkermann, nicht der Baum. Ihn stören die Fahrräder, die an seinen Gartenzaun angelehnt werden. Wenn in der Kneipe wenige Meter weiter die Hölle los ist, stehen die Räder bis hin zu seinem Grundstück.« Als sollte das die ganze Erklärung sein, schwieg Storch wieder.

Bakker bemerkte den nochmaligen Blickwechsel mit Heijen. »Und? Lassen Sie sich doch nicht alles aus der Nase ziehen«, drängte er.

»Wie gesagt, er hängt alle Fahrräder, die an seinem Zaun lehnen, in den Baum.«

»Aber das ist verboten.«

Die beiden machten Gesichter, als wären sie sich da nicht so sicher.

Bakker wandte sich an den niederländischen Kollegen. »Steht der Zaun etwa auf holländischem Gebiet und dort ist so etwas erlaubt?«

Heijen zuckte mit den Schultern, und Storch sprang für ihn in die Bresche. »Wer kann denn ahnen, dass es einen Paragrafen gibt, in dem steht, dass man keine Fahrräder in Bäume hängen darf?«

»Idiot!«, hätte Bakker am liebsten gerufen, konnte sich aber auch an keinen solchen Paragrafen erinnern. »Genau so steht es bestimmt in keinem Gesetzbuch«, sagte er daher. »Aber wir können trotzdem gegen den Mann vorgehen. Er hat sich schließlich an fremdem Eigentum vergriffen.«

»Sagt wer?«

»Ich.«

»Da stehen Sie aber allein da«, wagte Heijen einzuwenden. »Der Baum gehört Akkermann. Und bisher hat niemand, dem eines der Räder gehört, dagegen protestiert, dass sein Rad dort oben hängt.«

»Jedenfalls nicht bei uns«, ergänzte Storch.

»Okay«, sagte Bakker und verkniff sich einen Kommentar über Ameroog und die Bewohner. »Dann lassen Sie mal hören, was Sie an Daniels Rendezvous so beunruhigt«, wechselte er das Thema.

Ehe Heijen antworten konnte, klingelte Bakkers Telefon.

Storch ging ran, lauschte kurz, hielt die Hand über die Sprechmuschel und flüsterte: »Martin Dahl für Sie. Er sagt, es sei wichtig.«

Bakker nickte, und Storch sagte laut: »Moment, Herr Dahl, ich übergebe.«

Mit einer Handbewegung scheuchte Bakker die Kollegen aus dem Büro. »Kriminalhauptkommissar Bakker«, meldete er sich und nahm stramme Haltung an.

»Bakker, es geht um Ihre Verstärkung«, erklärte Dahl, ohne eine Begrüßung nötig zu finden.

»Verstärkung? Neulich sagten Sie, ich bekäme kein zusätzliches Saisonpersonal mehr.«

»Seien Sie nicht albern, Bakker. Ameroog hat genug Sommerpolizisten. Ich rede davon, dass Sie Unterstützung im Fall Knut Schröder bekommen. Sie selbst sind ja kaum in der Lage, den Mann dingfest zu machen. Die Frau ist von der Steuerfahndung, und Sie werden ihr helfen, wo Sie nur können.«

Bakkers Schultern sackten herunter, mit einer Hand angelte er nach seinem Stuhl und setzte sich. Er dachte an das letzte Mal, als Dahl ihm die Unterstützung einer verdeckten Ermittlerin angekündigt hatte. Diese Dame war nicht gekommen, und Bakker hatte sich nur mit Not aus einer daraus resultierenden misslichen Lage retten können. Er hörte Martin Dahl nur noch mit halbem Ohr zu, als dieser die angeblich außergewöhnliche Kompetenz der Steuerfahnderin lobte und irgendwas von Al Capone faselte. Er fühlte sich von seinem Vorgesetzten hintergangen. Dahls Worten zu vertrauen, war schon einmal schiefgegangen.

Ein böser Verdacht ließ seinen Magen verkrampfen. Er sah Dahl und den Innenminister zusammen an einem Tisch sitzen. Da dieser ja bekanntlich seit dem vergangenen Jahr mit Bakkers Ehefrau Kerstin zusammenlebte – der Minister, nicht Dahl – und da Martin Dahl den Minister von jeher hofierte, dass es schon peinlich war, konnte es gut sein, dass die beiden etwas aussheckten, um ihn zu ärgern. Bestimmt steckte Kerstin dahinter. Wie er sie kannte, hatte sie geglaubt, dass er nach einer kurzen Zeit der Trennung bittend und bettelnd darum flehen würde, dass sie zu ihm zurückkehrte. Doch nichts dergleichen, im Gegenteil. Er hatte seit seiner Versetzung vor einem halben Jahr überhaupt keinen persönlichen Kontakt zu ihr gehabt.

Verletzte Eitelkeit. Vermutlich war sie deswegen auf der Insel. Dieser Gedanke zauberte ein Lächeln auf seine Lippen.

»Und wann soll die Steuertante kommen?«, hörte er sich fragen.

Dahl schwieg einen Moment und räusperte sich, ehe er mit abgehackten und knappen Worten den Namen und eine ungefähre Beschreibung der Beamtin durchgab, die sich seinen Informationen zufolge auf der soeben einlaufenden Fähre befinden sollte.

»Danke für die Mitteilung.« Bakker machte keinen Versuch, seinen Sarkasmus zu verbergen. »Ich hoffe, dieses Mal ist die Frau echt und kein Phantom und wird sich mit mir in Verbindung setzen.«

»Bakker«, mahnte Dahl, »wie stellen Sie sich das vor? Sobald Frau Magerlein das Polizeigebäude betritt, ist ihre Tarnung dahin.«

»Aber meine Kollegen darf ich doch wohl informieren?«

»Streng geheim, Bakker«, bellte Dahl, und Bakker vermutete, dass sein Chef jederzeit in der Lage sein wollte, abzustreiten, von alldem zu wissen, sollte etwas schiefgehen. »Sie holen die Frau vom Dampfer ab und erstatten mir regelmäßig Bericht.« Damit legte Dahl auf.

Bakker lehnte sich zurück. Schauen wir mal, dachte er und beabsichtigte, sich die Person erst einmal aus der Ferne anzusehen.

Neun

Man hatte ihr versichert, den Dienststellenleiter der hiesigen Polizei von ihrer Ankunft zu unterrichten, damit dieser sie an der Fähre abholte, doch es war weit und breit niemand zu sehen. Ungeduldig schaute Ingrid Magerlein ein weiteres Mal auf ihre Armbanduhr. Ihre Aktentasche wurde schwer. Sie stellte sie auf den Boden und klemmte sie sich zwischen ihre Waden. Bei so einem Menschengewühl musste man immer mit Taschendieben rechnen.

Voller Aufregung darüber, was die kommenden Tage bringen mochten, war sie bereits am Vorabend angereist. Nicht, dass der Klient ihr Herzklopfen oder Sorgen bereitete. Sollte er ein Steuersünder sein, würde sie kurzen Prozess mit ihm machen. Sie hatte bisher noch jeden Schuldigen überführen können. Nein, es war ihre Kontaktanzeigenverabredung, die es ihr unmöglich gemacht hatte, länger zu Hause herumzusitzen. Nun war sie zur Ankunft der Fähre zum Anleger gelaufen, um ihren Kontaktmann von der Polizei zu treffen. Der Amerooger Dienststellenleiter sollte ihr bei der ersten Begegnung mit Knut Schröder Geleitschutz geben.

Warum Martin Dahl auf einem Treffen im Hafen bestand, anstatt dass sie einfach ins Polizeigebäude ging, wusste sie beim besten Willen nicht. Wenn sie genauer darüber nachdachte, fand sie ihn sowieso ein wenig überfordert. Der Mann redete vom Amerooger Dienststellenleiter, als würde er diesem kaum zutrauen, einen Nagel in ein Pfund Butter zu schlagen. Nun, sie würde sich selbst ein Bild von Johann Bakker machen.

Menschen umrundeten Ingrid Magerlein, als wäre sie ein unbewegliches bauliches Hindernis in der Hafenarchitektur und keine Frau, die mitten im Weg stand. Ihr Blick wanderte über die Kaianlagen und die weniger werdenden Menschen, die mit ihrem Gepäck in den angrenzenden Straßen verschwanden. Als das Rattern der Kofferrollen auf dem Kopfsteinpflaster nahezu verhallt war, meinte sie, zwischen zwei der eng aneinanderstehenden umliegenden Gebäude für einen Moment ein Auto zu erblicken, das sie aufgrund der Lichtleiste auf dem Dach an einen Streifenwagen erinnerte.

Sie ließ den Anblick der Häuser auf sich wirken. Hübsch, wenn man Gefallen an verschnörkelten Fassaden und geschwungenen Dachfirsten und Gauben fand. Die bunten Fassaden, die Sprossenfenster, die Holztüren mit Verzierungen und die teilweise farbigen Türscheiben erinnerten sie an Disneyland, und zwar an den Sektor, in dem Holland vorgestellt wurde. Sie mochte diesen Stil, der auch in Ostfriesland und in einigen malerischen belgischen Küstendörfern zu finden war.

Dann wandte sie sich wieder zum Hafenbecken um, betrachtete den Leuchtturm am Ende der Mole und beobachtete, wie die Matrosen des Fährschiffes die Leinen losmachten, um für weitere ankommende Schiffe Platz am Pier zu schaffen. Sie beschloss, sich auf den Weg zu machen, um ein anderes Quartier zu finden. Die letzte Nacht hatte sie in einem Hotel direkt am Strand verbracht, gut zwei Kilometer vom Ort entfernt. Irgendwie hatte sie aber das Gefühl, dass sie in der Nähe des Hafens besser aufgehoben war.

Sie schaute ein weiteres Mal auf ihre Armbanduhr. Zehn Minuten stand sie jetzt hier, ohne verärgert zu sein. Sie bückte sich nach der Aktenmappe und ging los.

Ihr war es recht, allein zu arbeiten, damit war sie immer gut gefahren. Menschen, die ihr zum ersten Mal begegneten, ließen sich gern von ihrem Äußeren täuschen. Mit einigen Pfunden zu viel auf den Hüften, flusigen roten Haaren und grell geschminkten Lippen, dazu behangen mit jeder Menge Modeschmuck, wirkte sie oberflächlich betrachtet keinesfalls so, wie man sich landläufig eine Steuerprüferin vorstellt. Doch schwarze Kostüme, perfektes Styling und hochhackige Schuhe waren ihr ein Graus. Ihr war es lieber, die Klienten hielten sie für ein Dummerchen. Gut, dass Bakker sie versetzt hatte. In Begleitung eines Polizeibeamten bei einem Kunden aufzutauchen, würde auf diesen bloß einschüchternd wirken, ihren Bonus, für eine dumme Nuss gehalten zu werden, könnte sie dann vergessen. Wenn es nach ihr gegangen wäre, hätte sie von vornherein auf Amtshilfe verzichtet.

★★★

Bakker stand an seinem Bürofenster und hatte das Gefühl, in letzter Zeit nur noch hier zu stehen. Es dauerte nicht lange, bis er die wartende Frau entdeckte. Dahl hatte die Wahrheit gesagt und ihm jemanden geschickt, mit dessen Hilfe Knut Schröder dingfest gemacht werden sollte. Er konnte nur hoffen, dass die Frau einen Plan hatte. Er selbst würde im Ernstfall bei einer Steuerprüfung vollkommen versagen. Buchhaltung war nicht gerade seine Stärke. Aber er sollte ja auch keine Steuerunterlagen wälzen, sondern Recht und Ordnung durchsetzen und am Ende die Verhaftung übernehmen. Natürlich würde er außerdem zu ihrem Schutz da sein, alles andere jedoch erledigte sie.

Die Frau wirkte auf Bakker von hier oben keinesfalls wie eine Steuerfachfrau, eher wie ein flatterhaftes Hausmütterchen mit einem Hang zur Mode der achtziger Jahre. Aber es war zweifelsohne die Beamtin, von der Dahl gesprochen hatte. Niemand war da, um sie abzuholen, denn das war ja Bakkers Aufgabe.

Da bekannt war, dass Schröder sich auf dem Festland befand, verstand er nicht, warum diese Dame das Polizeigebäude meiden sollte. Vielleicht stellte Dahl sich vor, der Wirt des »Piratennestes« habe überall Spione herumlaufen? So ein Quatsch.

Bakker beschloss soeben, nun zu ihr hinunterzugehen, um sich vorzustellen, da zuckten seine Nasenflügel. Er meinte, einen Hauch von Parfüm wahrnehmen zu können. Tosca hieß der Duft, der seine Nase umspielte. Er erinnerte ihn an die Wangen seiner Großmutter, die mit ihrer leichten Behaarung seine Lippen gekitzelt hatten, wenn er sie als Teenager geküsst hatte, um sich für etwas zu bedanken. Aber er war kein Junge mehr, und seine Oma war schon lange tot.

Er fuhr sich mit dem Handrücken über die Nase, doch der Geruch blieb.

»Frau Dolling«, sagte er, noch immer zum Fenster gewandt.
»Was machen Sie denn hier?«

Er bekam einen zweiten Duft in die Nase und drehte sich
zu ihr um.

»Sie sind, ohne etwas zu essen, aus dem Haus«, schimpfte
sie und stellte einen Korb auf dem Fußboden ab, aus dem es
verführerisch duftete.

Baker kam es so vor, als hätte sie ihrerseits Hals über Kopf
das Haus verlassen. Die Frisur sah aus wie ein zerrupftes graues
Vogelnest. Über dem erbsengrünen Kleid trug sie eine Kittel-
schürze, auf der die Pyramiden von Gizeh zu sehen waren. Sie
machte Platz auf seinem Schreibtisch, indem sie das Telefon
an den Rand schob, und deckte den Inhalt ihres Korbes auf.
Sie hatte Brötchen, Butter, diverse Sorten Aufschnitt und eine
Isolierkanne mit Kaffee dabei. Als sie den Deckel abschraubte,
standen Storch und Heijen in der offenen Tür, herbeigelockt
vom Duft der Kaffeebohnen.

Als habe sie es gewusst, zauberte sie als Nächstes drei Tassen
und Teller hervor und sagte in einem Tonfall, dem keiner zu
widersprechen wagte: »Jetzt esst ihr Jungs erst einmal etwas.
Niemand sollte mit leerem Magen arbeiten.« Sie dirigierte
Bakker auf seinen Bürosessel. Heijen und Storch nahmen ohne
befehlenden Wink jeder auf einem Besucherstuhl Platz und
griffen zu.

So kam es, dass Bakker Ingrid Magerlein verpasste. Er überlegte später, ob er Dahl anrufen sollte, um ihn zu fragen, wo
sie untergekommen war, unterließ es dann aber. Er hatte keine
Lust, sich von Dahl zur Schnecke machen zu lassen. Er würde
die Beamtin auch ohne die Hilfe seines Chefs ausfindig machen.

★★★

»›Haus Dünenblick‹ im Kauschkietengang«, sagte die Frau von
der Unterkunftsvermittlung und reichte Ingrid Magerlein einen
Zettel mit Name und Anschrift ihres neuen Quartiers über
den Tresen.

Tatsächlich, da stand »Kauschkietengang«, was auf Hochdeutsch nichts anderes als »Kuhscheißeweg« bedeutete. Früher, als die meisten Insulaner noch eigene Kühe hatten und diese morgens und abends über besagten Weg zwischen Wiesen und Stall hin- und hergetrieben wurden, lag dort alles voller Kuhkacke. Heute sah man nichts mehr davon, wenn man von den gelegentlichen Hundehaufen absah, die achtlose Hundehalter einfach liegen ließen.

»Das können Sie leicht zu Fuß erreichen«, sagte die Frau von der Touristeninformation und wies mit der Hand in die entsprechende Richtung.

Ingrid Magerlein nahm ihre Aktentasche – ihren Koffer würde ihr später ein Mitarbeiter des Hotels vorbeibringen – und stand keine vier Minuten später vor dem »Dünenblick«.

Eines war Ingrid von vornherein klar: Die Eigentümer bekämen niemals einen Preis für den schönsten Vorgarten. Rund um das Haus wucherte eine Inselwildnis, wie sie sich die Mitglieder des »Nationalparks Küste und Wattenmeer« überall auf Ameroog wünschten. Sollte sie es schaffen, dieses grüne Gestrüpp irgendwie zu durchqueren, wäre sie nicht verwundert, wenn sie im Anschluss an das Grundstück auf ein schlammiges Wattenmeer stoßen würde. Das war natürlich Quatsch, außerdem brauchte sie das Dickicht nicht zu überwinden. Ein winziger Pfad, dessen Steine nur noch ansatzweise unter den Kriechgewächsen zu sehen waren, führte zum Eingang des Hauses.

»Sind Sie Frau Magerlein?«, wurde sie gefragt und drehte sich zur Seite.

»Die bin ich.«

»Ich heiße Eckert. Das Touristenbüro hat angerufen und Sie angekündigt. Wir gehen diesen Weg.« Der Mann nahm ihr die Aktentasche ab, und sie folgte ihm an der Grundstücksgrenze entlang zu einer schmalen Schotterstraße, die am Nachbarhaus vorbei um das Gebäude herumführte. Von hinten sah die Pension viel attraktiver aus, und hier lag auch der Haupteingang.

Sie bekam ein schönes Zimmer, erklärte, dass ihr Gepäck später kommen werde, und erkundigte sich bei ihrem Gastgeber nach dem Weg zum »Piratennest«.

»Das ist aber kein Lokal, in das Sie allein gehen sollten«, sagte

Eckert. Er zwinkerte ihr dabei zu, als wollte er eigentlich sagen, dass sie es unbedingt tun sollte. »Außerdem hat das ›Piratennest‹ noch geschlossen.«

»Nach meinen Informationen soll das Lokal bereits geöffnet haben.«

»Nun ja, kann schon sein. Ich selbst kehre dort selten ein.«

Um sich selbst zu überzeugen, machte Ingrid sogleich einen Spaziergang zum »Piratennest«.

Das Haus wirkte verlassen und leer. Auch gut. Ein paar erholsame Tage auf der Insel, bevor sie mit der Arbeit beginnen konnte, kamen ihr durchaus gelegen. So konnte sie sich ausgiebig auf das erste Rendezvous mit dem Naturbuschen vorbereiten. Sie konnte ja eine dieser Inselführungen mitmachen, die überall angeboten wurden.

Im Schaufenster eines Ladens, der anscheinend sowohl Antiquitäten wie auch Souvenirs für Touristen anbot, hing ein Plakat, das ihre Aufmerksamkeit erregte. Darauf pries ein Mann seine Dienste als Fremdenführer für Ortswanderungen an und garantierte, auf ganz Ameroog der am besten geeignete Mann dafür zu sein. Plakathintergrund und Schriftform waren ansprechend.

Den Versprechungen glaubte Ingrid Magerlein gern, auch wenn der auf dem Plakat abgebildete Touristenführer nur von hinten zu sehen war. Das Hinterteil, das in seiner hängenden und abgewetzten Jeans zu erahnen war, gefiel ihr. Sie öffnete die Ladentür, und ein zartes Bimmeln von hohlen Metallstäbchen, die aneinanderschlugen, ertönte. Es klang nach Esoterik, Entspannung und Exotik. Eine Assoziation, auf die der Eigentümer des Geschäftes niemals gekommen wäre, denn Pieter Dukegatt war alles andere als esoterisch und entspannt. Allenfalls als exotisch konnte man ihn bezeichnen.

Er hatte das Elend durch die Schaufensterscheibe auf sich zukommen sehen. Nicht wegen Ingrid Magerlein, sondern weil er schon von Weitem erahnen konnte, dass das Dreiergrüppchen, ein Pärchen mit Tochter und Eistüte, das eben die Straße herunterkam, gleich sein Geschäft betreten würde. Woher er das wusste, konnte er nicht sagen, als Kaufmann hatte man nach so vielen Berufsjahren einfach einen Blick dafür. Genauso, wie er zu sehen vermochte, ob die Leute genügend Geld in der Tasche hatten und gewillt waren, es bei ihm auszugeben.

Die Ladentür schwang auf, und unter dem verhaltenen Klingeln winziger Metallstäbchen trat mit einer Frau, die draußen das Plakat betrachtet hatte, das für die Inselführung warb, der Teufel ein.

Warum, um alles in der Welt, nahmen Eltern ein siebenjähriges Kind mit in einen Laden, in dem Antiquitäten zu den hochwertigeren Waren gehörten? Offensichtlich, weil sie es sonst nirgendwo parken konnten.

Dukegatt fand Kinder unnötig, was dieses Exemplar instinktiv zu wissen schien. Genüsslich an der Eistüte mit drei Kugeln Schoko, Erdbeere und Vanille leckend, beugte es sich über die erste Auslage und warf ihm ein gefährlich wirkendes Grinsen zu.

»Ein Tropfen«, sagte er grimmig, »und du wirst kielgeholt.«

»Machen Sie sich wegen Cindy keine Sorgen«, entgegnete die Mutter auf seine Warnung. »Sie ist ein vorsichtiges Mädchen. Sie weiß Bescheid.«

Der Vater stellte sich neben das Kind und griff nach einem Porzellanpüppchen, das er sich dicht vor die Augen hielt, um es zu begutachten. Ein dicker Tropfen Schokoeis patschte auf das Holzfurnier einer antiken Seemannskiste und wurde in derselben Sekunde von seinem Handrücken weggewischt.

Dukegatt kniff die Augen zusammen.

Cindys Mutter blickte sich erwartungsvoll um und bezeichnete den Laden als: »Echt super – geile alte Sachen.«

Dukegatt erkannte, dass die Leute Geld hatten. Er machte die Frau auf einen ausgestopften Seehund aufmerksam – zu Lebzeiten von Eskimos per Hand aufgezogen und nach dem Dahinscheiden präpariert, um das geliebte Tier ewig in Erinnerung zu behalten –, was sie in Entzückensschreie ausbrechen ließ. Währenddessen behielt er Cindy im Auge, die gerade ein grobes Fischernetz anhob, darunter hindurchschlüpfte und es um einen länglichen Garderobenständer wand. Sie beugte sich samt Eis über mehrere Dolche mit silbergefassten Handgriffen auf rotsamtener Unterlage. Dukegatt sagte sich, dass Erdbeereis abwaschbar oder auf dem Stoff vermutlich überhaupt nicht zu sehen war und angetrocknete Schokolade auf den Griffen wie altes Blut wirkte. Er hoffte inständig, dass Cindy die Waffen anfassen und sich verletzen würde. Ihre Hand schwebte bereits über einer Schneide.

»Mädchen«, warnte die andere Kundin. Dukegatt schaute sich die Frau, die ihm den Spaß verdorben hatte, genauer an. Ein Klasseweib, wie er bewundernd feststellte. »Ich muss dich bitten, ein wenig Abstand zu halten«, sagte sie streng zu dem Kind.

Cindy blickte zu Dukegatt herüber. Der Ausdruck in ihren Augen ließ ihn schaudern. Er hätte nicht gedacht, dass Kinder so verschlagen und gleichzeitig triumphierend gucken konnten.

»Sie ist immer sehr vorsichtig«, rief die Mutter der Frau zu. »Cindy ist ganz brav. Nicht wahr, Cindylein?«

Das war so frech gelogen, das wusste sogar Cindy.

»Was kostet dieses traumhafte Stück?«, rief die Mutter und hielt ein Teil hoch.

Dukegatt sagte es ihr und empfing dafür einen Cindy-Blick, der besagte: Sei besser nett zu mir, sonst versau ich dir das Geschäft mit Mama.

Ein verdächtiges Scheppern vom Schaufenster her verriet, dass Cindys Vater ebenso wenig Rücksicht auf das Eigentum anderer Leute nahm wie die Tochter. Der Apfel fällt nicht weit vom Stamm.

»Entschuldigung«, sagte der Mann. »Das ersetzte ich selbstverständlich.«

Na, dann war ja alles gut.

Cindys Mutter eilte zu ihrem Mann. »Aber wieso denn, Schatz?«, flüsterte sie laut genug, dass Dukegatt es hören konnte. »Der Kerl ist doch selbst schuld, wenn er seine Dekoration so in den Weg stellt. Da muss man ja drüberstolpern.«

Dukegatt beschloss, die Bande vor die Tür zu setzen. Da legte die Frau einen sündhaft teuren und seit ewigen Zeiten im Regal stehenden ausgestopften Kugelfisch neben die Kasse.

Er beeilte sich, hinter den Tresen zu kommen, um das Geschäft schnell abzuschließen.

»Der soll es sein?« Mit diesen Worten wickelte er den Ladenhüter in Zeitungspapier, steckte ihn in eine Tüte und tippte den Betrag in die Kasse. Die Kundin schaute suchend durch den Laden. »Schatz, kommst du bitte? Zahlen.«

Dukegatt folgte ihrem Blick. Was er zu sehen bekam, gefiel ihm ganz und gar nicht. Statt dass der Mann mit gefüllter Brieftasche auf ihn zueilte, lugte Cindy zwischen zwei Porzellanvasen hindurch in seine Richtung. Mit einem hämischen Grinsen schaute sie erst ihn, dann die Vasen und schließlich wieder ihn an.

Dukegatt wurde es abwechselnd heiß und kalt. Waren die Vasen jetzt Taiwanware oder antik? Ehe sein Verstand zusammenrechnen konnte, was sich mehr auszahlte – die Kleine zur Minna machen und Schadenersatz verlangen, den die Eltern bestimmt nicht begleichen würden, wenn er das Kind anschrie, oder die Zähne zusammenbeißen und die ruinierten Stücke abschreiben, um dafür seinen Ladenhüter loszuwerden –, schritt die andere Kundin zur Rettung der Vasen ein. Sie legte stumm eine Hand auf Cindys Schulter. Das Gesicht des Kindes verzog sich, als würde es Schmerzen erleiden. Vorsichtig ließ Cindy die Vasen los, trat einen Schritt zurück und blieb stocksteif stehen, bis die Hand ihre Schulter wieder freigab. Danach trat sie brav an Mutters Seite und nahm deren Hand.

»Papa ist weg«, sagte Cindy zur Mama. Die blickte durch das Schaufenster zur Straße, schüttelte leicht den Kopf, als geschehe ihr so etwas öfter, und zerrte ihre Tochter hinter sich her zur Ladentür hinaus.

»Soll ich einen Killer auf die Kleine ansetzen?«, fragte Ingrid Magerlein, und Dukegatt grinste sie an wie ein verliebter Kater.

Tolles Weib, dachte er beeindruckt, und Humor hat sie auch.

»Ich hätte gern eine Karte für die heutige Ortswanderung«, sagte sie und deutete in Richtung Schaufenster und Plakat.

»Ausverkauft«, murmelte Dukegatt. »Eine große Gruppe hat alle Karten auf einmal gekauft.«

»Meinen Sie, es stört, wenn eine Person mehr mitläuft?«

»Ich glaube, Sie könnten überhaupt niemanden stören«, lag ihm auf den Lippen zu sagen, doch was er aussprach, war: »Versuchen Sie es. Treffpunkt ist der Eingang zum Walfängerfriedhof am alten Leuchtturm.«

***

Wenn sich jemand in seine Gruppe hineinschmuggelte, fiel das dem Fremdenführer Ikonius Hagen sofort auf. Die Person könnte sich gleich eine rote Schleife um den Hals binden, so schnell merkte er es. Viele Touristen versuchten, sich vor seinen Führungen heimlich einer festen Gemeinschaft, etwa einem Kegelclub oder einem Betriebsausflug, anzuschließen, um dem Kostenbeitrag zu entgehen. Aber nicht mit ihm. Er ließ sie gewähren, doch am Ende wurden sie von ihm zur Kasse gebeten.

»Diejenigen, die Ikonius Hagen betrügen wollen, müssen erst noch geboren werden«, behauptete er gern.

Ikonius! Der Teufel mochte wissen, was seine Eltern sich dabei gedacht hatten, ihm einen Vornamen zu geben, der Geschichtsprofessoren, Opernsängern oder Pastoren zu Gesicht stand. Er entsprach eher dem Gegenteil. Ikonius war weder hochbegabt noch musikalisch, und schon gar nicht entsprang er einer Gelehrtenfamilie. Er verdiente sich seinen Lebensunterhalt wie vor ihm sein Vater mit dem Herumführen von Touristen. Eine Arbeit, die körperlich wenig anstrengte und bei der man leicht ziemlichen Blödsinn erzählen konnte, solange es die Leute nur unterhielt. Die Einnahmen gingen komplett am Fiskus vorbei und bereiteten ihm, neben den ständig bezogenen Leistungen zur Sicherung des Lebensunterhalts seines Jobcenters und dem gelegentlichen Verkauf von Cannabis, einen angenehmen Lebensstil. So lebte er sorglos in den Tag hinein, denn außer der Beschaffung von Rauschmitteln drängte ihn nichts.

Von dem Gras trug er immer nur wenig bei sich. Gerade so viel, dass er es als Eigenbedarf deklarieren konnte, sollte er von der Polizei aufgegriffen werden. Im westlichen Teil der Insel war das nie ein Problem. Wenn er sich im östlichen

Teil aufhielt, kam es allerdings schon mal vor, dass er zu viel dabeihatte, weil er vergaß, seinen Tascheninhalt den deutschen Bestimmungen anzupassen, was ihm einige Anzeigen eingebracht hatte.

Um weder vom Finanzamt noch vom Arbeitsamt behelligt zu werden, hatte er sich den Reklametrick mit dem abgewandten Mann auf dem Plakat für die Ortsführungen ausgedacht. Es wäre ausgesprochen dumm gewesen, die Touren mit seinem Konterfei zu bewerben und gleichzeitig ein Jahreseinkommen in Höhe von null zu deklarieren.

Die Touristengruppe war schon da, als Ikonius den Eingang des alten Leuchtturmes erreichte. Die Leute vertraten sich die Beine auf dem gepflasterten Platz vor dem Turm, auf dem man das steinerne Muster, das Ameroogwappen, kaum noch sehen konnte. Das Wappen zeigt in der linken Hälfte eine Frau mit Haube im langen Kleid. Sie hält ein Taschentuch in der Hand und winkt. Im Hintergrund ist ein Dreimastgaffelschoner zu erkennen. Die rechte Seite des Wappens zeigt einen grimmig wirkenden Wal, der eine Wasserfontäne nach oben bläst. Die Szene symbolisiert das goldene Zeitalter der Insel, als die Insulaner noch auf Walfang gingen und die Frauen in den Sommermonaten allein auf der Insel zurückblieben. Sie winkten bei der Abreise ihren Ehemännern, Vätern, Brüdern oder Cousins hinterher, von denen viele in einem Sarg oder gar nicht mehr zurückkamen, weil das Eismeer ihre Schiffe zerschlagen hatte und sie an Ort und Stelle versunken waren.

Ikonius betrachtete die Kundschaft. Die Frau, die den zusammengeklappten Regenschirm in die Höhe hielt, musste die Leiterin der Gruppe sein. Er begegnete ihr mit seinem schönsten Lächeln. Sie musste er zufriedenstellen, wenn er wollte, dass sein Trinkgeld ordentlich ausfiel.

»Die Verspätung tut mir leid«, sagte er und stellte sich vor.

»Kann es endlich losgehen?«, fragte die Gruppenleiterin unwirsch.

Ikonius nickte und rannte hinter ihr her die fünf Stufen zum Friedhofseingang hinauf. Er überholte sie und öffnete das Tor, das er einladend für sie aufhielt, wobei er eine Verbeugung andeutete. »Selbstverständlich geht es jetzt los. Sie haben ausgesprochenes Glück, deshalb komme ich auch zu spät.«

Wer sagte es denn, sie wirkte schon weniger verärgert. Nun musste er sich nur noch etwas einfallen lassen, weshalb sie alle so ein Glück hatten.

»Aber davon erzähle ich nachher. Darf ich die Herrschaften bitten, einzutreten und einen Kreis um mich herum zu bilden? Alle, auch Sie dahinten.«

Eine einzelne Frau gesellte sich zur Gruppe, und zwei Leute musste Ikonius schon von den Grabsteinen zurückrufen. Wenn sie vorab den Text auf den Tafeln daneben lasen, konnte er nur schwer seine eigene Geschichte dazu präsentieren.

Ikonius begann seinen Rundgang immer mit denselben Worten: »Einen sonnigen und warmen Tag wie diesen erlebte auch Klaus Störtebeker, als …«

Natürlich variierte er je nach Wind und Wetter. So kam er sofort auf sein Lieblingsthema, den Seeräuber Störtebeker zu sprechen, von dem er vieles wusste und sich den Rest zusammenreimte.

»Was, zum Teufel, soll der Mann mit den Grabsteinen von Amerooger Walfängern zu tun haben?«

Er merkte, dass die Führung unrunder verlaufen würde als gewohnt.

»Störtebeker«, erklärte er, »hat sehr viel hiermit zu tun.« Sein ausgestreckter Arm wies in einer stolzen Geste über die Gräber, als seien es die Häupter seiner Lieben.

»Wir wollen was über den Walfang hören. Ihre Seeräubergeschichten können Sie für sich behalten«, beschwerte sich die Frau mit dem Schirm.

Ikonius sah an den Gesichtern der übrigen Teilnehmer, dass diese anderer Meinung waren. Gut, sie waren in der Mehrzahl, sie zahlten das Trinkgeld. Von der alten Zicke hatte er nichts zu erwarten, das wusste er. Den Rest der Gruppe konnte er hingegen um den kleinen Finger wickeln, denn die meisten Touristen waren nicht auf der Suche nach Wahrheit und Historie, sondern wollten Abenteuer- und Schauergeschichten. Mord und Totschlag gingen immer, ebenso wie Duelle, aufgeschnittene Kehlen und Piratenkapitäne, die die Reichen an der Nase herumführten. Das lief besser als die Geschichten über den Walfang. Zugegeben, die konnte man auch ausschmücken, aber Ikonius fand Seeräubermärchen spannender.

Während seine Truppe die ersten mannshohen Grabsteine fotografierte, auf denen eingemeißelte Totenschädel über sie und die frisch renovierte Friedhofsmauer hinweg in Richtung Westland blickten, dachte er: War das eben Daniel, der mit dem Fahrrad vorbeifuhr?

Der hatte es aber eilig, wo er wohl hinwollte?

»Träumen Sie, oder geht es jetzt mal weiter?« Die blöde Zicke schaute ihn, die Hände in die Hüften gestemmt, herausfordernd an.

»Auf einem dieser Grabsteine«, verkündete er, »finden Sie einen Hinweis, den Störtebeker für die Nachwelt hinterlassen hat. Man sagt, er führt den Betrachter direkt zum legendären Schatz des Freibeuters.«

Suchend schaute sich die Gruppe um. »Wo denn?«

»Ich sehe nichts.«

»Ist das spannend.«

»Und?«, herrschte ihn die Zicke an. »Sagen Sie es uns auch, oder müssen wir erst andere Einheimische befragen?«

»Sehen Sie genau hin«, zischte er.

»Sonst?«

Jetzt nur nicht auf diese aggressive Frage antworten. Gelassenheit vortäuschen und die Person ignorieren trifft immer viel härter. Er wandte sich von ihr ab und erklärte den anderen Teilnehmern der Inselführung seine ganz spezielle und persönliche Interpretation der Inschrift des Grabsteines von Jakob Meyer-Braahms.

»Sehen Sie genau hin«, sagte er, »und lesen Sie, was dort geschrieben steht.«

Alle traten dicht an den Grabstein heran.

»Ein Name, Jahreszahlen …«, sagte ein Mann. »Das Übliche. Was auf Grabsteinen eben so steht.«

»Achten Sie auf die unregelmäßig gehauenen Abstände im Stein.«

Einige Teilnehmer beugten sich neugierig vor, um besser sehen zu können.

»Sagen Sie uns auch, was wir dann finden?«

»Die genauen Koordinaten von Störtebekers Schatz.«

»Sie machen Geocaching? Toll, ich auch«, rief ein Mann im Rentenalter.

Das Herz rutschte Ikonius in die Hose. Mist, das hatte gerade noch gefehlt, erst diese Zicke und jetzt einer, der die moderne Form der Schatzsuche beherrschte. Dabei sah der Typ gar nicht so aus, als würde er mit einem GPS oder Handy durch die Gegend streifen und Dinge suchen, die andere Geocacher versteckt hatten.

Er räusperte sich. »Ähem, haben Sie zufällig …«

»… das Handy dabei? Nein, tut mir leid. Meine Frau hat mich gezwungen, es zu Hause zu lassen.«

Die Dame, die neben ihm stand, knuffte dem Mann heftig in die Rippen.

»Siehst du, das haben wir jetzt davon«, flüsterte er ihr zu. »Einen Schatz hätten wir gut gebrauchen können.«

Ikonius ließ sich seine Erleichterung nicht anmerken. »Und? Hat schon jemand was gefunden?«

»Hier. Die Fünf vom Sterbedatum ist mit einem Punkt an das Wort Februar herangerückt.«

»Gut.«

»Und hier, die beiden Einsen der Jahreszahl 1741 sehen eher aus wie ein J. So als gehörten sie nicht zur Zahl!«, rief jemand.

»Wunderbar, Sie sind die geborenen Schatzjäger.«

»Kann es sein, dass zwischen der Sieben und der Vier ein haarfeiner Minusstrich liegt?«

»Gnädige Frau, Sie haben ein gutes Auge.«

»Danke sehr.«

»Sieben minus vier ergibt drei«, sagte Ikonius.

»Jetzt gibt er auch noch Mathematikunterricht«, meckerte die Zicke.

»Wenn es Sie nicht interessiert, dann gehen Sie doch«, sagte die Frau, die ihrem Mann das Handy verboten hatte.

»Sieben minus vier ist drei. Dazu die Fünf«, der Mann, der sie entdeckt hatte, hob den Finger, »und der zu nahe herangerückte Punkt, den ich als Gradzeichen interpretiere, ergibt …«

»Fünfunddreißig Grad.«

»Das ist fast richtig. Sie müssen die Zahl umdrehen.«

»Warum?«

»Eine Irreführung für Landratten, die nicht wissen, dass der fünfunddreißigste Grad durch das Mittelmeer, den Atlantik und den Pazifik geht. Wir sind aber an der Nordsee, also …«

»Dreiundfünfzig Grad«, riefen zwei Herren.

»Richtig. Dreiundfünfzig Grad Nord, da haben wir doch schon einen der Längen- und Breitengrade.«

»Warum Nord?«

»Als Erstes kommt immer die Angabe, auf welcher Seite der Erde sich der gesuchte Ort befindet. Nord- oder Südhalbkugel. Und da sich Störtebekers Schatz vor unseren Küsten befinden muss, ist Nord zutreffend. Welche Bezeichnung trägt demnach die zweite Zahl?«

»Ost oder West«, rief der Mann, der Ahnung vom Geocaching hatte. »Wir sind östlich von Greenwich, dem Nullmeridian.« Er deutete die ungefähre Richtung an, in der er England vermutete.

Seine Gruppe klatschte Beifall und versuchte, weitere Abnormitäten am Grabstein zu finden.

»Wir kommen nicht drauf. Helfen Sie uns?«

»Wie alt ist der Verstorbene denn geworden?«, fragte Ikonius und schaute den Mann an, von dem er meinte, er könnte am schnellsten rechnen.

»Sechzig.«

»Richtig. Und noch einmal drehen wir die Zahl um.«

»Null sechs?«

»Null sechs Grad Ost. Grandios, Sie sind dem Schatz einen Schritt näher gekommen. Lesen Sie hier mal ganz genau.« Ikonius deutete auf einen Schriftzug. »Und achten Sie auf Buchstaben, die etwas verwitterter erscheinen.«

»Syn Huysvrouw. Gestorven den Maeti 1747.is.out geweest 72Iaren« stand zu Beginn des Textes.

Eine Frau wühlte in ihrer Handtasche und zog einen Notizblock und einen Kugelschreiber hervor. Aufgeregt wie kleine Kinder riefen die anderen ihr die Buchstaben zu, die etwas abwichen.

Hier kam immer die Stelle, an der Ikonius den Leuten bei der Zusammensetzung der Zeichen helfen musste. Es dauerte keine zwei Minuten, bis sie den Namen »Goedege Michels« ermittelt hatten.

»Und wer war das?«

»Ein Bundesgenosse von Klaus Störtebeker«, sagte Ikonius.

Von da an lief es wie von selbst, sogar die alte Zicke hielt ihren Mund. So viele Jahre hatte er diese Geschichte schon Tausenden von Touristen auf die Nase gebunden, und alle schnappten danach wie ein halb verhungerter Hund nach einer Scheibe Salami. Schaute die Zicke ihn etwa skeptisch an? Zwei Jugendliche, die bisher gelangweilt zugesehen hatten, zückten ihre Handys, starrten fasziniert auf die GPS-Daten, die sie eintippten, und scharrten mit den Füßen. Am Ende des Rundgangs über den Friedhof hatten es alle eilig, fortzukommen. Jetzt war der richtige Zeitpunkt, um das Trinkgeld einzufordern. Im Gedanken an zukünftigen Reichtum gaben die Touristen erfahrungsgemäß mehr.

Mit seinem Körper den einzigen Ausgang versperrend, verabschiedete sich Ikonius per Handschlag von jedem Einzelnen der Gruppe. Niemandem gelang es, ohne entsprechendes Trinkgeld den Friedhof zu verlassen. Das heißt einer schon.

»Sie erwarten von mir doch wohl kein Trinkgeld?«, drohte die Zicke und hätte ihn wohl zur Seite geschubst, wenn er nicht freiwillig beiseitegetreten wäre. »Und glauben Sie ja nicht, ich hätte nicht bemerkt, dass Sie um den Rest der Ortsführung herumgekommen sind.«

Sie eilte ihren Schützlingen hinterher. Heute würde sie allerdings keinen der Gruppe mehr einfangen.

»Da haben Sie ja eine schöne Seeräubergeschichte erzählt«, sagte Ingrid Magerlein, die als Letzte dem Ausgang zustrebte. »Hier ist meine Eintrittskarte, nicht, dass Sie glauben, ich hätte mich eingeschlichen.«

Sie hielt ihm das Blättchen hin, doch er hatte keinen Blick

dafür übrig. Er starrte sie an, ehe sein Instinkt ihm verriet, dass er im Begriff war, gleich selbst, wie Klaus Störtebeker, den Kopf zu verlieren. Die Frau, die sich immer im Hintergrund gehalten hatte und ein wenig übergewichtig wirkte, sah aus der Nähe umwerfend aus. Sie entsprach seinem Geschmack, was die Damen betraf: üppige Figur, lockige rot gefärbte Haare, auffallender Lippenstift, viel Modeschmuck und Rüschenbluse. Ikonius überfiel ein Prickeln, das seinen ganzen Körper erfasste, und es hatte nichts mit dem Verlangen nach einem Joint zu tun.

»Sie, Gnädigste, dürfen sich bei mir einschleichen, so viel Sie wollen«, hörte er sich sagen und sah auf einmal aus wie ein verliebter Gockel.

ZEHN

»Haben Sie den Mann gefunden?«, fragte Bakker seine Untergebenen, nachdem er Frau Dolling mit dem Korb am Arm zur Tür hinausbegleitet hatte.

»Den Hooligan?«, fragte Storch, so als ob er nicht eine, sondern einen ganzen Haufen Personen suchen würde.

»Ja, den Mann im Hawaiihemd.«

»Er ist nicht in unserer Kartei.«

Bakker dachte wieder an seinen Traum und war überzeugt, sein Unterbewusstsein wollte ihm etwas sagen. »Wo ist die Vogelscheuche?«

»Im Abstellraum gleich neben den Zellen.«

Bakker wandte sich von den Kollegen ab, um in den Keller zu gehen und sich die Strohpuppe genauer anzusehen. Vielleicht fand er ja irgendeinen Hinweis an ihr oder auf dem Schild. Auf dem Weg zur Kellertreppe sah er durch eines der Fenster, die zur Straßenseite hinausgingen, Ikonius Hagen vorbeispazieren. Der Mann wirkte sehr zufrieden.

»Da geht unser bekanntester Drogenkonsument und grinst wie ein Honigkuchenpferd. Haben wir etwas, womit wir ihn festnageln können?« Bakkers Frage war an niemandem direkt gerichtet.

»Nichts«, antwortete Heijen, rollte auf seinem Bürostuhl ein wenig vom Schreibtisch weg, stand auf und stellte sich neben ihn.

Gemeinsam schauten sie Hagen hinterher, bis er aus ihrem Blickfeld verschwunden war. »Der Mann hat seit gut zehn Tagen keinen Joint mehr geraucht.«

»Sagt wer?«

»Einer seiner Mitbewohner. Die Leute aus Hagens Wohngemeinschaft sind die Beschwerden der Nachbarin leid und haben ihm das Rauchen verboten. Erst nur im Garten, später auch im Haus. Muss Ihnen doch aufgefallen sein, dass wir von der Alten lange keine Anzeige mehr reinbekommen haben.

Hagen raucht nicht mehr am Zaun der Nachbarin und bläst den Qualm durch die Ritzen.«

Bakker kratzte sich am Kinn. »Vielleicht hat sie es bloß aufgegeben, ihn anzuzeigen. Irgendwann merkt sogar die Linden, dass er sie nur ärgern will.«

Hagens Lieblingsplatz zum Kiffen war ein Gartenstuhl, der am Zaun zum Nachbargrundstück lehnte. In diesem speziellen Fall waren Gartenzaun und Staatsgrenze ein und dasselbe, und man ahnt es: Dort, wo sich Hagens Gartenstuhl befand, war der Konsum der Droge erlaubt.

»Die letzte Taschenkontrolle ist eine Woche her«, sagte Heijen. »Er war absolut clean.«

Als Erwachsener durfte Hagen auf der niederländischen Seite der Insel maximal fünf Gramm pro Person und Tag mit sich führen und konsumieren. Was er auch tat, und zwar mit Vorliebe, wenn Christine Linden da war, um sich darüber zu beschweren. Nicht, dass sie das gleiche Recht auch für sich in Anspruch nehmen wollte, das war nicht der Grund für den Streit. Obwohl Storch vor Wochen mal behauptet hatte, er sei der Meinung, der alten Schachtel täte es gut, zur Entspannung selbst eine Tüte zu rauchen, dann würde sie ihren Mitmenschen weniger auf die Nerven fallen.

»Und was hat die jüngste Kontrolle des Coffeeshops ergeben?«

»Alles sauber.«

Im Amerooger Coffeeshop gab es Gras für all diejenigen, die auf der niederländischen Seite als Einwohner registriert waren. Hagen besaß einen »Wietpas«, einen Mitgliedsausweis, und war als Kunde amtlich erfasst. So gesehen war alles legal, dennoch vermutete die Polizei, dass er mehr als erlaubt konsumierte und verkaufte.

»Es wird erzählt, er sei clean«, behauptete Heijen erneut.

Das kann man auch nur einem Engelchen weismachen, dachte Bakker. Ein Bengelchen wüsste es sicher besser.

Als habe Storch seine Gedanken erraten, sagte er: »Wer's glaubt, wird selig.«

»Sie bleiben dran«, ordnete Bakker an. »Ich will wissen, wie er die Ware auf die Insel bringt.«

»Wird gemacht.«

»Halten Sie mich auf dem Laufenden.«

Heijen und Storch wechselten einen unschlüssigen Blick. Storch hob abwehrend die Hände. »Sag du es. Mit Dung kannst du besser umgehen«, behauptete er und verschwand in der Kaffeeküche, als säße ihm ein Dämon im Nacken. Oder war es der Versuch, ein diabolisches Grinsen zu verbergen angesichts von Bakkers Missgeschick mit der Kuh?

Heijen wirkte unangenehm berührt. »Wir, äh, haben ein Jaucheproblem.«

Bakker hob die Hand. »Stopp. Ich habe die Nase voll von Kuhmist.«

»Aber ein Anwohner der Ostfriesenstraße beschwert sich. Er will Anzeige erstatten. Er züchtet Rosen, und der Nachbar düngt direkt am Gartenzaun seinen Gemüsegarten.«

»Er packt Kuhmist auf die Erdbeeren?«

»Schlimmer. Er verwendet richtige Gülle. Flüssigen Kuhmist und Schweinedreck. Selbstverständlich ist die Gülle pasteurisiert, wie vorgeschrieben, davon habe ich mich überzeugt.«

»Was? Er kocht den Mist vorher? Da würde ich mich auch beschweren.«

»Äh …«

»Wissen Sie was, Heijen? Sie haben sich bereits wunderbar in die Gülle eingearbeitet. Werden Sie etwas selbstständiger, erledigen Sie das allein. Ich verlasse mich auf Sie und erwarte Ihren Bericht.«

Bakker bildete sich ein, erneut Kuhfladendüfte in der Nase zu haben, und verzichtete vorerst auf den Kellerbesuch. Er brauchte frische Luft, wollte nachdenken und sich die Beine vertreten.

Wenn er dieses Bedürfnis verspürte, ging er gern zum Leuchtturm an der Hafeneinfahrt. Er verließ also das Polizeigebäude und schlug die entsprechende Richtung ein.

Auf dem schmalen Weg zum Turm kam ihm Ikonius Hagen entgegen.

»Guten Tag«, wünschte Bakker schon von Weitem.

Sein herzlicher Tonfall ließ Ikonius nichts Gutes ahnen. Der

Kommissar sah aus, als habe er die feste Absicht, ihn in ein Gespräch zu verwickeln.

Für Ikonius gab es kein Entkommen. Der schmale Weg auf dieser Seite des Hafens unterhalb des Leuchtturmes am Ende der Mole erlaubte ihm nicht, einfach mit einem schnellen Gegengruß an Bakker vorbeizuhuschen. Der einzige Ausweg wäre, sich in das Hafenbecken zu stürzen, doch Ikonius war ein schlechter Schwimmer, außerdem war ihm das Wasser zu kalt. Und mit einer Flucht würde er sich verdächtig machen. Dabei hatte er es gar nicht nötig, zu fliehen, er war unschuldig wie ein frisch geschlüpfter Hai und nur unterwegs, um nachzudenken. Dass es ihn ans Ende der Mole zog, an jene Stelle, an der man mit einem Motorboot schnell und dicht genug vorbeifahren konnte, um etwas herüberzuwerfen, war reine Macht der Gewohnheit.

»Gehen Sie hier oft spazieren«, fragte ihn der Kommissar, »oder wollten Sie nur mal nachdenken?«, und Ikonius meinte, einen lauernden Tonfall herauszuhören. Als ob er zu blöde wäre, um überhaupt zu denken. Das war nicht sehr schmeichelhaft und trieb ihm eine leichte Zornesröte ins Gesicht.

Ruhig bleiben, der will dich nur aus der Reserve locken, dachte er. Erzähl ihm etwas, worüber er sich Gedanken machen kann.

»Haben Sie gewusst, dass rund zehn Millionen Zugvögel jedes Jahr das Wattenmeer nutzen, um hier Zwischenstation auf ihrem weiten Flug nach Afrika zu machen?«

Etwas Besseres war ihm auf die Schnelle nicht einfallen.

»Frei wie ein Vogel über jede Grenze hinweg«, sagte Bakker.

Wieder meinte Ikonius, einen gewissen Unterton herauszuhören. Er lachte künstlich, es sollte belustigt klingen. »Haben Sie einen Haftbefehl?« Dabei nahm er eine Haltung ein, als wäre er im Boxring und wüsste sich seiner Haut zu wehren. Er grinste, um zu zeigen, dass er es nicht ernst meinte.

»Weswegen sollte ich Sie verhaften?«

Er ließ die Fäuste sinken. »Nun sagen Sie schon, was wollen Sie von mir?«

»Ihnen einen guten Tag wünschen.«

Verflixte Bullen, warum gaben die niemals Ruhe? Wie man es machte, machte man es falsch. Erst beklagten sie sich, wenn man kiffte, und wenn man aufhörte, war es denen auch wieder nicht recht. Mit seiner aufgesetzten Freundlichkeit konnte der Kommissar ihn nicht täuschen. »Ja. Guten Tag«, antwortete er, nur dass ihm seiner jetzt vergällt worden war.

Vor der Begegnung mit Bakker hatte er in der Vorstellung geschwelgt, dass die gute Tat, das Dealen aufzugeben, vom lieben Gott mit dem Auftauchen einer tollen Frau belohnt worden war. Er hatte das Gefühl, endlich eine kennengelernt zu haben, in die er sich verlieben könnte.

Ikonius wartete, bis Bakker sich auf dem schmalen Weg an ihm vorbeigedrückt hatte, und ihm kam ein Verdacht. Was wollte der Kommissar am Ende der Mole? Sollte sein Lieferant ihn aus Rache verraten haben, jetzt, da er das Geschäft aufgeben wollte?

Er nahm sein Handy aus der Hosentasche und tippte die Nummer des Händlers ein. »Hast du die Übergabestelle an die Bullen verpfiffen?«

Er lauschte den Beteuerungen des Mannes, dies auf keinen Fall getan zu haben.

»Stimmt«, sagte Ikonius, »daran habe ich nicht gedacht. Mich zu verpfeifen, bringt dich nur selbst ins Gespräch. – Verstehe. – Nein, es bleibt dabei. Du musst dir jemand anderes suchen, ich bin raus aus dem Geschäft.«

$$\star\star\star$$

Auf seinem Rückweg zum Polizeigebäude dachte Bakker an Ikonius Hagen und verspürte eine gewisse Aufgeregtheit in der Magengegend. Selbst wenn der Mann seine Sucht aufgegeben haben sollte, mochte er nicht glauben, dass er deswegen auch das Dealen aufgab. Im Gegenteil, Bakker war überzeugt, bei seinem Spaziergang Hagens Übergabestelle für Drogen gefunden zu haben. Schon dreist, direkt vor den Augen der Polizei, die vom Bürofenster aus freie Sicht auf den Turm hatte.

Er ordnete an, vermehrt in der Nähe des Leuchtturmes

Streife zu gehen und bei jeder Gelegenheit einen Blick aus den Fenstern zu werfen.

»Streife gehen bringt nichts«, widersprach Heijen. »Da kann man uns schon von Weitem sehen.«

»Das ist richtig, aber wenn Hagen dort auf das Boot seines Lieferanten wartet, entkommt uns zwar das Boot, Hagen jedoch kann nicht weg.«

Mit sich zufrieden, wenigstens eine offene Frage beziehungsweise einen ungelösten Fall bald erledigt zu haben, beschloss Bakker, dass es Zeit wurde, sich die Vogelscheuche im Keller genauer anzusehen. Doch erneut wurde er aufgehalten.

»Herr Hauptkommissar, was tun wir eigentlich wegen des Rendezvous?«

Nicht schon wieder. Bakker betrachtete Heijen aufmerksam. Nein, er konnte keine Anzeichen von Schalk in den Augen seines Untergebenen entdecken.

»Das Rendezvous? Ja, sind Sie denn noch bei Trost? Ich kann ja verstehen, dass die Neuigkeit Sie beschäftigt. Aber das ist eine Privatangelegenheit. Es handelt sich um ein Blind Date, wie es auf Neudeutsch so schön heißt, von dem der arme Kerl keine Ahnung hat, in Ordnung. Das ist ja schließlich nicht verboten. Ich will kein Wort mehr davon hören. Kindische Streiche gehen uns nichts an.«

»Sollten sie aber.«

»Dann sagen Sie mir, warum. Trifft er sich womöglich mit Ihrer Freundin?«

»Nein, das ganz bestimmt nicht.« Heijen legte eine Hand aufs Herz, als müsste er schwören.

»Wollen Sie behaupten, im Königreich der Niederlande sei Verkuppeln ein Verbrechen?«

»Auch nicht. Ich mache mir nur Sorgen um Daniel, er ist ein sensibler Mann.«

»Sensibel hin oder her, wir werden es nicht verhindern.«

Storch, der an seinem Schreibtisch telefoniert hatte, legte auf und sagte: »Unerlaubtes Betreten des Nationalparks.« Er deutete auf das Telefon.

»Sagt wer?«

»Ein anonymer Anrufer.«

Heijen hob die Augenbrauen. »Bestimmt ein Deutscher. Euer Getue, wenn jemand versehentlich auf den Kopf eines Strandhafers tritt, ist albern.«

»Dieses Mal scheint es komplizierter zu sein. Hört selbst, ich habe den Anruf aufgezeichnet.« Storch drückte einen Knopf am Telefon. Nichts. Er drückte weitere Tasten, und ein Rauschen erklang. Er drehte an einem Rädchen, und das Rauschen wurde lauter.

»Das nenne ich verdammt anonym«, flüsterte Heijen.

»Ruhe«, mahnte Bakker. »Storch?«

Bengelchen nahm Haltung an. »Mehrere Leute treiben sich auf dem Deich, den Wiesen und dem davorliegenden Wattenmeer herum«, fasste er zusammen. »Außerdem gibt es eine weitere Strohpuppe. Und ich fresse einen Besen, wenn das nichts mit unserer Puppe im Keller zu tun hat.«

»Sind die Leute westlich oder östlich der Grenze?«, fragte Heijen.

Storchs Daumen deuteten in beide Richtungen. »Sowohl als auch.«

»Bestimmt ein paar Hundebesitzer, die ihre Lieblinge während der Brutzeit ohne Leine flitzen lassen. Leute, die keine Rücksicht auf Küken nehmen, finden auch bei den Holländern kein Pardon«, sagte Heijen und griff nach seiner Uniformjacke. »Wo sind sie genau?«

Storch zog eine Karte aus der Schreibtischschublade, faltete sie auf dem Tresen auseinander und machte eine Handbewegung, die den gesamten Lageplan umfassen sollte. »Der Nationalpark«, erklärte er, »erstreckt sich von Dänemark über die deutschen Inseln, die Niederlande und …«

»Das wissen wir alles«, unterbrach ihn Bakker. »In welchem Gebiet sind Leute gesichtet worden?«

Storch drehte die Karte ein wenig und tippte mit dem Finger auf eine Stelle. »Hier ist die Straße zu Ende, und die Wiesen beginnen. Da muss es sein.«

Bakker nickte, er kannte die Gegend. Nach den Wiesen kam der Deich, dahinter lagen die Salzwiesen und das Wattenmeer. Das Deichvorland, also die salzigen Wiesen, durfte man höchstens auf markierten Wegen oder im Rahmen einer geführten Wanderung betreten. Sie wurden von seltenen Tieren und Pflanzenarten bevölkert, die weltweit nur an diesen Plätzen vorkamen.

»Fahren wir«, sagte Bakker zu Storch.

»Kann ich nicht mitkommen?«, fragte Heijen. »Friese kann hier drin übernehmen.«

»Was macht die Gülle?«

»Der Scheiß ist erledigt.«

»Was für ein Ausdruck.«

»Trifft es aber. Der Bericht liegt auf Ihrem Schreibtisch.«

Durch die Entscheidung, sich das Geschehen im Nationalpark anzuschauen, entging Bakker, Heijen und Storch das geschäftige Treiben im Hafen. Gleich mehrere Fähren passierten den Leuchtturm am Ende der Kaianlage und legten Reling an Reling dort an, wo sie noch Platz fanden. Sie entließen für diese Jahreszeit erstaunlich viele Menschen mit sperrigem und ungewöhnlichem Gepäck an Land, genau in dem Moment, als die drei Polizeibeamten den Gang zwischen der Polizeidienststelle und dem Nachbarhaus betraten. Kollege Ruben Friese, dessen geschickte Hände bereits das alte Blaulicht des versunkenen Streifenwagens repariert hatten, lehnte über dem Autodach. In der rechten Hand hielt er eine Tapezierbürste und strich damit übers Metall. Seine Linke umfasste ein großes Stück Papier, das zu Boden fiel, nachdem er es komplett abgezogen hatte. Friese stöhnte und schimpfte dabei. Mit Hand und Bürste strich er ein paar Blasen aus der Folie, kam vom Dach herunter und trat einen Schritt zurück. »Fertig«, sagte er zu sich selbst, ehe er seine Kollegen entdeckte. »Na, wie findet ihr ihn?«

Storch kickte mit dem Fuß einige Kartons beiseite. Aus einem davon glitten aufgerollte und mit mehreren Büroklammern zusammengehaltene Folien. »Sind die über?«, fragte er. Es klang, als ahnte er nichts Gutes.

»Klar sind die über. Wir haben Folien für einen deutschen und für einen holländischen Streifenwagen zugeschickt bekommen. Da wir nur ein Auto besitzen, bleibt von jedem die Hälfte übrig. Ist doch logisch.«

»Irgendwie sieht er komisch aus«, bemängelte Heijen und ging um den Wagen herum. Auch Bakker kniff die Augen zusammen. Etwas stimmte nicht. Er hatte sich längst daran gewöhnt, in einem Streifenwagen zu fahren, dessen rechte Hälfte wie ein niederländisches Polizeiauto beklebt war, die linke dagegen wie ein deutsches. Dieser Dienstwagen aber sah anders aus. Friese hatte offenbar seine kreative Ader einfließen lassen.

Das Auto war von vorn bis zur Mitte, genauer gesagt: inklusive der ersten Tür, quietschgelb und darüber mit roten und blauen Streifen beklebt, ab den Hintertüren bis zum Heck in Silbermetallic mit Blau.

»Und jetzt kommt's, Freunde«, sagte Friese stolz, riss die Fahrertür auf und setzte sich hinter das Lenkrad. »Hört euch das an.« Er drehte am Zündschlüssel und drückte einen kleinen Hebel am Armaturenbrett nach rechts.

Ein lautes »Iiiih-haaa« erfüllte die Gasse.

Bakker und Heijen hielten sich die Ohren zu, Storch beugte sich zu Friese in den Wagen. »Geil«, rief er und drückte den Hebel nach links. Der Ton wechselte von »Iiiih-haaa« auf »Tatü-tata«.

»Jetzt können wir je nach Staatsgebiet den Ton der Sirene wechseln.« Friese schob den Hebel wieder in die Mitte, damit Bakker und Heijen die Hände von den Ohren nehmen konnten.

Bakker riss die Beifahrertür auf und wies Friese an, auszusteigen. »Räumen Sie die Gasse auf«, ordnete er an, als er sich in den Wagen setzte. »Storch, Sie fahren.«

Minuten später ließen sie das Dorf hinter sich. Sie passierten auf ihrem Weg Richtung Süden Äcker und Dünen, durchfuhren ein winziges Wäldchen und mehrere Wiesen, auf denen gefleckte Kühe neben dunkelbraunen standen, und bogen schließlich nach Osten ab. Sie erreichten den Deich, der die Insel zur Festlandseite hin vor zu hohem Wasser schützte.

Die geteerte Straße endete hier. Ein ausgetretener, schmaler Weg zweigte am Fuße des Deiches sowohl nach rechts wie auch nach links ab. Man errät es, links ging es zur deutschen und rechts zur niederländischen Seite.

Storch stoppte den Wagen und schaltete den Motor aus. Mit heruntergekurbelten Fenstern blieben sie eine Weile schweigend sitzen. Die Möwen krakeelten, die Kiebitze stießen hohe Schreie aus, und mehrere Enten watschelten unter lautem Geschnatter den Deich hoch. Sonst war weit und breit nichts und niemand zu sehen. Die drei verließen also den Wagen und stiegen den Deich empor. Oben angekommen hatten sie einen wunderbaren Rundumblick. Doch außer ein paar Austernfischern, die mit ihren langen Schnäbeln knapp unter der Wasseroberfläche das hier beginnende Wattenmeer nach Nahrung absuchten, und ein paar geifernden Möwen, darauf bedacht, den Austernfischern ihre Beute abzujagen, sahen die Männer auch jetzt niemanden.

»Komisch.« Storch schaffte es, die paar Buchstaben mehrdeutig zu betonen. Komisch wie: »Hier müsste aber jemand sein«, und komisch wie: »Ich kann nichts dafür, dass wir umsonst hergefahren sind.« Dann sagte er: »Da wollte uns jemand von etwas weglocken«, und wirkte im nächsten Moment entsetzt darüber, die Vermutung laut ausgesprochen zu haben.

»Wovon weglocken?«

»Ach, nichts«, wiegelte er ab. »Wahrscheinlich bloß dummes Gerede.«

»Bloß dummes Gerede? Als ob Sie es nicht besser wüssten«, moserte Bakker. »Raus mit der Sprache, verdammt noch mal.«

Storch wusste anscheinend, wann er sich geschlagen geben musste, und versuchte erst gar nicht, sich eine Ausrede einfallen zu lassen.

»Wir wollten es Ihnen schon sagen, aber Sie wollen ja nichts vom Gerede hören. Man erzählt sich, es soll auf Ameroog bald eine große Demonstration geben.«

»Eine Demonstration? Wogegen, zum Teufel, sollte man in dieser gottverlassenen Gegend demonstrieren?«

»Keine Ahnung. Wie gesagt, es ist nur ein Gerücht.«

»Und wer erzählt so was?«

»Christine Linden«, entgegnete Heijen an Storchs Stelle. »Aber die sagt viel, wenn der Tag lang ist.«

»Aha«, war im ersten Moment alles, was Bakker dazu einfiel. Nun bekamen die Plakate und die Strohpuppe mit dem Schild vor Sesams Pension einen Sinn, und auch der Hooligan passte dazu. »Das hätten Sie mir sagen müssen. Was wird noch geredet?«

»Alle reden über die Emsfahrwasservertiefung.«

»Die Nordsee ist doch tief genug.«

»Doch, schon, aber nicht an den gewünschten Stellen.«

»Warum?«

»Das weiß ich nicht so genau.«

»Nein, ich meine, warum will man die Nordsee vertiefen?«

»Damit große Schiffe nach Emden und zum Eemshaven fahren können.«

»Aber das tun sie doch schon.«

»Klar. Ich meine noch größere Schiffe, viel, viel größere Pötte.«

»Das Meer ist doch weit.« Bakker schwenkte seinen Arm, um zu demonstrieren, was er meinte.

»Ja, aber eben nicht tief genug. Jedenfalls soll hier alles ausgebaggert werden, um die natürliche Fahrrinne tiefer zu bekommen.«

»Das interessiert mich im Moment herzlich wenig. Zurück ins Büro. Und Storch, ich will wissen, wer uns hier herausgelockt hat.«

ELF

Bis zum Treffpunkt, an dem er mit dem Vertreter verabredet war, musste Daniel etwa zehn Minuten mit dem Fahrrad fahren. Er legte Wert auf Pünktlichkeit und erreichte, umgezogen und frisch geduscht, rechtzeitig den Strandabschnitt. Das Rad schloss er ordentlich ab und lief über die Promenade. Auf dem Absatz der bunt angestrichenen hölzernen Treppe Nummer fünf, die von der Promenade zum Strand hinunterführte, blieb er stehen. Neben der Treppe stand ein geschnitztes und bemaltes Schild mit einem Seepferdchen drauf. Die Schilder waren dafür gedacht, dass kleine Kinder den richtigen Weg fanden. Daniel lehnte sich gegen den Handlauf und suchte die nähere Umgebung ab.

Der Mann hatte ihm die spezielle Sandburg, die den Strandkorb umgab, genau beschrieben. Hüfthoch sollte sie sein, sechs Meter im Durchmesser, ganz mit Muscheln belegt und stellenweise mit Möwenfedern geschmückt. Er entdeckte sie sofort. Sie sah toll aus, doch Daniel bezweifelte, dass sie die Zeit bis zum Strandburgenwettbewerb, der erst im Hochsommer stattfand, überstehen würde.

Ein sonderbarer Treffpunkt für ein geschäftliches Gespräch. Es wunderte ihn, dass ein Vertreter für Grabsteine einen so ungewöhnlichen Ort wählte. Vielleicht tat er es deshalb, weil er sonst nur selten an die Küste kam.

Um einen guten Eindruck zu hinterlassen, gedachte Daniel, selbstbewusst aufzutreten. Das hatte er zu Hause geübt. Mit einem Stapel Hefte unter dem Arm war er durch sein Zimmer marschiert und hatte die Wirkung im Spiegel kontrolliert. Er hatte sich zwar nicht vorstellen können, dass die Bildersammlung der von ihm betreuten Friedhofsplätze Eindruck schinden würde. Doch geschäftsmäßig wollte er aussehen und hatte sich daher für die Mitnahme einer Aktentasche entschieden, die aus nicht mehr nachvollziehbaren Gründen einmal in seinen Besitz gelangt war. Womit sollte er sie füllen? Letztendlich hatte er eine

Flasche Wein aus Mamas Vorrat im Keller stibitzt, um mit dem Vertreter gegebenenfalls auf einen gelungenen Verkaufsabschluss anzustoßen.

Die Flasche und zwei Gläser klirrten leise, als er nun die Treppenstufen hinunterging. Er stapfte durch den weichen Sand, betrat im Licht der Abendsonne die Sandburg und sah ein paar Beine aus dem Strandkorb herausragen. Er wurde bereits erwartet.

★★★

Das Gesicht, das sich zu Ingrid Magerlein in den Strandkorb neigte, zeigte die Sonnenbräune eines schönen Frühlings. Die Frisur mit dem Mittelscheitel war gewagt und zeugte von einem noch nicht allzu lange zurückliegenden Friseurbesuch. Er wirkte wie ein jungenhafter Held mit strahlend grünen Augen, einer kräftigen Nase und einem Lächeln unter einem Schnauzbart. Bei seinem Anblick kam ihr spontan eine Zeusstatue in den Sinn, eine Beschreibung, die kaum jemandem sonst bei Daniels Angesicht eingefallen wäre. Der kleine Bart, wie die Haare in der Mitte gescheitelt, war das i-Tüpfelchen in dem Gesicht. Ingrid Magerlein war sofort hingerissen.

»Oh, Verzeihung«, sagte der Mann und wollte sich schon zurückziehen. Ihre Hand, blitzschnell vorgeschossen und kräftig im Griff, hielt ihn zurück. »Ich glaube, ich bin hier falsch. Ich habe eine Verabredung«, sagte er irritiert.

Ingrid kamen kurz Bedenken. Seine Stimme klang anders als am Telefon, doch das mochte an der Verbindung liegen.

»Richtig. Eine Verabredung mit mir.«

»Ach. Ich dachte, Sie wären …«

»… enttäuscht, als ich Sie sah? Keineswegs.« Ingrids Stimme war so keck, dass sie sich selbst darüber wunderte.

»Oh. Äh …«

»Ich heiße Ingrid Magerlein.« Sie ließ sein Handgelenk los, um seine Hand zu schütteln.

»Daniel Munk.«

»Setz dich zu mir, Daniel. Ich darf doch Du sagen?« Mit der flachen Hand klopfte sie neben sich auf die Sitzfläche und sah, wie er, den Blick auf ihr Gesicht geheftet, einen Schritt zur Seite machte und über seine eigenen Füße stolperte.

Er prallte gegen einen aufgestellten Liegestuhl, griff danach, was den Stuhl zusammenklappen ließ und dazu führte, dass er sich fürchterlich die Finger klemmte. Mit einem geradezu animalischen Aufschrei zog er seine Hand zurück und an den Mund. Seine Aktentasche fiel in den Sand. Es klirrte. Jetzt rutschte auch noch der Rest des Stuhls zur Seite, und Daniel sackte nach vorn, direkt in Ingrids offene Arme.

Für Anton und Dukegatt, die heimlichen Beobachter, stand zu befürchten, dass Daniel an der Vorderfront der üppigen Dame herabrutschen würde, doch kräftige Arme hielten ihn fest und drückten ihn an Ingrids Brust.

Daniel, noch nie ein Mann, der erste Schritte in puncto Frauen wagte, hatte ein Grinsen auf dem Gesicht, das Glückseligkeit verhieß. Von diesem Ausdruck inspiriert, zog Ingrid ihn hoch, um ihm einen kräftigen Kuss auf die Lippen zu drücken.

Da Daniel im Küssen ungeübt war und kein Gedanke ans Luftholen blieb, musste er nach wenigen Sekunden den Mund aufmachen, was beiden behagte.

Dukegatt und sein Freund Anton lauschten dem Geschehen, trauten sich jedoch nicht, um die Ecke zu linsen, aus Angst, entdeckt zu werden. So hörten sie nur, dass Daniel am Ende des Kusses ein weiteres Mal dumpfen Schrittes nach hinten taumelte, sich aber fing, nach der Aktentasche griff, sie öffnete und unter Klirren eine Flasche und zwei Gläser herausholte.

»Du gehst aber ran«, sagte Ingrid mit einer Stimme, die keiner ihrer Steuersünder ihr jemals zugetraut hätte.

Das Knacken eines Schraubverschlusses, gefolgt von einem Gluckern, erklang. Das war der Augenblick, als Dukegatt einen Blick um den Strandkorb wagte. Er sah zwei Menschen, die sich mit verklärtem Gesichtsausdruck über die Ränder ihrer Gläser hinweg anschauten, an denen sie ab und an nippten.

Die Frau kam Dukegatt bekannt vor. Man konnte ihm ansehen, dass er nicht sehr glücklich darüber war. Anton zupfte ihn am Ärmel. »Mission erfüllt«, flüsterte er. »Lass uns verschwinden.«

Die beiden zogen sich zurück.

»Was ist mit dir los? Du machst so ein komisches Gesicht«, fragte Anton, als sie außer Hörweite waren. »Hat doch alles prima geklappt. Wenn ich es nicht besser wüsste, würde ich sagen, du bist eifersüchtig.«

Dukegatt erwiderte darauf nichts.

»Kennst du die Frau etwa?«

Erneut blieb Dukegatt seinem Freund eine Antwort schuldig.

»Weißt du was?« Anton hatte eine Idee und klopfte Dukegatt aufmunternd auf die Schulter. »Mir kommt eben ein toller Gedanke. Wir sollten für dich auch eine Anzeige aufgeben.«

Dafür bekam er einen Stoß in die Rippen, doch nach längerem Schweigen brummte Dukegatt: »Das bringt doch nichts.«

»Wovor hast du Angst?«

»Dass es nur ein Exemplar von diesem Rasseweib gibt.«

★★★

Daniels Mutter, Trientje Munke, war es schon lange ein Dorn im Auge, dass ihr Sohn immer noch die Füße unter ihren Tisch steckte. Wenn es nach ihr ginge, wäre er längst verheiratet, und sie würde ihre freie Zeit damit verbringen, die Enkelkinder zu verwöhnen. Jetzt schien ihr Wunsch in Erfüllung zu gehen.

Als sie zu Hause mitbekommen hatte, dass ihr Sohn den guten Pulli anzog, heimlich eine Flasche Wein aus dem Keller holte und zwei Gläser einsteckte, hatte sie gewusst: Da konnte nur ein Frauenzimmer dahinterstecken. Wie wunderbar. Kurz entschlossen war sie ihm nachgegangen, nicht, dass der Bengel im letzten Moment noch was versaute.

Ihm unbemerkt zu folgen, war leicht gewesen, rechtzeitig einen Platz zu finden, an dem sie etwas sehen konnte, hingegen schwerer. Zumal sie Pieter Dukegatt und seinen Freund Anton entdeckte, denen sie auf keinen Fall begegnen wollte. Die dämlichen Kommentare von dem blöden Dukegatt, von wegen sie kontrolliere den Sohnemann, klangen ihr schon in den Ohren. Der sollte sich lieber mal um seinen Laden kümmern. Eine Schande war das, wie er sein Geschäft herunterwirtschaftete.

Sie beobachtete zufrieden die beiden Turteltäubchen und ihre Beobachter, wartete, bis sich Letztere davonschlichen, warf noch einen letzten Blick in den Strandkorb, in dem Daniel und die Frau saßen, und empfand Stolz. Niemals hätte sie gedacht, dass ihr Daniel so rangehen konnte. Alle Achtung. Als sie sich davonstahl, war sie guter Dinge. Von dem Aussehen ihrer zukünftigen Schwiegertochter hatte sie sich jedoch eine ganz andere Vorstellung gemacht. Niemals wäre ihr in den Sinn gekommen, dass Daniel auf dralle Damen stehen könnte. Doch man lernte eben nie aus.

Auf der Strandpromenade wartete sie, bis Anton und Dukegatt längst verschwunden waren. Sie wollte sichergehen, dass die beiden nicht noch einmal zurückkamen und das junge Glück störten. Kurz kam ihr in den Sinn, dass sie womöglich ungerecht über Dukegatt und Anton dachte. Schließlich schien das Rendezvous auf ihr Konto zu gehen. Ein Blind Date, warum war ihr so was Geniales niemals eingefallen? Ja, sie musste zugeben, die beiden waren ihrem Sohn wirkliche Freunde, wer hätte das vermutet? Sie jedenfalls nicht. Auch wenn das wohl bedeutete, das bald jeder auf der Insel über die Verkupplung Bescheid wusste. Anton konnte schwerlich seine Klappe halten.

Sie holte tief Luft. Ihr würde schon etwas einfallen, was sie den verbalen Attacken von Christine Linden entgegensetzen konnte. Was auch wieder ein bisschen ungerecht war, denn deren losem Mundwerk war es zu verdanken, dass sie ihren Sohn überhaupt so eindringlich beobachtet hatte.

»Du weißt, ich bin die Letzte, die Klatschgeschichten in die Welt setzen will, aber ...«, hatte Christine gesagt und postwendend den neuesten Klatsch über ein heimliches Rendezvous verbreitet.

Trientje lächelte. Sollte die Alte doch ihre Gerüchte auf die Reise schicken, sie musste jetzt an Wichtigeres denken. Sollte man Verlobung feiern? Und wenn ja, in welchem Lokal? Wo war der nächste Brautmodenladen, in dem sie der künftigen Schwiegertochter beratend zur Seite stehen konnte? Natürlich würde sie darauf achten, dass ein weißes Kleid gekauft wurde. Eines mit vielen Rüschen und Schleifen hier und dort, um die Speckpolster an gewissen Stellen zu kaschieren. Wenn sie doch nur eher gewusst hätte, worauf ihr Sohn stand. All die spindeldürren Mädchen, die sie in den vergangenen Jahren nach Hause eingeladen hatte, waren für die Katz gewesen. Sie hätte sich, den Frauen und ihm einiges ersparen können.

An der Straße, die von der Strandpromenade aus direkt in Richtung Hafen führte, blieb sie stehen. Sie warf einen letzten Blick auf die in der Ferne aus dem Strandkorb herausschauenden zwei Paar Füße und leistete den Initiatoren Anton und Dukegatt gegenüber im Stillen Abbitte.

Dann eilte sie nach Hause. Es gab viel zu tun. Hoffentlich hatte die Frau einen Beruf und verdiente ordentlich. Von Daniels Gehalt allein konnten die beiden kaum leben, und sie war nicht gewillt, weiter für den Lebensunterhalt ihres Sohnes zu sorgen. Genug war genug.

Noch am selben Abend brachte Daniel Ingrid Magerlein mit nach Hause, und Trientje lernte sie kennen. Die beiden Frauen verstanden sich sofort. Bei einem Tee, der so dunkel war, dass man den Inhalt der Tasse für Altöl halten konnte, klönten sie über Gott und die Welt. Erfreut stelle Trientje fest, dass Ingrids körperliches Volumen sich auch auf den Verstand erstreckte. Dem pfiffigen Anton, der gern mit Zahlen jonglierte, traute sie zu, dies bedacht zu haben. Er schien ein Händchen bei der Auswahl eines passenden Partners zu haben. Ob sie seine Dienste ebenfalls in Anspruch nehmen sollte? Schließlich war sie bald allein zu Haus, und bis die ersten Enkelkinder kamen, konnte es ja noch etwas dauern.

Im Wohnzimmer der Munkes sah es aus wie in bald jeder guten Stube. An der Wand hingen Fotos aus den fünfziger Jahren und schwarz-weiße Bildnisse diverser Ahnen. Ein Sideboard war bestückt mit Fotos von einem Jungen, der von links nach rechts immer älter wurde. Daneben standen selbst gemachte Kunstwerke aus Daniels Schulzeit und dahinter eingerahmte Urkunden. Sportschulwettbewerbe der achten, neunten und zehnten Klasse, als befürchtete die stolze Mutter, man traue ihrem Daniel das nicht zu und sie müsse es beweisen.

»Niedlich«, bemerkte Ingrid, als sie die Urkunde fürs Seepferdchen in die Hand nahm, und griff nach der gerahmten
Belobigung als Rettungsschwimmer. »Respekt.«

»Wenn im Sommer Not am Mann ist, hilft mein Daniel gern
am Strand bei den Rettungsschwimmern aus.«

Als die Frauen von Tee auf härtere Sachen umstiegen – »Rum
muss, Wasser kann und Zucker darf«, wie man auf der Insel über
die Grogzubereitung sagt –, vertraute Ingrid Daniels Mutter
an, was sie beruflich machte.

»Was? Steuerfahnderin?«, platzte es aus Trientje heraus. Auf
den Schreck gab sie einen weiteren Schuss Rum in ihr Glas.
Verflixte Kiste. Da hatte ihr Junge endlich eine Frau an der
Angel, und nun das. Sie nahm einen ordentlichen Schluck und
musste husten. Kräftige Schläge zwischen die Schulterblätter
halfen ihr.

»Geht es wieder?«

Trientje schnappte nach Luft. Ja, es ging wieder. Bei einge-
hender Betrachtung war eine Steuerfahnderin in der Familie
ja vielleicht genau das Richtige. Besser als beispielsweise eine
Grabsteinverkäuferin war es allemal. Gestorben wurde selten,
zumindest auf Ameroog, aber Steuern musste man immer zahlen, und Menschen, die sich davor drückten, gab es genug. Das
hatte Zukunft.

Als sie nach dem dritten Grog endlich erfuhr, wen das Finanzamt auf der Insel im Visier hatte, war sie zuerst erschrocken,
doch je mehr Ingrid von ihrer Arbeit erzählte, umso deutlicher
reifte in Trientje der Plan, ihr zu helfen. Allein hätte sie gegen
Knut Schröder keine Chance. Dieser blöde Kerl mit seinem
Moloch namens »Piratennest« versaute die Karriere ihrer zukünftigen Schwiegertochter nicht.

Trientje beschloss, sogleich Nägel mit Köpfen zu machen.
Kurz bevor Ingrid sich spät in der Nacht verabschiedete,
sagte sie: »Ich habe gehört, morgen soll eine Demonstration
stattfinden. Was hältst du davon, wenn wir drei uns die Sache
anschauen?«

Zwölf

Storch war wenig begeistert über den Auftrag, denjenigen ausfindig zu machen, der die Polizei an den Deich geschickt hatte. Das versprach einen späten Feierabend.

Er wendete soeben den Streifenwagen, um zurück ins Büro zu fahren, als Bakker ihn am Ärmel zupfte und auf zwei Leute aufmerksam machte. Ganz in der Nähe, auf einer hölzernen Parkbank, dort, wo die Straße endete, umgeben von Heckenrosen, saßen Tilo und Fietje. Wo kamen die beiden denn so plötzlich her? Oder hatte er sie eben nur übersehen?

»Halten Sie an, Storch. Da sitzen zwei Männer. Ich werde sie fragen, ob sie was gesehen haben.« Bakker verließ den Streifenwagen.

»Du solltest hinterhergehen«, sagte Heijen zu Storch, ohne selbst Anstalten zu machen, auszusteigen und dem Chef zu folgen.

»Wieso?«

»Die beiden werden kein Wort sagen.«

»Dann geh du doch.«

»Sicher nicht. Fietje wird mir bloß einen Knopf an die Backe quasseln, und aus Tilo bekomme ich selten ein Wort heraus. Du kannst besser mit den beiden umgehen.«

Storch nickte, stieg aus dem Wagen und eilte Bakker hinterher. Etwa zehn Meter vor der Parkbank holte er ihn ein. Er hob eine Hand, um Bakker zu signalisieren, er möge hier, verdeckt von den Rosen, stehen bleiben. »Lassen Sie mich das machen, Herr Hauptkommissar«, flüsterte er. »Ich befrage die beiden.«

Bakker zeigte mit einem Kopfnicken sein Einverständnis an. Sollte er verwundert sein, ließ er es sich nicht anmerken.

»Moin«, grüßte Storch und trat auf die beiden Männer zu. »Rückt mal ein Stück.« Er quetschte sich zwischen Tilo und Fietje auf die Parkbank und drängte sie mit seinem Po ein wenig beiseite, um genügend Platz für sich zu schaffen. Fast stand zu befürchten, dass die älteren Herren durch Storchs Hüftschwung

136

am anderen Ende der Bank herunterfallen würden. Die Männer waren so beängstigend mager.

»Moin«, grüßten Tilo und Fietje einstimmig zurück, und Fietje sagte: »Sein Verhalten gereicht ihm nicht zur Ehre, junger Mann, aber wir nehmen gern wegmüde Wanderer auf.«

»Wegmüde Wanderer? Ich bin mit dem Auto gekommen. Mein Chef möchte wissen, ob ihr hier in der Nähe in den letzten Minuten irgendjemanden gesehen habt. Was macht ihr überhaupt hier?«

»Welch Vermessenheit zu fragen, doch ich will es ihm sagen. Mit Verlaub, mein Freund Tilo hier und meine Wenigkeit erwarten den Sonnenuntergang.«

»Das macht ihr beiden doch sonst auf der Parkbank an der Mole.«

»Wie er weiß, wirft der Leuchtturm im Mai seinen Schatten auf diesen ansonsten güldenen Ort. Wir waren so frei, uns umzuorientieren.«

»Welch Vermessenheit zu vermuten, ich würde das glauben«, murmelte Lukas Storch.

»Apostrophiert er ihn einen Lügner?«

Storch ließ die Frage unbeantwortet. »Habt ihr nun jemanden gesehen oder nicht?«

»Er meint heute?«

»Ja. Jetzt. Vor wenigen Minuten.«

»Bis auf ihn, nein, niemanden.« Fietje wedelte mit einer Hand, als Aufforderung für Storch, zu gehen. »Komme er übermorgen wieder.«

»Spricht der immer so geschwollen? Und was heißt apostrophiert?«, fragte Bakker, als sie sich außer Hörweite der Männer befanden.

»So was Ähnliches wie schimpfen.«

»Schön. Und was meint er mit: ›Komme er übermorgen wieder‹?«

»Da kann ich nur raten. Vermutlich, dass die Demonstration zu einem späteren Zeitpunkt genau hier stattfindet.«

»Was macht Sie so sicher?«

»Die beiden wissen mehr darüber, als sie zugeben würden. Tilo ist mit der Eisernen Lady verheiratet, und die ist ja immer sehr engagiert. Zurzeit kümmert sie sich um Umweltfragen.«

»Tilo Perdok? Der schweigsame Typ gerade ist der Ehemann von Helena Perdok?« Bakker mochte es kaum glauben. Nun gut, wenn sie die Hand im Spiel hatte und für eine Demonstration auf der Insel die Ansprechpartnerin war, sollte man sie befragen. Er würde Engelchen zu ihr schicken. Wim Heijen mit seinem Schwiegersohnlächeln kam bei alten Damen bestens an.

»Wenn der eine so geschwollen spricht, warum haben Sie dann den anderen nicht gefragt?«

»Tilo redet wenig. Bei seiner Frau sollten Sie sich erkundigen.«

Wieder einmal fragte sich Bakker, ob der Kollege Storch eigentlich Gedanken lesen konnte.

»Das kann Heijen erledigen.« Er stand an der Beifahrertür, den Griff bereits in der Hand.

»Was soll ich machen?«, fragte Heijen durchs offene Fenster. Er hatte sich keinen Zentimeter vom Rücksitz weggerührt. Bakker sagte es ihm und fasste zusammen, was sie erfahren hatten. »Übermorgen also. Da haben wir genügend Zeit, uns auf die Demo vorzubereiten.«

»Eben nicht.« Storch ging um den Wagen herum. »Der Fietje, der tickt anders. Ich würde jedenfalls einen Monatslohn darauf verwetten, dass es schon morgen losgeht. ›Komme er übermorgen wieder‹ ist so eine typische Fietje-Aussage. Als wollte er sagen: ›Dann ist hier an dieser Stelle alles genauso friedlich wie heute, nur wisst ihr dann mehr.‹«

Bakker hatte gelernt, auf das zu setzen, worauf Storch wettete. »Sie kennen den Mann anscheinend recht gut«, sagte er und wollte sich auf den Beifahrersitz setzen. Dabei sah er, dass sich auf dem Wagendach die Folie gelöst hatte. Mit den Fingern strich er sie wieder glatt, doch das Zeug klebte schlecht.

»Entfernte Verwandtschaft«, bestätigte Storch ausweichend, und Bakker hatte den Eindruck, als sei sein Kollege darüber nicht sehr begeistert. Seufzend ließ er sich auf den Sitz fallen. »Weit entfernt?«

»Weit genug. Ich glaube, eine Bezeichnung dafür hat noch keiner erfunden. Fietjes Großvater und mein Urgroßvater waren Vettern.«

Bakker nickte und beließ es dabei. Es war kompliziert, sich die verwandtschaftlichen Vernetzungen der Amerooger zu merken. »Fahren wir.«

Storch startete den Wagen.

»Agent Heijen«, sagte Bakker förmlich. »Wenn es um Protest gegen die Emsvertiefung geht, mit was für Organisationen müssen wir da rechnen?«

Von der Rückbank her streckte Wim Heijen seinen Kopf zwischen Fahrer- und Beifahrersitz durch. »Greenpeace«, sagte er, »WWF und NABU. Niemand von denen will eine Vertiefung des Fahrwassers.«

»NABU?«

»Blaue Buchstaben auf weißem Grund. Darüber fliegt ein Storch, der keinerlei Ähnlichkeit mit unserem hier hat.« Heijen lachte und knuffte Lukas Storch von hinten gegen die Schulter. Der verzog keine Miene, vermutlich hörte er die Bemerkung nicht zum ersten Mal.

Heijens Handy klingelte, Storch wendete den Streifenwagen, und Bakker dachte über das Gehörte nach.

Fahrwasservertiefung. Er stellte sich vor, wie draußen auf dem Meer irgendwo zwischen den roten und grünen Fahrwassertonnen, die den Schiffen den Weg wiesen, ein Bagger lag. Oh Gott, wie lang musste da die Schaufel sein, wenn dieser links vom Meeresboden eine Fuhre voll Sand hochheben, sich um die eigene Achse drehen und dann rechts alles wieder ins Wasser platschen lassen sollte? Okay, so einfach, wie er sich das vorstellte, würde es unmöglich sein, aber er verspürte keine Lust, sich das näher erklären zu lassen.

»Dann wird die Rinne eben tiefer«, sagte er nach einiger Zeit. »Ist mir unverständlich, wo da das Problem liegt.«

»Sie sehen keine Probleme?«, blaffte Storch und brachte den Streifenwagen ein wenig ins Schlingern. Er hatte seinen Stimmungsausbruch aber sofort wieder unter Kontrolle. »Unnatürliche Tiefe verursacht ein schnelleres Fließen des Wassers bei Ebbe und bei Flut. Das heißt, vier Mal am Tag rauscht das Meerwasser ungebremst hin und her. Das ist wie in einem Flussbett, das zu viel Wasser führt. Es reißt alles mit sich, was auf dem Grund wächst und lebt, auch den dann noch verbleibenden Sand, der lieber dort liegen bleiben sollte, wo er ist, da er die Insel vor dem Abrutschen ins Meer schützt. Bei der Fahrrinnenvertiefung werden die Bagger alles aufreißen und …«

»Genug, ich kann es mir vorstellen. Das ist höhere Politik. Wie steht es eigentlich um Daniels Rendezvous?«, erkundigte sich Bakker, weil ihm nichts Besseres einfiel, um Storchs flammende Rede zu stoppen. Aus dem Augenwinkel sah er, wie die Wagenbeklebung neben dem Seitenfenster im Wind zu flattern begann. Da musste Kollege Friese noch mal Hand anlegen.

Heijens linke Hand erschien zwischen Storchs und Bakkers Schultern, er schnippte mehrmals mit den Fingern, um sie auf sich aufmerksam zu machen. Er war noch immer am Telefon. »Danke«, sagte er ins Handy. »Das ist eine gute Nachricht, grüß Dukegatt von mir.« Er legte auf. »Das war Anton. Daniels Rendezvous ist recht zufriedenstellend verlaufen. Also blinder Alarm.«

»Erzähl, was ist passiert?«, forderte Storch und nahm den Fuß leicht vom Gaspedal. Vermutlich erwartete er eine Geschichte, die länger dauerte als die Fahrt zum Polizeigebäude.

»Im Grunde nichts. Wir haben uns umsonst Sorgen gemacht. Die beiden mochten sich auf Anhieb.« Bakker konnte Heijens zufriedenes Lächeln förmlich hören.

»Sie mochten sich auf Anhieb? Ist das alles? Du hast doch viel länger telefoniert. Nun sag, wie ist es gelaufen? Wie sieht sie aus? Wie heißt sie, ist sie ein heißer Feger?«

»Wenn man etwas zum Anfassen mag, schon.« Heijen deutete mit zwischen den Sitzen vorgestreckten Händen die üppigen Kurven einer Frau an.

Wie schön für Daniel, dachte Bakker, jedenfalls wenn man außer Acht ließ, dass jeder auf der Insel über die Verkuppelung Bescheid wusste, nur er nicht. Bakker hoffte für ihn, dass er es mit Humor nehmen würde, sollte er je die Wahrheit erfahren. Eines interessierte ihn jetzt aber brennend. »Was wäre denn

Ihrer Meinung nach geschehen, wenn das Zusammentreffen schlecht verlaufen wäre? Hätte Daniel uns Ärger gemacht?«

»Daniel wohl kaum, aber seine Mutter.« Storch nahm eine Hand vom Lenkrad, hob sie an und drehte sie hin und her. »Sie hätte Dukegatt und Anton die Hölle heißgemacht.«

»Ich dachte, die Polizei würde den Ärger bekommen.«

Storch und Heijen wechselten über den Rückspiegel einen Blick, als würden sie sich fragen, ob sie dem Hauptkommissar reinen Wein über diese Frau einschenken sollten. Sie nickten sich zu.

»Ärger wäre übertrieben, aber viel Arbeit schon. Die andauernden unnötigen Anzeigen von Frau Linden wären gegen eine Trientje Munke in Höchstform das reinste Vergnügen, wenn Sie verstehen, was ich meine«, erklärte Heijen.

Wenige Minuten später hegte Bakker die stille Hoffnung, der Dame niemals begegnen zu müssen. Die Worte »egoistisch«, sah man von Dingen ab, die den Sohn betrafen, »dominant« und »schlitzohrig« gehörten zu den angenehmen Beschreibungen ihres Charakters.

Storch beschleunigte den Wagen.

»Was macht der Mann im Hawaiihemd, haben Sie ihn gefunden?«, fragte Bakker und dachte das, was Storch aussprach.

»Den Hooligan? Noch nicht. Doch ich kann mir denken, wo er bald sein wird.«

Hooligans traf man dort, wo sie Ärger machen, randalieren und auf andere eindreschen konnten. Eine scheußliche Bande. Wenn sie sich unbedingt prügeln wollten, sollten sie doch in einen Boxverein eintreten. Dazu waren sie aber vermutlich zu feige, weil sie dort selbst ordentlich was auf die Nase bekommen konnten. Die Tatsache, dass so ein Mensch ausgerechnet jetzt hierher nach Ameroog reiste, verhieß nichts Gutes. Der Mann erwartete anscheinend mehr als nur ein paar friedlich demonstrierende Leute.

Eine richtige Demonstration, so eine, wie man sie vom Festland her kannte, noch dazu eine unangemeldete, wäre für Bakker und seine Mannschaft der Super-GAU. Dafür hatte er nicht genügend Personal. Hätte er jede Menge Polizisten in voller Kampfmontur, mit Stahlschutzhelmen, Schlagstöcken, durchsichtigen Plastikschilden und Wasserwerfern, wäre das kein Problem. Aber mit fünf Kollegen als Stammpersonal, sechs, wenn er sich selbst mitzählte, und den beiden Saisonkräften, die morgen anreisen würden, war das unmöglich zu schaffen. Er musste erfahren, womit er zu rechnen hatte, um gegebenenfalls Verstärkung vom Festland anfordern zu können.

»Bis morgen früh will ich alles über die Demo wissen.« Er nahm die Finger zu Hilfe und zählte auf: »Wer, wann, wo und wie viele daran teilnehmen werden. Fragen Sie all Ihre Verwandten, Freunde und Bekannten, jeden, den Sie auf der Insel kennen. Beginnen Sie mit den Leuten von der Fährlinie. Die müssen schließlich wissen, wie viele Fahrkarten sie verkauft haben.«

Ich brauche genaue Zahlen, wenn Martin Dahl mich unterstützen soll, dachte Bakker. Auf keinen Fall wollte er bei seinem Vorgesetzten für etwas Verstärkung anfordern, was er auch allein schaffen konnte.

»Wir haben über tausend Einwohner«, widersprach Storch.

»Sie sollen ja nicht jeden einzelnen Insulaner fragen, nur die, die Sie kennen.«

»Sag ich doch – tausend.«

★★★

Fast zeitgleich liefen im Haus von Helena und Tilo Perdok die letzten Vorbereitungen für die Demo auf Hochtouren.

»Da bist du ja endlich«, schalt Helena ihren Ehemann, als er heimkam, und gab ihm einige Anweisungen. An ihr Demonstrationsschild musste noch einmal Hand angelegt werden, der Text missfiel ihr.

Tilos künstlerische Seite, von der er selten Gebrauch machte, war voll zum Einsatz gekommen. Froh darüber, sein Talent frei entfalten zu können, ohne am Ende des Tages den »überflüssigen Kram«, wie Helena seine Malutensilien nannte, sofort wieder wegräumen zu müssen, war ihm ein richtiges Kunstwerk gelungen. Sie hatte ihm erlaubt, seine Farben, Pinsel und

Leinwände auf dem Esstisch im Wohnzimmer auszubreiten und so lange liegen zu lassen, bis erstens alles fertig und zweitens genügend Zeit zum Trocknen vergangen war. Wenn es doch nur immer so sein könnte.

Nun, vielleicht war es das ja bald.

Er betrachtete die verendenden Meerestiere mit einem beifälligen Nicken. Gut getroffen hatte er die von Baggerschaufeln zerquetschten Krebse, enthaupteten Fische und den seitlich aufgeschlitzten Wal. Schweren Herzens griff er zum Pinsel, übermalte den klein geschriebenen Text mit einer blauen Qualle und senkte dann den Pinsel in schwarze Farbe, um Helenas Slogan in Großbuchstaben quer darüberzuschreiben: »Gegen die Emsvertiefung!«

»Bist du immer noch nicht klar damit?« Ihre Frage ließ ihn zusammenzucken. »Vertrödel keine Zeit. Es muss noch auf eine feste Unterlage genagelt werden. Die hast du hoffentlich ausgesägt.« Sie schaute sich im Wohnzimmer um und entdeckte das bereits zugeschnittene dünne Holzbrett und den danebenstehenden Besenstiel. »Was treibst du die ganze Zeit? Sieh zu, dass du fertig wirst.« Sie griff nach Hammer und Nägeln, die auf dem Wohnzimmertisch bereitlagen, drückte sie ihm in die Hände und verließ das Zimmer. Kein Lob, wie gut ihm sein Werk gelungen war. Kein Wort des Dankes für seine Mühe.

Mit zusammengekniffenen Augen beobachtete Tilo, wie sie in der Küche verschwand. Der Gedanke, dass die Demonstration katastrophal für sie enden würde, ließ ihn eine fröhliche Melodie summen. Jetzt nur noch schnell die Leinwand auf das Brett genagelt und den Stiel daran befestigt, dann war er fertig.

Ja, er hatte seine Chance genutzt und allen Vereinen und Gruppierungen in Sachen Umweltschutz neben dem endgültigen Termin auch noch etwas anderes mitgeteilt. Etwas, das jeden ordentlich auf die Palme brachte. Schon bald würde Helena erfahren müssen, dass nicht immer alles so lief, wie sie es sich vorstellte. Die Zeit war reif. Sie brauchte einen Dämpfer, sollte am eigenen Leibe spüren, wie es sich anfühlte, wenn etwas schiefging. Ob er bereit war, die zweite Option durchzuziehen, würde sich zeigen. Verärgert genug war er im Moment jedenfalls. Sein Traum, nie mehr ihre befehlende Stimme zu hören, machte ihn optimistisch.

In der offenen Küchentür wandte sie sich nach ihm um. »Du hast wieder diesen Blick drauf.«

»Was für einen Blick?«

»Einen besonderen Blick eben.«

»Wie soll der sein?«

»So, wie du gerade geguckt hast. Was ist los?«

»Alles in Ordnung.«

»Na, ich weiß nicht. Sieh zu, dass du fertig wirst.«

»Ja, Schatz.« Wenige Minuten später lehnte er das fertige Schild an die Wand im Flur, gleich neben der Haustür. Es eine Weile betrachtend, ging er in Gedanken noch einmal die Telefonate durch. Es waren keine Mängel festzustellen, er hatte alles zu seiner Zufriedenheit erledigt. Die Demonstration würde in die Geschichte Ameroogs eingehen.

Nur in einem, dem letzten Punkt war er noch sehr unentschlossen. Und je näher der Zeitpunkt heranrückte, desto unschlüssiger wurde er. Sollte er den finalen Schritt tatsächlich verwirklichen? Zugegeben, der Plan, den er mit Fietje ausgeheckt hatte, war genial. Während der Demo, in dem zu erwartenden Durcheinander, konnte es leicht passieren, dass jemand ernstlich zu Schaden kam. Körperlich betrachtet. Und endgültig.

Aber wollte er Helena denn wirklich für immer los sein, wie er es Fietje gegenüber gern behauptete?

Tilos Finger, versteckt in der Hosentasche, spielten mit einer großen Anstecknadel, die die Aufschrift »Emsvertiefung? Nein, danke!« trug. Diese Nadel konnte seiner Zukunft eine radikale Wende geben.

In dem Bewusstsein, dass sein Entschluss, wie die Demonstration enden sollte, auch kurz vorher noch gefasst werden konnte, ging er zurück ins Wohnzimmer, um die Malutensilien wegzuräumen.

Er trat an Helenas Schreibtisch, zog die oberste Schublade auf und legte die Anstecknadel wieder hinein. Ihm blieben zwei Möglichkeiten. Entweder tat er nichts, sodass sie sich die Nadel morgen kurz vor dem Verlassen des Hauses so, wie sie jetzt war, selbst ansteckte, ehe sie zur Demo ging. Oder er präparierte die Nadel und befestigte sie eigenhändig an ihrem Revers, damit sie die gefährliche Veränderung daran nicht erkannte.

In den Tiefen seiner Hosentasche berührte sein Zeigefinger die Vorrichtung, die an Helenas Anstecknadel angebracht werden konnte. Ihm blieb noch die ganze Nacht Zeit, sich für eine der beiden Varianten zu entscheiden.

DREIZEHN

Für heute blieb für Bakker nichts mehr zu tun, was die Demonstration anging. Ohne genauere Informationen waren ihm die Hände gebunden. »Wenn sich etwas Neues ergibt«, wies er Storch an, »rufen Sie mich sofort an.«

Noch immer trug er sich mit dem Gedanken, sich heute Abend in der Nähe vom »Piratennest« umzusehen, ehe Schröder aus dem Urlaub zurückkam. Nun gesellte sich der Verdacht hinzu, der Wirt könnte etwas mit der Demo zu tun haben. Eine Überlegung, die er Storch sogleich mitteilte.

»Kann ich mir kaum vorstellen. Es heißt, Schröder eröffnet heute oder morgen wieder«, sagte Storch. »Da hat er sicherlich andere Dinge zu erledigen.«

»Die da wären?«

»Waren einkaufen, Gaststube putzen, was weiß ich.«

Inzwischen war es dunkel geworden, und Bakker machte Feierabend. Bewaffnet mit einer Taschenlampe brauchte er weniger als fünf Minuten, um zu Fuß zum »Piratennest« zu gelangen. Als er dort ankam, suchte er sich eine Stelle, von der aus er erst einmal das Haus beobachtete. Alles war dunkel, hinter keinem der Fenster war Licht zu sehen.

Bakker betrachtete die Fassade und fragte sich kurz, ob das, was er vorhatte, ihm nichts als Unannehmlichkeiten einbringen würde. Was er plante, war erstens verboten und zweitens gerade von ihm als Kriminalhauptkommissar und Dienststellenleiter der Polizeistation Ameroog nicht gerade die klügste Idee. Würde man ihn dabei erwischen, wie er in ein fremdes Gebäude eindrang, ohne dass eine polizeiliche Notwendigkeit bestand, musste er sich eine gute Ausrede einfallen lassen.

Gefahr im Verzug klang immer gut. Ja, das war etwas, was er Martin Dahl erzählen konnte. Zur Not behauptete er eben, er habe ein wandelndes Licht hinter den dunklen Fenstern gesehen, was auf einen Einbruch hätte schließen lassen können.

Er bog in die Seitenstraße ein. Die Straßenlaterne war kaputt.

Vermutlich hatte wieder einmal jemand kräftig mit dem Fuß gegen den Pfahl getreten, so lange, bis das Licht erloschen war. Im Revier gingen gelegentlich solche Meldungen ein. Meistens entpuppten sie sich als Maßnahme eines Nachbarn, der sich vom Lichtschein der Laterne in seinem Schlafzimmer gestört fühlte.

Hinter dem »Piratennest« befand sich ein Hof, der ringsherum von einer Mauer umgeben war, über die nur sehr große Menschen hinwegzuschauen vermochten. Bakker überlegte, ob er hinüberklettern sollte, sah aber nichts, worauf er sich stellen konnte, um nach oben zu gelangen. Er legte eine Hand auf die Klinke des Holztores und stellte überrascht fest, dass es nicht verschlossen war.

Er betrat den Hof. Obwohl er keine Geräusche gemacht hatte – die Torangeln waren gut geölt –, ging gegenüber im Haus ein Licht an. Bakker versteckte sich hinter einigen Müllcontainern, was gut war, denn sonst wäre ihm bestimmt nicht der kleine Schuppen am Ende des Grundstückes aufgefallen. Er wartete mehrere Minuten. Alles blieb still. Vorsichtig schlich er hinter den Containern hervor, ging zur Hintertür und drückte die Klinke herunter. Diese Tür war abgeschlossen. Natürlich. Auch wenn die Insulaner gern behaupteten, sie würden ihre Haustüren nur selten verschließen, so taten sie es gewiss, wenn sie für längere Zeit auf Reisen gingen.

Das Licht im Nebengebäude brannte immer noch, deswegen wagte Bakker nicht, die Taschenlampe anzuknipsen. Zum Glück stand der Mond hoch genug, um den Hof in einen silbrigen Schimmer zu tauchen. Er bahnte sich einen Weg durch diverse Kistenstapel mit Leergut, Holzpaletten, abgestellte Fahrräder, hochgestapelte Plastikeimer, in denen mal Mayonnaise oder Salat aufbewahrt worden war, und weiterem Krempel, dessen Lagerung in einem Hinterhof nichts Ungewöhnliches war.

Der Holzschuppen war nahezu komplett von der »Rosa Rugosa«, auch Kartoffel- oder Apfelrose genannt, eingewachsen. Eine Rose, die überall auf der Insel vorkam, wenig Anspruch an ihren Standort stellte und das Landschaftsbild der gesamten

Nordseeküste prägte. Der Duft der Blüten besiegte an dieser Stelle sogar den Gestank der Müllcontainer.

Auch die Tür des Schuppens war verschlossen. Bakker wagte es, für einen kurzen Moment seine Taschenlampe anzumachen, und beleuchtete den Rahmen. Am Boden neben der Tür wucherten stachelige Äste und Blätter, die er zur Seite schob. Und da hing er, der Schlüssel. Ein handlanges rostiges Ding an einem ebenso verrosteten Nagel. Vermutlich wären bei Tageslicht dunkle Streifen am Gebäude zu sehen gewesen, wo das Regenwasser mit dem abgelösten Rost vom Wellblechdach die Wand braun färbte. Er griff danach und erwartete, ein raues Stück Metall in die Hand zu bekommen, doch der Schlüssel fühlte sich angenehm glatt an. Er wurde demnach viel benutzt, auch wenn das Gebäude mit dem Bewuchs nicht danach aussah, als würde Schröders Personal hier im Schuppen ständig ein und aus gehen. Oder er war neu. Wie auch immer, Bakker steckte ihn ins Schloss, drehte ihn und zog langsam und geräuschlos die Tür auf.

Im silbrigen Mondlicht wirkte alles an und um Bakker herum kühl. Die Haut an seinen Händen sah aus, als sei sie blutleer, und erinnerte ihn an eine Leiche. Dieser Lichteffekt in Kombination mit dem vor Bakker erscheinenden Gesicht ließ ihn erschrocken einen Schritt zurücktreten. Fast wäre ihm die Taschenlampe aus der Hand gefallen. Ein Mann starrte ihn an, die Augen weit aufgerissen, den Mund zu einem runden schwarzen Loch geformt.

Bakker hob die Lampe auf Hüfthöhe, dann knipste er sie an, nur für einen kurzen Moment. Es reichte, um zu erkennen, dass die menschliche Gestalt von der Decke hing. Er trat einen weiteren Schritt zurück, holte einmal kräftig Luft und überlegte, wann er zum letzten Mal einen Erhängten gesehen hatte. War schon länger her, zu Anfang seiner beruflichen Laufbahn. Kein angenehmer Anblick. Die Taschenlampe fest in den Händen haltend, stand er eine ganze Weile still und lauschte auf die Umgebung. Alles ruhig. Er drückte erneut den roten Knopf der Lampe und ließ das Licht von den schweren Stiefeln über lange, schlanke Beine nach oben wandern.

Einen Moment verweilte er dort, wo die Hose in der Taille von einem Gürtel gehalten wurde. Er brauchte noch ein paar Sekunden, ehe er sich dem, was ihn erwartete, gewachsen fühlte.

Kein einziger Brummer, und es riecht hier so angenehm, dachte er noch, ehe er den Lichtkegel über den Oberkörper und auf das Gesicht des Erhängten lenkte.

»Verdammt«, fluchte er. Das war der Moment, als eine Gruppe lärmender Frauen und Männer den Hof betrat und im Hintereingang des Hauses verschwand. Die Mitarbeiter des »Piratennestes« waren eingetroffen. Bakker blieb nur, sich zu ärgern und zu verstecken.

★★★

Es war eine Stunde vor Mitternacht. Die Teilnehmer der Inselführung »Ameroog bei Nacht, nichts für ängstliche Gemüter« standen dicht um Ikonius Hagen, ihren Fremdenführer, auf der Straße vor dem »Piratennest« herum. Detlef, ein Beamter des Dortmunder Wasserwerkes, der glatzköpfige Manager Jakob aus Amsterdam und Klaus, ein Steuerberater aus Stuttgart. Außerdem der kurzsichtige Friedrich, dessen Brillengläser so dick wie Flaschenböden waren, und Adam von der Nachbarinsel Schiermonnikoog, der hier als Spion mitmachte, um zu sehen, wie so ein Seminar ablief, weil er es zu Hause ebenfalls anbieten wollte. Die Gruppe war erschöpft von der vorausgegangenen Wattwanderung, bei der sie kaum die eigenen Füße hatten sehen können, und wegen der salzhaltigen Meeresluft, die müde und hungrig macht. Um kurz nach neun war ihre Truppe noch zehn Personen stärker gewesen, doch nur sie hatten sich noch in der Lage gefühlt, an der versprochenen Kneipenschlägerei mit echten Piraten, bei der ihnen selbst kaum etwas zustoßen konnte, teilzunehmen. Der Rest der Gruppe, fast alles Frauen, lag schon in den Betten und schlief.

»Der Mann in Uniform sieht so herrlich finster aus«, sagte Klaus, der Steuerberater, und deutete auf den Türsteher, der den Eingang zum »Piratennest« bewachte. Klaus kannte sich aus in dem Milieu, waren die meisten seiner Kunden doch im Gewerbe rund um den Stuttgarter Bahnhof und im Rotlichtbezirk tätig.

»Das ist der Admiral«, sagte Ikonius und hob lässig die Hand, um den Mann mit den Litzen auf den Schultern und dem langen Bart, der einige Orden auf der Brust verdeckte, zu grüßen. Der Admiral tat seinerseits so, als würde er das nicht bemerken. Er begrüßte ein Paar in den mittleren Jahren mit Handschlag, hielt ihnen die Tür auf und stieß sodann mit einer Bootsmannspfeife einen lang gezogenen Pfiff aus. »So zu pfeifen, bedeutet bei der Marine ›Kapitän geht an Bord‹«, erklärte Ikonius seinen Kursteilnehmern. »Es wird für jeden Gast gepfiffen.«

»Auch wenn er kein Kapitän ist?«

»Auch dann. Es gilt als eine ganz besondere Ehre.«

Ikonius blickte die Straße rauf und runter. Alles war ruhig. Zu ruhig für seinen Geschmack. Als die bunt zusammengewürfelte Reisegruppe vor einiger Zeit die nächtliche Tour bei ihm gebucht hatte, hatte er den Teilnehmern unheimliche Typen, Furcht und Krawall versprochen. Da hatte er schließlich nicht ahnen können, dass Knut Schröder länger als geplant im Urlaub bleiben würde. Nun öffnete das Etablissement zum ersten Mal in dieser Saison, und er musste befürchten, dass er sein Versprechen nur teilweise würde halten können. Wenigstens die unheimlichen Typen wollte er den Touristen zeigen, doch dazu musste er sie zuerst ins »Piratennest« hineinbekommen.

»Sie bleiben hier stehen«, wies er die Gruppe an. »Ich spreche mit dem Admiral, damit er uns hineinlässt. Ich habe es Ihnen ja schon erklärt, ins ›Piratennest‹ darf nicht jeder.«

»Das sagten Sie bereits drei Mal«, moserte Detlef von den Dortmunder Wasserwerken. »Wehe, wenn ich mich umsonst in dieses blöde Kostüm gequetscht habe. Ja, ja«, er hob abwehrend eine Hand. »Ich weiß. Eine der Bedingungen, um Zutritt zum ›Piratennest‹ zu erhalten, ist, sich zu verkleiden, als befände man sich im 18. Jahrhundert. Blöde Regel.«

»Ich finde es ganz nett«, sagte Jakob auf Niederländisch.

»Was hat er gesagt?«, fragte Klaus. »Kaum zu glauben, dass

die Einheimischen sich untereinander verständigen können, wenn jeder einfach spricht, wie er will. Das ist doch anstrengend.«

Natürlich hatte Ikonius ihnen gleich am Anfang der Führung erklärt, dass dieses System hervorragend funktionierte. Es brauchte allerdings etwas Übung.

»Ich habe Durst«, mischte Friedrich sich ein. »Ich will da jetzt rein.«

Wie Ikonius die Touristen hasste, die immer darauf bestanden, auch alles zu bekommen, wofür sie bezahlt hatten.

»Wie gesagt, man kommt dort nur mit Beziehungen rein.« Er hob gebieterisch die Hand, weil Detlef bereits auf den Eingang zusteuerte. »Sie warten hier. Ich gebe Ihnen ein Zeichen, wenn wir reingehen können.« Er straffte die Schultern und schritt zur Tür.

»Wohin?«, fragte der Admiral, als Ikonius auf ihn zutrat. Er wirkte wenig begeistert. »Du glaubst doch wohl nicht, dass ich dich und deine Gurkentruppe reinlasse?«

»Welche Gurkentruppe? Meinst du etwa die Touristen dahinten? Die sind mir unbekannt, ich bin allein.« Ikonius setzte seine allerbeste Unschuldsmiene auf.

»Den Blick kenne ich, der zieht bei mir nicht. Das sind definitiv deine Leute. Wie viel hast du ihnen abgeknöpft für die Zusage, dass ich sie in deiner Begleitung reinlasse?«

»Nichts. Was hältst du von mir?«

»Nur das Schlechteste.«

»Bitte«, verlegte sich Ikonius aufs Betteln, »wir sind doch nur sechs Leute.« Er blickte über die Schulter des Admirals ins Lokal hinein. »Da sind noch jede Menge Tische frei«, sagte er und stieß einen lauten Seufzer aus, als er den Admiral Daumen, Zeige- und Mittelfinger aneinanderreiben sah. »Wie viel?«

Der Türsteher sagte es ihm.

»Du bist ein Halsabschneider. Aber dafür gibt es eine Keilerei«, verlangte Ikonius und zählte ihm jeden einzelnen Schein in die offene Hand.

Der Admiral wandte sich ohne ein weiteres Wort von ihm ab und winkte den Wartenden, dass sie kommen konnten. Es war keine Kneipenschlägerei geplant, und für die paar Kröten würde er beim Chef auch nichts anderes veranlassen, aber das sagte er Ikonius natürlich nicht.

Unzufrieden mit dem Verlauf des Besuches im »Piratennest« verließen die Mitglieder der Inselführung »Ameroog bei Nacht, nichts für ängstliche Gemüter« zwei Stunden später das Lokal und gingen zu Bett. Sie fühlten sich betrogen.

»Keine Prügelei und die Tänzerinnen hatten viel zu viel an«, beklagte sich Detlef.

»Habt ihr das Spielcasino gefunden? Angeblich befindet es sich irgendwo in den Katakomben, und es wird dort um hohe Summen gezockt. Ich habe nicht einmal einen Spielautomaten entdecken können«, klagte Friedrich.

»Kein Wunder, bei deiner Kurzsichtigkeit.«

Friedrich ignorierte Detlefs Kommentar. »Aber die maritime Einrichtung und die Verkleidung der Bedienung waren spitzenmäßig.«

»Hattet ihr auch das Gefühl, dass es nach Teer und verbranntem Schwarzpulver roch, wenn der dünne Kellner am Tisch vorbeiging?«, wollte Klaus wissen.

»Als ob du wüsstest, wie Pulverdampf riecht.«

»Ich hätte gern bei einem der legendären Säbelduelle mitgemacht. Die sollen ja auf den Tischen stattfinden.«

»Angeblich soll das Blut nur so spritzen«, bestätigte Jakob.

»Alles bloß Ketchup«, moserte Detlef.

»Woher willst du das denn wissen?«

»Du hast doch bloß Schiss. Memme.«

Nur Adam schwieg. Er wusste, so ein Gewerbe würde er auch auf Schiermonnikoog einrichten. Nächtliche Führungen für Touristen waren Peanuts, warum den Leuten zeigen, was er ebenso gut besitzen konnte? Ein Lokal wie dieses musste eine Goldgrube sein.

»Wo ist am Ende eigentlich unser Fremdenführer abgeblieben?«

»Der hat sich verkrümelt.«

»Na, dem werde ich morgen die Hölle heißmachen«, versprach Detlef. Klaus und Jakob nickten bekräftigend. »Der wird es bereuen, uns so zu bescheißen.«

Doch so weit kam es nicht, denn Ikonius Hagen sah keiner von ihnen jemals wieder – und keine vierundzwanzig Stunden später waren sie alle des Mordes verdächtig.

Vierzehn

Als Johann Bakker aufwachte, war er bester Laune. Von dem Schrecken gestern Abend hatte er sich erholt und anschließend ausgesprochen gut geschlafen. Ohne Alpträume, in denen Strohpuppen, Schilder und im Baum hängende Fahrräder eine Rolle spielten. Dennoch – oder vielleicht gerade wegen seiner guten Laune – verspürte er heute Morgen kein Verlangen, sich das Frühstück von Frau Dolling ans Bett bringen zu lassen.

»Wer noch nie sein Brot im Bette aß, weiß nicht, wie Krümel piksen«, murmelte er auf der Treppe vor sich hin und betrat kurz darauf die Pensionsküche, in der es verführerisch nach frischen Brötchen und Kaffee roch. Seiner Wirtin zuliebe trank er meistens Tee zum Frühstück, denn sie liebte die Zeremonie drum herum, doch Kaffee schmeckte ihm besser.

»Ist der Kaffee schon klar?«

»So früh auf den Beinen?« Frau Dolling schreckte eben zwei Eier ab. Fünf Minuten Kochzeit, darauf konnte er sich verlassen. Sie wusste, wie er sie am liebsten mochte.

»Heute ist ein großer Tag.«

»Sie meinen die Demo?«

»Frau Dolling, Ihnen bleibt auch nichts verborgen.« Er wollte ihr die Kaffeekanne aus der Hand nehmen, um sie in den Frühstücksraum zu tragen, doch sie wehrte ihn ab.

»Das ist keine Aufgabe für Männer, gehen Sie voraus, ich komme gleich.«

Im Frühstücksraum setzte er sich an den Tisch am Fenster. Er schob einen Eiffelturm beiseite, aus dessen Spitze er gleich Salz auf sein Ei schütten würde.

»Noch ein Kolosseum?«, fragte er, als Frau Dolling Kaffee und Brötchen brachte, und deutete auf die Fensterbank, auf der jetzt drei solche Figuren der Größe nach sortiert in einer Reihe standen.

»Meine Nachbarin war letzte Woche in Rom.«

»Sie sollten Ihren Freunden, Verwandten und Bekannten

sagen, dass sie nichts mehr mitbringen sollen. Ihr Haus sieht aus wie ein Souvenirladen, der jede Sehenswürdigkeit der Welt anzubieten hat.«

»Ich bekomme gern etwas geschenkt. Wissen Sie schon, wann es heute losgeht, Herr Kriminalhauptkommissar?«

»Sie werden doch wohl nicht zur Demonstration gehen wollen? Das ist kein geeigneter Ort für Sie. Es könnte gefährlich werden«, sagte er. Wie schnell lief so etwas aus dem Ruder. Und er hatte keine Lust, ein besonderes Auge auf seine Vermieterin zu haben, damit sie unbeschadet blieb.

»Papperlapapp. Der Winter war langweilig genug.«

Er wusste, dass es sinnlos war, sie von ihrem Vorsatz abbringen zu wollen. Je mehr er warnte, desto weniger ließ sie gelten. »Keine Ahnung, wann sie beginnt«, gestand er daher. »Ich dachte, Sie könnten es mir sagen. Sie sind doch immer bestens informiert.«

»Das will ich meinen. Sobald die Ministerin eintrifft, geht es los«, sagte sie und goss ihm eine Tasse Kaffee ein.

»Welche Ministerin?«

»Die für die Umwelt natürlich, was dachten Sie? Schließlich geht es um die Emsvertiefung, das fällt in ihr Ressort.«

Verflixt. Das hatte er ja ganz vergessen, wegen der war Kerstin doch angeblich auch auf die Insel gekommen. Dass eine Demonstration der Grund für diesen Besuch war, hatte sie ihm allerdings verschwiegen. Dieses Biest.

Mit einer so hochkarätig prominenten Besucherin auf der Insel durfte bei der Demonstration auf keinen Fall etwas schiefgehen. Martin Dahl würde ihn nach Timbuktu oder nach Grönland versetzen, wenn der Frau etwas passierte.

Im Aufstehen nahm Bakker einen Schluck von seinem Kaffee und verbrannte sich die Lippen. Die Tasse schlug auf den Teller, die Tischdecke bekam einen dunklen Fleck. »Tut mir leid, Frau Dolling, ich muss sofort los«, sagte er und war Sekunden später aus der Tür.

★★★

»Wo bleibt der Chef?« Heijen blickte auf seine Armbanduhr, erhob sich von seinem Stuhl und schritt durch den Raum. Mitten auf der verblassenden Staatsgrenze blieb er stehen. Im selben Moment bimmelten die Glocken über der Eingangstür.

»Bin schon da«, sagte Bakker und deutete mit dem Zeigefinger auf die Glöckchen.

Ruben Friese sprang auf, eilte an ihm vorbei und hebelte die Vorrichtung hoch. Bakkers Mitarbeiter vergaßen gern mal den Befehl: kein Geläute, während alle im Haus sind.

»Was gibt es?«

»Ich habe den Namen des Hooligans herausbekommen«, sagte Storch.

»Na endlich.«

»Schon ein bisschen dämlich, sich unter eigenem Namen anzumelden«, kommentierte Wim Heijen die Rechercheergebnisse seines Kollegen.

»Wer ist dämlich, und wie haben Sie ihn gefunden?«

»Ich bin die Meldeliste der Pensionswirte und Hoteliers durchgegangen. Mir ist eingefallen, dass doch jeder Vermieter seine Gäste zur Kurtaxe anmelden muss. Ein Glück, zumal es davon nur eine Liste gibt. Die Kurverwaltung muss die eingehenden Gelder nicht nach Hoheitsgebiet getrennt verwalten. Sie gelten nicht als Steuergelder im allgemeinen Sinne.«

»Ach nein?«

»Nein. Es ist Ameroogs Geld und wird nur für die touristischen Belange der Insel ausgegeben. Strände säubern, Rettungsschwimmer bezahlen, Wanderwege in Ordnung halten …«

»Ich weiß, wofür die Kurtaxe gebraucht wird«, unterbrach Bakker ihn.

»Jedenfalls musste ich am Ende nur die Namen der angemeldeten Touristen mit denen einschlägig bekannter Hooligans vergleichen, und zack«, Storch schlug sich mit der rechten Handkante auf die linke Handfläche, »da hatte ich ihn. Die Kriminellen sind auch nicht mehr das, was sie mal waren.«

»Willst du behaupten, es war zu leicht für dich, ihn zu finden? Dafür hast du aber ganz schön lange gebraucht«, lästerte Heijen.

»Es war allerdings zu einfach, deshalb denke ich, wir tun dem

Mann unrecht, wenn wir ihm unterstellen, er wäre zum Randalieren hier. Vielleich hat er ehrliche Absichten, was Ameroog betrifft, und will nur Urlaub machen.«

»Seit wann bist du so optimistisch?« Heijen tippte sich an die Stirn.

Bakker erhob die Stimme. »Sagen Sie mir jetzt, wie der Mann heißt?«

»Jawohl, Chef. Georg Schüler. Zweiunddreißig Jahre alt, Elektriker, selbstständig mit zwei Mitarbeitern. Hat vor einem Jahr seine Meisterprüfung gemacht, seither ist er unauffällig. Neigte vordem zu hoher Gewaltbereitschaft gegenüber jedem, dessen Fußballclub andere Farben als Gelb-Schwarz sein Eigen nennt.«

»Fans wie der sind eine Schande für den Verein«, sagte Bakker, der den gleichen Fußballverein favorisierte.

»Sie sind Dortmund-Fan?« Storch klang, als könnte er es kaum glauben.

»Das tut jetzt nichts zu Sache.«

»Okay. Etwas Gutes kann man aus Georg Schülers krimineller Zeit berichten: Er hielt sich an eine Art Raufbold-Ehrenkodex.«

»Keine Gewalt gegen Unbeteiligte?«, fragte Friese und schob sich an Bakker vorbei, um sich am Tresen dem Diensttagebuch zu widmen.

»Richtig. Schlägereien nur mit Anhängern der gegnerischen Fußballmannschaft, ohne Hieb- und Stichwaffen. Hat mal ein paar Tage gesessen, weil er Steine geworfen und bengalisches Feuer angezündet hat. Die Steine trafen niemanden, aber …«

»Aber?«

»Die Pyrotechnik hatte er selbst zusammengebastelt.«

»Salpeter, Schwefel und …« Heijen überlegte, griff nach seinem Stuhl, drehte ihn herum und nahm rittlings darauf Platz. Für einen Moment glaubte Bakker, den Geruch von Pferdestall in der Nase zu haben, aber das bildete er sich wahrscheinlich nur ein.

»Du kennst dich ja aus. Magnesium gehört noch dazu. Von dem hatte Georg Schüler wohl etwas zu viel in sein bengalisches Feuer gemixt. Das Zeug brennt mit über tausendfünfhundert

Grad. Laut Akte gab es damals mehrere Verletzte mit schweren Verbrennungen.«

»Und der Typ ist hier?« Die Frage kam von Friese. »Bei so was hilft kein Löschwasser, das ist euch klar, oder? Auch wenn ihr es in die Nordsee schmeißt, brennt das Zeug weiter.« Alle konnten sehen, wie er sich schüttelte, so als hätte er schon einmal persönlich Erfahrungen mit dem Teufelszeug gemacht.

Na, das kann ja heiter werden, dachte Bakker. Wenn Georg Schüler so ein Zeug dabeihat und auf Ameroog entzündet ... Er mochte gar nicht darüber nachdenken. Blieb zu hoffen, dass aus Schüler mittlerweile ein ehrbarer selbstständiger Unternehmer, Menschenfreund und Naturschützer geworden war.

Greenpeace fiel ihm ein, vermutlich weil sie die Einzigen waren, die auch mal etwas radikaler wurden. Im Grunde seines Herzens bewunderte er diese Leute, die sich nicht scheuten, ihre eigene Gesundheit und ihr persönliches Wohl für das der Allgemeinheit einzusetzen.

»Holt den Mann her, bevor ...«

»Die Kollegen Taubert und Dijkstra sind bereits unterwegs.«

Und da kamen sie auch schon. Allerdings allein.

»Und?«

»Er war nicht in seinem Quartier. Die Wirtin hat aber gesagt, dass sein Gepäck noch da ist.«

»Wovon wir uns dann auch persönlich überzeugen konnten«, ergänzte Taubert.

»Sie durchsuchten sein Zimmer?« Bakker fragte sich, wie er das Martin Dahl erklären sollte. Gefahr im Verzug?

»Wir haben keinen Fuß in den Raum gesetzt«, wehrte Dijkstra ab, und Taubert erklärte: »Wir standen in der offenen Tür. Alles andere hat die Pensionswirtin für uns erledigt. Er ist also noch auf der Insel. Sie meinte, er sei ein sympathischer Mann, auch wenn er im Hawaiihemd herumläuft. Mit dem Zimmer zufrieden, Nichtraucher, viel unterwegs und hat die Miete im Voraus bezahlt. Sie sagt, er sei schon früh aus dem Haus gegangen. Richtung Strandpromenade. Soweit sie gesehen hat, ohne eine Tasche oder einen Rucksack.«

Kein Rucksack mit Pyrotechnik. Na, wenigstens etwas.

»Haben Sie mit Helena Perdok gesprochen?« Bakker wandte sich an Heijen, der von seinem Drehstuhl aufstand und die Arme ausbreitete, um sich zu recken. Gegen die Morgensonne wirkte Engelchen, als seien es ausgebreitete Flügel, gülden umrandet. Sein offener, beim tiefen Einatmen zum O geformter Mund schien einen kurzen Moment im ewigen Gesang zu verharren.

»Brauchte ich nicht. Ich habe auch so herausbekommen, wer an der Demonstration teilnehmen wird.«

Feigling, dachte Bakker, obgleich er sich selbst auch davor gedrückt hatte, die Eiserne Lady mit Fragen zu belästigen.

»Die Mitglieder vom Touristikverein, ein paar Leute von der Trachtengruppe, einige vom Männer- und vom Kirchenchor. Außerdem meine Nachbarn aus unserer Straße. Alles in allem komme ich auf etwa hundert Leute. Und es werden noch einige Leute vom Festland erwartet.«

»Wie die Umweltministerin.«

»Dann wissen Sie ja Bescheid.« Engelchen schaffte es, mit den fünf Worten unterschwellig »Warum schicken Sie mich dann zur Eisernen Lady?« zu sagen.

Storch hob eine Hand, als müsste er sich melden, um zu Wort zu kommen. »Ich weiß, wann es losgehen soll.« Er schaute Bakker an, als wartete er auf die Aufforderung, weiterzusprechen.

»Wann?«, tat Bakker ihm den Gefallen.

»In genau vier Stunden.« Er zog die Mundwinkel hoch und zeigte seine Zahnlücke. Die Zungenspitze bewegte sich zwischen den beiden Schneidezähnen auf und ab. Bakker hatte gelernt, dass Storch ihn damit nicht veräppelte. Es war ein Zeichen dafür, dass er noch mehr wusste und erneut gefragt werden wollte.

»Nun sag es schon«, kam Heijen ihm zuvor.

Storch tat, als müsste er ein Blatt Papier zwischen den wenigen anderen auf seinem Schreibtisch erst suchen, ehe er davon ablas, wie viele Gruppierungen seiner Meinung nach bei der Demonstration zu erwarten waren.

»Woher wissen Sie das?«

Sein Gesicht wurde ernst. Mit dem Zeigefinger deutete er

zum Hafen hinaus. »Haben Sie heute schon aus dem Fenster geschaut?«

Alle eilten in Bakkers Büro, da man von dort den kompletten Hafen überblicken konnte. Unten herrschte reges Treiben. Die Autofähre, zu Beginn der Saison so gut wie nie mit Pkws ausgelastet, entließ eine endlose Schlange von Wagen über ihre Rampe an Land. Allein der Anblick der verdunkelten Scheiben einer Limousine machte Bakker neugierig. Auch der Strom an Besuchern, die zu Fuß die Fähre verließen, wollte nicht abreißen. Einige trugen Jacken mit Aufdrucken. Bekannte Embleme von Naturschützern wie der schwarz-weiße Pandabär des WWF, eine Eule im rot-weißen Warndreieck und ein fliegender Storch wurden wie Trophäen getragen. Bakker sah jede Menge Schilder statt Reisegepäck. Nebenher liefen für diese Jahreszeit ungewöhnlich viele Privatboote in den Hafen ein. Ein motorisierter Katamaran entließ einige Männer in roten Blaumännern mit weißen Helmen auf dem Kopf. Sie sahen aus, als würden sie auf einer Bohrinsel arbeiten. An den Bootsstegen lagen die Boote schon in Zweierpäckchen, was für die Eigner bedeutete, über andere Schiffe hinwegsteigen zu müssen, ehe sie an Land gehen konnten.

»Wenn die alle zur Demo wollen, sind das viel zu viele Menschen.« Kollege Dijkstra klang verängstigt.

»Wo sollten die sonst hinwollen mit ihren Schildern?«

»Wenn wir doch nur berittene Polizisten hätten«, sagte Bakker seufzend. Vermutlich hatte ihn der eingebildete Stallgeruch auf den Gedanken gebracht. Er wusste, dass er vor seinen Mitarbeitern keine Panik zeigen durfte. »Und Polizeihunde.«

Er griff nach dem kleinen Porzellanpüppchen, das vor ihm auf der Fensterbank stand, obwohl er für die wertvolle Figur extra ein Regal hatte anfertigen lassen. Das beruhigte ihn ein wenig. Vielleicht lag es daran, dass die Figur eine wesentlich größere Katastrophe unbeschadet überstanden hatte. Sie war vor über hundert Jahren mit der »Cimbria« gesunken, hatte bis vor wenigen Monaten irgendwo vor Ameroog unter Wasser gelegen und war nach ihrer Bergung in Bakkers Besitz gelangt. Eine versteinerte Seepocke auf dem Hintern der Porzellanpuppe bezeugte diese Geschichte und erinnerte Bakker immer daran, dass er mit Knut Schröder noch ein Hühnchen zu rupfen hatte.

Er holte tief Luft und dachte über seine Möglichkeiten nach. Viele gab es nicht.

»Berittene Polizisten, Pferde und Hunde«, sagte Storch, »das ließe sich machen. Kollege Heijen war heute Morgen schon im Stall eines Freundes und hat sich erkundigt, ob wir Pferde ausleihen könnten.«

Aha, daher wehte der Wind mit dem Pferdeduft.

»Und wer soll die Ihrer Meinung nach reiten?«

»Kollege Taubert und ich, es sei denn, Sie möchten auch ein Pferd«, erklärte Heijen. »Wenn Sie wollen, kann ich auch Hunde besorgen.«

Vor Bakkers innerem Auge lief ein kleiner Film ab. Er sah Heijen und Taubert mit Gummiknüppeln, Pistolen, Lautsprechern und Tränengas bewaffnet auf irgendwelchen Kleppern sitzen, während einige als »Polizeihunde« verkleidete Pudel und Dackel nervös um die »Polizeipferde« herumhüpften. Die Gäule schnaubten, als würden sie sich über die Hunde empören, die Köter bellten, die Pferde scheuten, bäumten sich auf und gingen durch. Alle, Viecher wie Kollegen, galoppierten davon, und Bakker blieb mit dem Rest seiner Truppe allein zurück.

»Nein, Heijen, das lassen wir lieber bleiben. Rufen Sie die Kollegen zusammen. Einsatzbesprechung in zehn Minuten.«

Fünfzehn

Lukas Storch hätte es gefallen, wäre Christine Linden, die alte Schachtel, wie er sie nannte, seinem Rat gefolgt und hätte zur Entspannung eine Tüte geraucht, anstatt sich dauernd über das Kiffen der Nachbarn zu beschweren.

Doch ganz so einfach war es nicht. Nie im Leben wäre es ihr und ihrer Freundin Theda Petersen in den Sinn gekommen, einen Joint zu rauchen. Dennoch standen sie an diesem Morgen unter Drogen. Frau Petersen, die auf dem Weg zu Frau Linden jemanden gesehen hatte, dem in einer engen Kurve eine Packung Kekse aus dem Fahrradkorb gefallen war, hatte diese zum Vormittagskaffee mitgebracht. »Ich habe ihm noch hinterhergerufen, aber da war er schon mit dem Rad um die nächste Straßenecke verschwunden.«

Frau Linden betrachtete erst skeptisch ihre Freundin, dann die Kekse. »Muss eine neue Sorte sein.«

Sie untersuchte die Fundsache genau. Die Verpackung war unbeschädigt. Wie Frau Petersen sah sie keinen Grund, warum sie sie wegwerfen sollten.

»Na, dann probieren wir sie mal.«

Dass der junge Mann, der sie verloren hatte, die Kekse wenige Minuten zuvor im Coffeeshop erworben hatte, konnten die beiden nicht ahnen.

Von der Wirkung des Gebäcks beflügelt – nicht einmal die alten Knochen taten ihnen mehr weh –, verbrachten die Damen die spaßigste Kaffeetafel seit Urzeiten.

Als die Packung leer gefuttert und der letzte Rest Kaffee ausgetrunken war, beschlossen sie spontan, an der Protestkundgebung, die in einer knappen Stunde beginnen sollte, teilzunehmen. »Wir brauchen ein Schild«, sagte Frau Linden, und Frau Petersen nickte eifrig.

»Ohne dürfen wir uns dort unmöglich blicken lassen.«

Gemeinsam machten sie sich daran, eines zu basteln. Frau Petersen holte auf Frau Lindens Anweisung hin ein gestärktes

Bettlaken aus dem Schlafzimmerschrank und befreite als Nächstes einen Besen und einen Schrubber von deren Stielen. Dann hockten sich die beiden in der Wohnstube auf den Teppich und malten mit einem Filzschreiber von blauen gewellten Strichen umgebene Fische auf den Stoff. Über einen Text waren sie sich noch uneinig. Frau Linden vertrat die Meinung, man solle den Walfang der Japaner verbieten. Nicht, dass diese den Tieren auch nur annähernd irgendwo in der Nähe von Ameroog nachstellen würden. Die Meeressäuger verirrten sich nur noch selten in die Nähe der Ostfriesischen Inseln. Aber sicher war sicher. »Oder wir protestieren gegen die winzigen Löcher in den Fangnetzen der Berufsfischer.«

Frau Petersen, Nachfahrin einer respektablen Walfängerfamilie – einer ihrer Vorfahren hatte vierundzwanzig drei viertel Wale mit nach Hause gebracht –, fand es unangebracht, sich mit kleinen Fischen zufriedenzugeben. »Ich werde nie verstehen, warum du etwas gegen den Walfang hast. Schließlich lebten unsere Ahnen nicht schlecht davon.«

»Du immer mit deinen vierundzwanzig drei viertel Walen. Als wenn gevierteilte Tiere durch die Meere schwimmen würden.«

Frau Linden sagte das nur, um ihre Freundin zu ärgern. Wie jeder Insulaner wusste sie, dass die Fangquoten Ende des 18. Jahrhunderts oft in krummen Zahlen berechnet wurden. Die kamen zustande, wenn am Harpunieren und Erlegen eines Tieres mehrere Schiffe beteiligt waren. Sie nannten es »Mackerschaft«. Doch heute war Frau Linden allerbester Laune. Die Bemerkung war nicht als Demütigung gedacht. Im Gegenteil.

Sie kicherte wie ein junges Mädchen und malte eine 24 in die eine Ecke des Lakens und ¾ in die andere. »Mal die Fische etwas dicker, dann sehen sie wie Wale aus.«

Frau Petersen tat, wie ihr aufgetragen worden war, und noch mehr.

»Was soll das denn für ein Gestrüpp sein? Gräser, die aus dem Meer wachsen?«

»Er bläst«, sagte Frau Petersen, machte dicke Backen und prustete die Luft durch die Lippen, dass die Krümelreste nur so spritzten.

»Fertig.« Frau Linden hatte soeben die letzte Sicherheitsnadel, mit deren Hilfe das Laken zwischen den Besenstielen festgehalten wurde, in den Stoff gesteckt.

»Dann rollen wir alles zusammen und machen uns auf den Weg.« Frau Petersen schaute auf ihre Armbanduhr. Ob sie in ihrem Zustand die genaue Zeit erkennen konnte, bleibt zu bezweifeln.

»Hoch mit dir«, forderte Frau Linden und sprang auf die Füße, behände wie vor dreißig Jahren. »Lass uns gehen, sonst verpassen wir das Beste.«

***

Obwohl sich frisch Verliebte sicherlich etwas Besseres vorstellen konnten, als mit Mama einen Spaziergang zu machen und anschließend an einer Demo teilzunehmen, folgten Ingrid und Daniel Trientjes Aufforderung.

»Das Spektakel dürfen wir uns auf keinen Fall entgehen lassen. Es soll eine Demonstration werden, von der ganz Friesland sprechen wird.«

»Ach, Mama.«

»Da kann Ingrid gleich mal sehen, was wir Insulaner so alles draufhaben«, sagte sie stolz und zwickte ihrem Sohn in die Wange.

»Mutter …« Daniel wehrte ihre Hand ab.

»Du kannst ganz vorne mitlaufen. Das ist doch mal was anderes als immer bloß Orgelmusik und Gräber.«

»Mutter …«

»Ingrid weiß, was du beruflich machst. Du hättest ihr ruhig erzählen können, womit du dein Geld verdienst.«

Daniel war klar, dass die beiden Frauen sich ausgiebig über ihn unterhalten hatten. Er seufzte. »Was willst du auf einer Demonstration ohne Schilder oder Transparente?«

Erneut zwickte sie ihn in die Wange und zwinkerte über seine Schulter hinweg Ingrid zu. »So ist er, mein Daniel. Er macht sich über alles Sorgen.«

»Mutter, ernsthaft, was willst du da? Du hast dich noch nie für Umweltfragen interessiert.«

»Jetzt tue ich es. Wir gehen und damit basta. Vorher schauen wir noch bei Dukegatt und Anton vorbei und sammeln sie ein. Ich muss dringend mit den beiden reden.«

»Die möchten garantiert keinen Spaziergang mit uns machen.« Daniels Widerworte hatten an Kraft verloren, er vergaß sogar zu fragen, warum seine Mutter die beiden sprechen wollte, und holte seine Jacke.

»Es wäre besser, wenn ich die Anzeige für dich aufgebe«, flüsterte Ingrid Trientje zu. »So erfährt niemand davon.«

»Lieb von dir, meine Liebe, aber die beiden scheinen ein Händchen dafür zu haben.«

»Wie du meinst. Allerdings hat Daniel recht, wir brauchen ein Schild.«

»Du sagst es.«

»Vielleicht kann man eines kaufen? Ich war gestern in einem Laden, der schien alles zu haben«, sagte Ingrid. »Souvenirs, Strandspielzeug, Antikes, sogar Teilnahmekarten für Ortsführungen.« Sie deutete in die Richtung, in der sie das Geschäft vermutete. »Der Mann sah aus, als würde er wenig lachen.«

»Dukegatts Kramladen«, sagte Trientje. »Er hat dich hoffentlich nicht beschimpft.«

»Warum sollte er das tun?«

»Das macht er gern mit Touristen.«

»Mir gegenüber war er nett.«

»Vermutlich wusste er, wen er vor sich hat«, erklärte Trientje und ließ offen, ob sie damit Ingrids Beruf oder ihren vorgesehenen Part in Daniels zukünftigem Leben meinte.

★★★

»Sehe ich aus wie die Heilsarmee, du Schmock?«, rief Pieter Dukegatt einem Touristen hinterher, der fluchtartig seinen Laden verließ.

»Jetzt weiß ich, was du meinst«, sagte Ingrid zu Trientje.

»Für Pieters Verhältnisse war das eher freundlich«, entgegnete Daniel besorgt. Wenn Dukegatt einen Touristen so lahm beschimpfte, musste ihm langweilig sein. Viele Kunden kamen nur in den Laden, um angemeckert zu werden. Sie hielten es für ein Überbleibsel aus Piratenzeiten und Dukegatt selbst für einen echten Freibeuter.

Seine Mutter hatte recht, eine zünftige Demo würde Dukegatt bestimmt aufheitern. Sie versprach Meinungsverschiedenheit, da konnte man nach Herzenslust brüllen und schreien.

»Wartet hier«, forderte Daniel die Damen auf. »Ich gehe rein und frage, ob er Schilder verkauft.«

Sein befehlender Tonfall schien seiner Mutter zu gefallen. Normalerweise hätte sie sich so eine Sprechweise von ihm verbeten. Jetzt wirkte sie entspannt und zufrieden.

Er betrat den Laden und zog die Tür hinter sich zu. Sie quietschte elendig. »Wenn du willst, träufel ich dir ein bisschen Öl auf die Türangeln«, sagte er zur Begrüßung zu Dukegatt.

»Damit die Nachbarn nichts mehr zu meckern haben? Was willst du?«

»Dich abholen.«

»Wohin?«

»Auf einen kleinen Spaziergang.«

»Wohin?«, wiederholte Dukegatt mit erhobener Stimme.

»An den Deich.«

»Und was soll ich da?«

Daniel sagte es ihm. Dukegatt nickte und deutete zur Straße. »Kommen die mit?«

»Ja. Deswegen bin ich auch hier. Wir brauchen etwas, wo wir unseren Protest draufschreiben können. Eine Pappe mit einem Stock dran wäre nicht schlecht.«

»Ich bin kein Büroladen.«

»Irgendetwas, das man beschreiben kann? Ein Bettlaken ...«

»Seh ich aus, als hätte ich einen Bettwarenladen? Was willst du draufschreiben?«

Tja, was sollte er schreiben? »Keine Ahnung.«

»Wozu dann ein Schild?«

»Ich ... Mama ... Warte, ich hole sie.«

Dukegatt schaute erneut zum Fenster hinaus. Er wirkte wenig begeistert, und Daniel kam der Gedanke, dass es im Leben von Pieter Dukegatt vielleicht doch etwas geben könnte, vor dem dieser Furcht verspürte. »Keine Sorge, sie hat gute Laune.«

»Na dann. Lass sie rein.«

Minuten später waren sie mit einer beschriebenen Tapetenrolle unterwegs zum Deich.

★★★

Am Ortsrand blieb Daniel stehen. Er hatte die kleine Gruppe mit Ingrid an seinem Arm angeführt und dabei nicht mitbekommen, dass sich seine Mutter mit seinen Freunden über etwas einig geworden war. So erfuhr er nichts davon, dass die beiden Männer seinen zukünftigen Stiefvater aussuchen und ihn auf Herz und Nieren prüfen sollten.

»Wo bleibt ihr denn?«

Mehrere kleine Gruppen mit geschulterten Transparenten oder aufgerollten Stoffbahnen unter dem Arm drängten sich an ihnen vorbei. Einige hatten Trillerpfeifen im Mund, von denen sie jetzt schon Gebrauch machten. Die meisten der Leute kannte Daniel nicht.

»Ich muss noch mal zurück.«

»Wieso das denn?«, protestierte seine Mutter.

»Deine Füße.«

»Was ist damit?«

»Hin mag es ja noch gehen, aber kannst du auch noch zurücklaufen? Genau«, bestätigte er, ehe sie etwas antworten konnte. »Ich gehe und hole den Krankenwagen.«

»Krankenwagen?«, rief Ingrid entsetzt. »Trientje, geht es dir schlecht?«

»Keine Angst, meine Liebe. Es geht mir gut. Du hast Glück, Daniel ist so ein fürsorglicher Mann. Er ist besorgt um meine Gesundheit.«

»Aber gleich einen Krankenwagen anzufordern, finde ich doch übertrieben.«

»Er fordert ihn nicht an. Daniel ist im Roten Kreuz ehrenamtlich tätig. Er fährt den Wagen.«

Ein vielseitiges Fahrzeug, doch darüber schwieg sie. Der

Amerooger Krankenwagen wurde nämlich auch als Leichenwagen genutzt. Je nach Bedarf gestaltete man das Äußere mit
Magnetschildern um.

»Beeil dich«, befahl sie ihrem Sohn.

So kam es, dass, da Daniel die farbliche Umgestaltung des
Wagens vergaß, ein Leichenwagen den Weg zur Demonstration
fand – und dort auch prompt genutzt wurde.

★★★

Die Einsatzbesprechung war seit einer halben Stunde beendet.
Ameroogs Polizeibeamte standen an den Fenstern des Haupt-
büros und beobachteten die letzten der von den Schiffen auf
die Insel strömenden Gruppen, die mit Transparenten unter
dem Arm am Polizeigebäude vorbeiliefen.

»Hat jemand mitgezählt, wie viele Menschen es ungefähr
sind?« Storchs Stimme litt an Kraft und Selbstbewusstsein. Während seiner Ausbildungszeit auf dem Festland hatte er einmal
gegen wild gewordene Demonstranten eine Straßenabsperrung
halten müssen. So etwas wollte er kein zweites Mal erleben.

»Zu viele«, flüsterte Heijen, wozu der eingeschüchterte Rest
der Mannschaft nur zustimmend nicken konnte.

»Abmarsch«, befahl Hauptkommissar Bakker. Gern hätte
er jetzt eine Truppe bestehend aus dreißig Mann, wovon die
meisten mit Helmen, Gesichtsschutz, kugelsicheren Westen,
Schlagstöcken und Schilden ausgerüstet waren. In seinem
Wunschtraum würden diese Männer in mehreren Wagen zum
Schauplatz der Demonstration fahren und hätten eine Rotte
dressierter Polizeihunde, Tränengasexperten, Kampfschwim-
mer und Bergungstaucher dabei. Außerdem hätte er gern
zwei Hubschrauber zu seiner Verfügung, für den Fall, dass sich
Demonstranten, die sich danebenbenahmen, über das Watt
vom Acker machen wollten. Was nicht auszuschließen war, da
im Moment Niedrigwasser war. Ein paar Beschattungs- und
Überwachungsspezialisten wären außerdem schön, in Wagen,
vollgestopft mit empfindlicher Elektronik.

Was Bakker stattdessen hatte, war ein Streifenwagen, dessen

Kennzeichnung beim nächsten heftigen Sturm davonfliegen würde, diverse Dienstfahrräder und Taubert, Dijkstra, Friese, Heijen, Storch und zwei Saisonpolizisten. Sieben Mann. Nein, acht, er eingeschlossen.

Eine traurige Schar. Sie würden das Beste daraus machen müssen.

***

Gut eine halbe Stunde vor Beginn der Demonstration betrachtete Lady Helena sich aufmerksam im Spiegel ihres Schlafzimmers. Sie trug ihr schönstes Kostüm, hatte sich gründlich geschminkt, großzügig mit Kölnischwasser eingerieben und das widerspenstige Haar so gebürstet, gesprayt und millimetergenau gelegt, dass es die Form der königlichen Frisur von Beatrix angenommen hatte. Nun stülpte sie das kecke Hütchen obendrauf und zupfte es in Position. Mit Haarklammern wurde es befestigt. Adel verpflichtet. Helena war gefasst darauf, jederzeit mit der niederländischen Königin verwechselt zu werden, was in Zukunft aber vermutlich seltener vorkommen würde. Sie seufzte. Die Abdankung der niederländischen Königin würde sie niemals verstehen. Nicht zum ersten Mal dachte sie darüber nach, wie schön es wäre, wenn sie selbst einen Sohn hätte. Wie er wohl aussehen würde? Vermutlich nicht so stabil und prächtig wie Willem Alexander. Tilos Gene hätten das kaum hergegeben. Seine Zutaten hatten so eben für eine Tochter gereicht, auf die sie im Allgemeinen jedoch recht stolz war.

Helena griff in ein hölzernes Kästchen und kramte lange darin, bis sie das Gesuchte fand. Es machte zweimal klick, und an ihren Ohrläppchen klemmten auffällige Klipse. Sie beugte sich vor und strich mit dem Zeigefinger über die Furchen in ihrer hohen Stirn. Nicht nur echte Majestäten wurden älter. Dennoch mit sich zufrieden, warf sie einen letzten Blick in den Spiegel und verließ das Zimmer. Tilo stand im Flur, seine Hände hielten den Mantel so hoch, dass sie bequem hineinschlüpfen konnte.

»Oje, die Anstecknadel«, sagte sie und eilte in ihr Büro, um sie sich an die Brust zu stecken.

Über dem Schreibtisch hing ein Kruzifix, das so groß war, dass man sich fragte, wie der winzige Nagel es wohl halten konnte. Sie bekreuzigte sich kurz, zog die Schreibtischschublade auf und griff nach der Anstecknadel.

Zurück im Hausflur fiel ihr Blick auf Tilos Pantoffeln und wanderte langsam an der mit Farbe befleckten Hose hoch. »Du bist noch nicht fertig?« Was sie sah, missfiel ihr.

»Ich ziehe mich schnell um und komme nach«, versprach Tilo.

»Das will ich meinen.«

Als Helena am Ort des Geschehens eintraf, war sie im ersten Augenblick sehr erfreut über die Vielzahl an Menschen, die ebenfalls Richtung Deich strömten. Doch beim zweiten Blick trübte sich die gute Stimmung.

In den Adern der Eisernen Lady schwappte das Blut bayerischer Bergbewohner, mit einem Schuss aus der italienischen Alpenregion, welche sie für ihr Temperament verantwortlich machte. Ihren Tilo hatte sie beim Skifahren kennengelernt und war danach zu ihm an die Nordsee gezogen. Auch wenn sie seit Jahrzehnten auf der Insel lebte, schlummerte das Bergsteiger-Gen immer noch in ihr. Anhöhen konnte sie problemlos erklimmen. So schaffte sie spielend die neun Meter Deichhöhe, um sich einen Überblick zu verschaffen. Die riesige Menschenansammlung, die sich zu ihren Füßen ausbreitete, traf sie unvorbereitet.

Wenn sie gewusst hätte, dass ihre Sache so viel Zuspruch finden würde, sie wäre alles ein wenig anders angegangen. War es überhaupt möglich, diese Massen so zu lenken, wie sie es sich vorgestellt hatte? Ein Megafon könnte sie nun gut gebrauchen. Doch vorerst musste sie einen kühlen Kopf bewahren, die Lage sondieren. Das, was sie sah, gefiel ihr keineswegs. Waren das da vorne etwa Atommeilerbefürworter? Was wollten die hier, und woher wussten die von dieser Veranstaltung? Sie erkannte Windkraftgegner, die Windräder aus Pappmaschee trugen, an denen sich Vögel erhängt hatten, ihnen gegenüber standen Männer, die aufgrund ihrer Jacken anscheinend beim verhassten Kontrahenten, einer Windenergiefirma, arbeiteten.

Die Anwesenheit diverser Aktivisten von WWF und Greenpeace beruhigten sie für einen Augenblick, ehe ihr der Verdacht kam, Fietje und Tilo könnten hinter dem ganzen Durcheinander stecken. Den Gedanken verwarf sie aber sofort wieder. Tilo traute sie so viel Gemeinheit schlicht nicht zu, und Fietje war von Natur aus ein fauler Kerl. Der würde sich kaum die Mühe machen, überhaupt erst einmal die Adressen dieser Leute herauszusuchen, geschweige denn, sie alle anzurufen und zu informieren.

Darüber nachzudenken, was die verschiedenen Gruppen dazu gebracht hatte, hierherzukommen, musste sie auf später verschieben. Von ihrem erhöhten Standpunkt aus erkannte sie an anderer Stelle eine weitere Gruppe von Greenpeace-Aktivisten an dem Schriftzug auf der Rückseite ihrer Jacken. Sie standen vor einigen Leuten mit aufgestickten Minikraftwerken im Brustbereich ihrer Sweatshirts. An den beidseits erhobenen Zeigefingern und Fäusten erkannte sie, dass dort unten heftig diskutiert wurde.

»Die versauen mir meine Veranstaltung«, sagte sie zu einem ihrer Vereinsmitglieder, einem Mann mittleren Alters, der herbeigeeilt kam und wissen wollte, was jetzt zu tun war.

Helena war keine Frau, die tatenlos zuschaute, wie eines ihrer Projekte in die Binsen ging. Auch wenn die Situation hoffnungslos wirkte, musste sie versuchen, Ruhe und Ordnung in die Menschenmenge zu bringen. Eine Demonstration, die aus dem Ruder lief und womöglich negative Schlagzeilen verursachte, konnte sie auf keinen Fall gebrauchen. Verflixt, waren das dahinten Kamerateams?

»Beruhige du die Leute«, befahl sie dem Vereinskameraden. »Ich spreche mit den Medien.«

Erhobenen Hauptes schritt sie den Deich wieder hinunter. Unten angekommen wurde sie von Menschen umzingelt. Einige stießen ihre Schilder in die Luft und riefen zu ihrem Anliegen passende Parolen. Andere drängten sich an ihr vorbei, vermutlich, um in das Lager der eigenen Leute zu gelangen. Wieder andere erstarrten bei Helenas Anblick, glotzten blöde, ließen fallen, was sie in den Händen hielten, und machten ungelenke Knickse, etwas wie »Ihre königliche Hoheit« murmelnd.

»Von wegen königliche Hoheit«, rief ein Mann und drängte sich so dicht an Helena vorbei, dass er sie gegen einen bärtigen Kerl in Lederkluft stieß. Hells Angels, dachte sie entrüstet, was haben *die* hier verloren?

Kräftige Arme umschlossen sie, und es dauerte einen Moment, ehe sie sich wieder losmachen konnte. Da entdeckte sie Ikonius Hagen. Diesem verkommenen Junkie traute sie zu, ihre Demonstration torpediert zu haben.

»Na warte, dir werde ich helfen!« Sie gab ihm Zeichen, zu ihr zu kommen, und wunderte sich kurz, dass er tatsächlich darauf reagierte. Sie drängelte sich durch die Menschenmenge hindurch, doch ehe sie ihn erreichte und ihm ihre Meinung an den Kopf werfen konnte, erschrak sie über seinen Gesichtsausdruck. Den Mund zu einem fiesen Grinsen verzerrt, mit weit aufgerissenen Augen, als schaute er einem Dämon ins Gesicht, starrte er sie an, ohne sie richtig wahrzunehmen, und sie lief eilig an ihm vorbei. Sie fröstelte. Ikonius Hagen sah aus, als hätte er einen Blick in die Hölle geworfen.

★★★

Als Helena sich gerade aus den Armen des bärtigen Mannes befreite, setzte Tilo sich zu Fietje auf eine Aussichtsbank. Fietje trug immer noch dieselbe Kleidung wie an den vergangenen Tagen und hatte ein Fernglas mitgebracht.

Fietje suchte die Menschenmenge mit dem Glas ab. »Dahinten sehe ich Helena«, sagte er und ließ den Kieker sinken. »Sie erweckt den Anschein, gar aufgeregt zu sein, und sie trägt die Brosche. Mich dünkt, es ist alles so verlaufen, wie wir es uns vorgestellt haben?«

Die Brosche? Tilo war kurz erschrocken, entspannte sich aber wieder. An die Brosche hatte er gar nicht mehr gedacht. Vermutlich deswegen, weil er im Grunde seines Herzen Helena nur einen Denkzettel verpassen wollte, statt mit Hilfe einer besonderen Nadel ihren Tod zu verursachen. Wenn das überhaupt funktionierte. Es war nicht auszuschließen, dass der Dorn sie nur ein wenig zwickte und nicht ernsthaft verletzte.

Tilo bekam nicht einmal ein wortkarges »Hmmm« über die Lippen, und Fietje schien seine Reaktion falsch zu interpretieren. Er vermutete jetzt bestimmt, Tilo habe die tödliche Vorrichtung angebracht.

»Sein Verhalten gereicht ihm zur Ehre«, murmelte Fietje zufrieden und zeigte seine schiefen gelben Zähne.

Um vom Thema abzulenken, griff Tilo in die Innentasche seines Jacketts und holte ein Stück Papier heraus. Mit feierlicher Geste entfaltete er das Blatt, strich es auf dem Oberschenkel glatt und reichte es Fietje. Der musste ebenfalls in die Jackentasche greifen. Er brauchte etwas länger, um seine Lesebrille herauszufischen, ein Bügel hatte sich in einem der Löcher im Futterstoff verhakt. Umständlich schob er sich die Brille auf die Nase, nahm sie wieder ab, bog das Gestell zurecht und setzte sie erneut auf, ehe er sich dem Text zuwandte.

Tilo betrachtete derweil das Meer. Die Sonnenstrahlen wurden von den seichten Wellen reflektiert und blendeten ihn. Er kniff die Augen ein wenig zusammen und überlegte, ob er eine Sonnenbrille eingesteckt hatte. Er wollte sein Jackett nicht danach abtasten, weil er wusste, das würde die Konzentration seines Freundes beim Lesen der Liste der Demonstrationsteilnehmer stören.

Fietje blickte nach langer Zeit vom Zettel auf und seufzte. »Das ist ein gar löblich Ding, doch kann er mir erklären, warum er das lesen soll?«

»Im oberen Teil der Liste«, Tilos Zeigefinger tippte gegen das Papier, als müsste er Fietje auch noch erklären, wo oben und unten war, »stehen all diejenigen, die angerufen werden mussten.«

»Ja«, sagte Fietje.

»Das sind die, die sich gegen den Nationalpark aussprechen.«

»Zwei davon lassen einen roten Haken schmerzlich vermissen.«

»Du klingst schon genauso wie meine Frau. Die beiden habe ich einfach nicht erreichen können. Ich habe mehrmals angerufen, aber …«

»Welch Vermessenheit«, sagte Fietje und ließ offen, ob er Tilos mehrmaligen Versuch oder die Unerreichbarkeit des Teilnehmers meinte.

»Ach was, das merkt keiner.«

Beide Männer wussten, dass mit »keiner« Helena gemeint war.

»Im unteren Bereich der Liste«, erklärte Tilo weiter und hob den Finger, um es anzuzeigen.

»Er weiß, wo unten ist.«

»Das sind die Adressen derer, die sich das genaue Gegenteil von Helenas Motto auf ihre Fahnen geschrieben haben.«

»Hält er ihn für dumm? Das weiß er doch alles. Als er sagte ›Mich dünkt, es ist alles so verlaufen, wie wir es uns vorgestellt haben‹, sprach er von der Nadel.«

»Den Leuten von der Atomkraftlobby und den chemischen Fabriken ist es egal, ob wir hier auf der Insel verrecken oder nicht.«

»Jetzt klingt *er* wie seine Frau, und er weicht einer Antwort aus.« Fietje ließ die Liste sinken und hob das Fernglas vor die Augen. »Geht er also recht in der Annahme, dass die Ansteck-nadel heute keinen Einsatz finden wird?«

»Ich muss gestehen, mich verließ der Mut.«

»Ah«, sagte Fietje gedehnt. »Er hat es gewusst. Deshalb hat er sich erlaubt, die Nadel selbst auszutauschen. Aufgepasst, es geht los.«

★★★

Die Straße, die vom Ort zum Deich verlief, war schmal und kurvenreich. Am Ortsausgang, hinter den letzten Häusern, kamen die ersten Schlaglöcher. Hier befand sich ein kurzes Wegstück, für das weder Deutschland noch die Niederlande verantwortlich zeichneten. Nur der Fahrradweg daneben war in einwandfreiem Zustand, da von der Kurtaxe finanziert, und wurde in der Hochsaison von vielen Touristen genutzt.

Die Straße führte vorbei an Wiesen und Feldern, durchquerte Dünengelände und hier und da ein kleines Wäldchen – kaum mehr als fünfzig Bäume, die der stetige Wind nicht hoch werden ließ –, bis sie die Salzwiesen erreichte. Dort schlängelte sie sich um einige Kolken herum, Wassertümpel, die vor langer Zeit durch einen Deichbruch entstanden waren. Einer davon war hundertfünfzig Jahre alt, die anderen stammten von den letzten großen Sturmfluten in den sechziger und siebziger Jahren des vorigen Jahrhunderts. Damals befand sich an dieser Stelle ein Deich, dessen Höhe heutzutage längst nicht mehr ausreichen würde. Dahinter führte die Straße noch ein gutes Stück weiter bis an den Fuß des neuen Deiches.

Die Amerooger Polizei durchfuhr gerade das Dünengelände. Zu beiden Seiten standen rosa und rot blühende wilde Rosen und gelber Ginster, dazwischen leuchteten weiße Holunderblüten. Lukas Storch, der wie immer den Streifenwagen fuhr, musste anhalten, weil eine große Gruppe Demonstranten etwas länger brauchte, um an den Straßenrand auszuweichen. Die drei Kollegen auf den Rädern konnte er im Rückspiegel längst nicht mehr erkennen. »Wird eine gute Ernte«, sagte er, als sie gerade ein Leichenwagen überholte, und ließ offen, ob er die Holunderbeeren oder die Anzahl der zu erwartenden Todesopfer meinte.

»Ich könnte einen Schnaps gebrauchen«, murmelte Taubert, der zwischen Heijen und Friese auf der Rückbank saß.

Storch grinste und zeigte seine Zahnlücke. »So schnell reift der Holunder aber nicht.«

»Wie bitte?«

»Holunder. Ich mache Schnaps daraus.«

»Er brennt schwarz«, verdeutlichte Heijen.

»Nur für den Hausgebrauch.«

Storch warf einen Blick auf Bakker, der neben ihm auf dem Beifahrersitz saß. Der Hauptkommissar wirkte geistesabwesend und starrte stumm auf die Fahrbahn, die Lippen zu einem schmalen Strich zusammengekniffen. Der Chef ist einfach nicht locker drauf, dachte Storch. Was sollte schon Schlimmmes geschehen? Sie waren auf einer Insel. Wenn sich wirklich jemand danebenbenahm und sich einer Verhaftung entziehen wollte, genügte ein Anruf bei der Reederei, und schon fuhr kein Schiff mehr, auf dem man Ameroog verlassen konnte. Ein zweites Telefonat mit dem Wasserschutz und die Entensheriffs würden sich mit ihrem Boot vor die Hafeneinfahrt legen, um zu verhindern, dass ein Privatboot den Hafen verließ. Genau das hatte er Bakker auch gesagt, getröstet hatte es den Chef aber offenbar nicht. Mehr um ihn zu beruhigen, hatte Storch daraufhin behauptet, die Hilfe des Roten Kreuzes anfordern zu wollen. Dazu hatte er zwar keine Zeit mehr gehabt, aber wie man am Leichenwagen gut erkennen konnte, war die Nachricht auch so bei Daniel angekommen. Schade bloß, dass er vergessen hatte, die Aufkleber auszuwechseln. Hoffentlich war das kein schlechtes Omen.

»Ich betreibe doch keine Schnapsbrennerei«, wehrte Storch nun ab, »das ist schließlich auf der gesamten Insel verboten.«

»Dennoch hast du es mal versucht«, verriet Heijen und fing sich einen bösen Blick im Rückspiegel ein.

»Ist ewig her. Die halbe Werkstatt meines Vaters wäre beinahe abgefackelt. Heute sammle ich die Beeren und setze sie mit Zucker und hochprozentigem Korn an. Alles vollkommen harmlos.« Sein Gesicht bekam etwas Engelhaftes, als er beim Anfahren ein weiteres Mal zu seinem Vorgesetzten herübersah, doch Kollege Heijen konnte das besser.

»Schauen Sie auf die Straße«, knurrte Bakker. Ihnen kam eine kleine Herde schwarz-weißer Kühe entgegen, angetrieben von einem Bauern auf einem Fahrrad. Dieses Mal trat Storch fest auf die Bremse, gut, dass alle angeschnallt waren. Sie mussten warten, bis die Rindviecher vorbei waren.

»Oh, oh«, flüsterte Storch und wechselte im Rückspiegel einen Blick mit Heijen. Beiden war klar, Bauer Dröge brachte seine Tiere in Sicherheit.

»War das Werner Dröge?«, fragte Bakker, und Storch vermochte nur zu nicken. Er spürte, wie seine Handflächen feucht wurden. Ein Schaudern kroch ihm über den Rücken in den Nacken, und die Gedanken um die Schwarzbrennerei wichen einer kristallenen Klarheit: Der Tag würde unselig enden.

Dröge brachte sein Vieh in Sicherheit, hoffentlich dachte er auch an die Pferde. Den Rest der Fahrt schwiegen sie.

»Da wären wir«, sagte Storch, als er den Streifenwagen am Endpunkt stoppte.

Ihre Blicke gingen über die parkenden Autos hinweg. Überall waren Menschen in kleineren und größeren Gruppen zu sehen.

Für eine derart große Ansammlung von Leuten war es verdächtig leise, so als warteten alle darauf, dass etwas geschah.

»Wir sollten Hilfe rufen«, sagte Storch zu Bakker, der stocksteif neben ihm hockte. Vermutlich hatte er den Anblick des Leichenwagens noch nicht verdaut. Sollte er ihm verraten, dass der gleichzeitig als Krankenwagen genutzt wurde?

»Hilfe?«, fragte Heijen. Storchs Unsicherheit und Bakkers ausdruckslose Miene machten jetzt anscheinend auch ihn nervös. Er zog ein Handy aus der Brusttasche und wählte.

»DGzRS«, meldet sich eine Person am anderen Ende der Leitung. »Wie kann die Deutsche Gesellschaft zur Rettung Schiffbrüchiger Ihnen helfen?

Sechzehn

Tilos Einfallsreichtum war groß gewesen, als er beim Herum-
telefonieren den Vereinen und Gruppen Gründe aufgezählt
hatte, weswegen sie unbedingt nach Ameroog zur Protest-
versammlung kommen sollten. Greenpeace etwa reiste in der
Annahme an, die Leiterin des Niedersächsischen Ministeriums
für Umwelt, Energie und Klimaschutz, Frau Lieselotte Dünkel-
Piephahn, würde den Walfang wieder erlauben wollen. Am
Fuß des Deiches traf eine Gruppe von Aktivisten gegen das
Abschlachten der Tiere mit den Eigentümern von Fischkuttern
zusammen. Ihnen hatte Tilo am Telefon erzählt, Greenpeace
würde gegen die Miesmuschelfischerei und den Fang von Granat protestieren und dass diese bald für immer verboten werden
würden, wenn die Fischer nichts dagegen unternahmen.

Ein bisschen weiter hinten schwenkten die Mitglieder einer
Truppe des World Wide Fund bei Ankunft eines schwarzen
Wagens mit Stern auf der Haube wie wild ihre Schilder. Darauf
stand zu lesen: »Rettet die Deiche!« und »Seehundaufzuchtstation – wir brauchen dich!«

Den WWFlern hatte Tilo erzählt, Frau Dünkel-Piephahn
würde kommen, um sich den Deich anzusehen. Sie wolle vor
Ort entscheiden, ob die Schafe, die auf ebendiesem grasten,
dies in Zukunft weiter tun durften oder nicht. Mit ihren Hufen
traten sie Kaninchen- und Mauselöcher zu. Das war gut für
den Deich, denn die pelzigen Tiere durchlöcherten mit ihren
Bauten das Erdreich und machen ihn brüchig. Es war allerdings
schlecht für die Tiere. Außerdem sei durch das Grasen überall
auf dem Seedeich Schafskot zu finden, was sich in ihren Augen
gar nicht mit dem Umweltschutz vereinbaren ließ.

Tilo fand, da die Ministerin Dünkel-Piephahn so schön nah
am Volk war, konnte man ihr seine Meinung darüber ruhig
direkt ins Gesicht sagen. Wann hatte man schon so eine gute
Gelegenheit, persönlich mit ihr zu sprechen?

Auch die Freunde des WWF waren dieser Ansicht, zumal

Tilo noch hinzugefügt hatte, die Ministerin plane, die Seehundaufzuchtstation ebenfalls aufzugeben. Die Viecher würden
einfach viel zu viele Fische fressen. Wenn die Heuler starben,
statt aufgepäppelt und anschließend wieder ausgewildert zu
werden, gab es weniger Seehunde in der Nordsee, und weniger
Fische wurden gefressen. Die Schließung der Station würde den
Eigentümern der Fischkutter also gefallen. Schwer zu verstehen
für die Natur- und Tierfreunde, gäbe es doch keine Zukunft
mehr für die niedlichen kleinen Seehundbabys, die ihre Mütter
verloren hatten.

Ganz in der Nähe der WWFler warteten, zahlenmäßig
überlegen, einige Windkraftbefürworter auf die Ankunft der
Ministerin. Sie wollten ihr eine Liste mit gesammelten Un-
terschriften gegen den laut Tilo von ihr geplanten Neubau
eines Kohlekraftwerks, keine zehn Kilometer entfernt von hier,
überreichen.

***

Daniel hatte etwa zwanzig Meter hinter der Limousine geparkt.
Seine Mutter, Ingrid, Dukegatt und Anton saßen im Wagen
und beobachteten gespannt, was vor ihnen im und um das
dunkle Auto herum geschah. Die Frauen thronten auf den
Vordersitzen, Dukegatt und Anton hockten hinten auf dem
Bodenblech, wo je nach Bedarf die Krankentransportliege im
Wagenboden eingehakt oder ein Sarg abgestellt wurde. Daniel
stand neben dem Auto, den Kopf durch das heruntergekurbelte
Wagenfenster gesteckt, und hoffte inständig, dass ihm keiner
der Demonstranten eine Beule in den Wagen schlug.

»So pietätlos ist niemand«, beruhigte ihn Ingrid, als er ihr
seine Befürchtung mitteilte. Es war kaum zu übersehen, dass die
Scheiben von innen mit Palmwedeln und zum Gebet gefalteten
Händen beklebt waren. An einer Stelle löste sich der Klettver-
schluss, der die schwarzen Tüllgardinen vor den Seitenfenstern
hielt. Ingrid forderte Dukegatt auf, es zurechtzudrücken.

Daniel hatte vorhin erst auf halber Strecke bemerkt, dass
keine roten Kreuze auf den Fensterscheiben klebten. In der

Eile hatte er gar nicht darauf geachtet, ob er den Kranken- oder den Leichenwagen fuhr. Jetzt meinte er sich zu erinnern, dass sein Blick, als er den Wagen aus der Garage holte, die auf dem Dach des Autos befestigten Blinklichter gestreift hatte.

Wie peinlich. Ein Leichenwagen mit blauen Warnleuchten. Seit er Ingrid kannte, war er mit den Gedanken nur noch bei ihr. Das wirkte sich offenbar auf die Arbeit aus.

Seine rechte Hand wanderte zum Lenkrad, der Zeigefinger verharrte für Sekunden über dem Knopf für den Signalton des Krankenwagens. Er war versucht, ihn auszuprobieren. Stattdessen zuckte er zurück, stieß sich den Kopf und stellte sich aufrecht neben das Auto. Gott sei Dank, das Wagendach war leer.

Hinten im Wagen fiel es Dukegatt und Anton derweil schwer, nicht sofort hinauszugehen. Selbst durch die Trauergardinen konnte man erkennen, dass die Atmosphäre draußen nur so flimmerte. Es bedurfte nur noch eines einzigen Funkens in Form eines heftigen Wortgefechtes oder eines aggressiven Anrempelns, um die Umgebung zu entzünden. Das wusste Dukegatt aus jahrelanger Erfahrung, gesammelt in den Hafenstädten dieser Welt. Er und Anton konnten sich für jede Art von Handgemenge begeistern. Und dieses hier versprach ein ganz großes zu werden. Doch die beiden Frauen hatten sie überzeugt, erst einmal abzuwarten und zu schauen. So hielten sie die Füße still. Zum einen, um Ingrid Magerlein keinen schlechten Eindruck von sich zu vermitteln, zum anderen – und der Grund wog sicherlich schwerer –, weil Daniels Mutter ihre Empfehlung als Befehl ausgesprochen hatte. Da war es ratsam, auf den ersten Schlag zu verzichten. Sie wussten, wenn es erst einmal losging, konnten sie immer noch mitmachen.

Anton ging auf die Knie, um besser hinaussehen zu können.

Das war der Moment, als der Streifenwagen eintraf.

»Was ist los? Die steigen gar nicht aus.« Daniels Mutter rutschte unruhig auf dem Sitz hin und her.

»Sie warten bestimmt auf Verstärkung«, sagte Ingrid.

»Das kann aber dauern«, sagte Anton, und Dukegatt brummte etwas, das wie Zustimmung klang.

»Warum?«

»Sie haben nur ein Auto. Der Rest der Polizeitruppe kommt mit dem Fahrrad.«

»Das ist ja unerhört«, meinte Ingrid. »Das geht doch nicht.«

»Hat bis heute immer bestens funktioniert.«

»Seht mal, ich glaube, da tut sich was«, sagte Ingrid und deutete auf die Aktivistengruppe des World Wide Fund. Das Schild mit dem schwarz-weißen Pandabären wurde geschwenkt, als Zeichen, sich in Bewegung zu setzen. Die WWFler steuerten die schwarze Limousine an. Das schien auch der Startschuss für drei Frauen zu sein, auf deren Jacken das stilisierte Bild der Krone eines Windrades prangte. Jede von ihnen hielt mehrere Blätter in den Händen, mit denen sie nun in der Luft herumwedelten. Vermutlich das Kommando für ihre Mitstreiter. Das waren einige muskelbepackte junge Männer, die ihre kräftige Figur gewiss keinem Fitnessstudio zu verdanken hatten, sondern der schweißtreibenden, harten Arbeit beim Montieren der Windkraftanlagen. Sie wollten als Erste das Auto der Ministerin erreichen, ehe andere deren Aufmerksamkeit für sich beanspruchten. Die schmalbrüstigen WWFler wurden von den Windkraftbefürwortern kurzerhand beiseitegeschoben, ja fast überrannt.

»Was wollen die denn von uns?« Daniel sah einige Männer direkt auf sie zukommen. Sie trugen schwere Kameras auf ihren Schultern und waren in Begleitung von Reportern mit Mikrofon- und Aufnahmegeräten. Er riss die Wagentür auf und quetschte sich neben Ingrid, die seinen Platz hinter dem Lenkrad eingenommen hatte. In dem Moment, als er die Tür zuschlug, umzingelten die Reporter den Leichenwagen, klopften an die Scheiben, beugten sich vor, drückten ihre Nasen an den Fenstern platt und versuchten, in den rückwärtigen Teil des Wagens zu schauen.

Beide Frauen griffen zeitgleich in ihre Handtaschen. Die eine, um einen Kamm herauszuholen und ihre Frisur zu richten, die andere hatte einen Lippenstift in der Hand. Kamm und Stift wanderten unbenutzt zurück, denn die Reporter hatten Sekunden später bereits ein neues Ziel. Wie wankelmütig die Presse doch war.

»Wenn wir hierbleiben, verpassen wir das Beste«, flüsterte Anton Dukegatt zu. Der war bis zur Heckklappe gekrabbelt, jederzeit bereit, sofort auszusteigen. »Siehst du die dahinten?« Anton deutete auf mehrere Atomkraftbefürworter, erkennbar an auf Transparente geschriebene Forderungen wie »Sichere Arbeitsplätze – für eine strahlende Zukunft«. Sie liefen den Deich hoch, um von der erhöhten Position aus ihre Mitteilungen zu schwenken. »Atom für Strom« war ebenfalls dabei, und »Ohne Meiler keine …« Den Rest konnte Dukegatt nicht erkennen.

»Was reimt sich auf Meiler?«

»Keine Ahnung.«

Dukegatt hatte nun lange genug gewartet. »Ich steige aus«, sagte er.

»Warte, ich komme mit.«

Die Heckklappe ging auf, Anton und Dukegatt entstiegen dem Wagen, reckten sich und schlugen die Klappe wieder zu. Ihr Vorhaben, den Deich hinaufzugehen, vergaßen sie, als sie auf den Streifenwagen blickten. Dort tat sich etwas.

★★★

Vom wilden Fahnen- und Schilderschwenken auf dem Deich angesteckt, brüllte jetzt auch ein Kontingent Arbeiter einer Gasfirma seine Parolen. Die Männer der Firma »Elofisch«, ganz in Rot mit weißen Helmen auf dem Kopf, die Leitungen von Norwegen bis nach Holland quer durch das ostfriesische Wattenmeer verlegten, schrien die im Sportbund organisierten Segler und Sporttaucher an.

Der Firma »Elofisch« hatte Tilo erzählt, die Amerooger Gemeindeverwaltung hätte sich umentschieden und wolle jetzt keine Pipeline mehr über die Insel gelegt bekommen. Schuld daran seien die Freizeitkapitäne der näheren Umgebung. Als passenden Gegenpart hatte Tilo allen Segelsportlern auf den Inseln und an der Küste von Norderney bis Terschelling folgende Information gegeben: Die niederländische Königin – Beatrix, nicht Maxima – habe vor, persönlich zu erscheinen, um sich dafür einzusetzen, dass die Einschränkungen der Nationalparkbehörde für den Wassersport wieder aufgehoben würden. Sie, die Sportler, müssten nur herkommen, um die Königin darin zu unterstützen. Entsprechende Bekleidung sei erwünscht.

Das hatten sogar die Freizeitkapitäne aus Deutschland eingesehen, obwohl sie selbst keine Monarchin hatten. Im nun entstehenden Handgemenge trat ein elegant gekleideter Bootsbesitzer aus Wernigerode versehentlich in ein Kaninchenloch, stolperte, ging zu Boden und versank zwischen den johlenden Arbeitern und Sportlern, die sich gegenseitig beschimpften.

***

Als am Streifenwagen die Türen aufgingen und ein Polizist nach dem anderen ausstieg, kamen auch die drei auf den Vordersitzen des Leichenwagens zu der Überzeugung, dass es nun endlich an der Zeit wäre, etwas näher an das Geschehen heranzugehen, ehe man etwas verpasste.

»Na, dann kann es ja losgehen.« Antons Stimme klang heiter, so als wollte er den Polizisten Mut machen. Die standen unschlüssig herum, mit Blick auf den Kommissar.

Offenbar erwarteten sie Anweisungen.

»Kommt ihr mit?« Winkend forderte Anton die Polizei auf, ihm, Dukegatt, Daniel und den Damen zu folgen. »Wäre doch schade, wenn ihr den Anfang verpasst. Seht euch um, es werden immer mehr Menschen, sie kommen von allen Seiten.«

Als ob die Polizisten das nicht selbst merken würden.

»Das sehen wir auch«, brummte Storch.

»Wir warten noch auf die Kollegen«, ergänzte Heijen.

***

»Nieder mit der Emsvertiefung!«, schrie ein junger Mann, der Helena Hoffnung machte, dass doch einige mit der ursprünglichen Forderung zur Demo erschienen waren. Obwohl der Spruch ihrer Meinung nach ein wenig zweideutig war.

Im Handumdrehen umzingelten Kameramänner des deutschen NDR 5, Nederland 6 und die Reporter einiger Radiosender den jungen Mann. Sie hatten gerade erst vom Leichenwagen und der schwarzen Limousine abgelassen, da sich in Ersterem noch keine Leiche und in Letzterem keine Umweltministerin befand.

Helena, deren kleiner Trupp von Damen und Herren aus ihrem Verein sich schutzsuchend um ihr beeindruckendes Erscheinungsbild scharte, rief laut, um sich Gehör zu verschaffen und in der Hoffnung, die von ihr geplante Demonstration jetzt endlich entsprechend in Gang bringen zu können: »Wir wollen keine Emsvertiefung!«

Ihre Mitstreiter fielen mit ein, aber es war hoffnungslos, niemand nahm sie ernst, was vermutlich an der Kleidung lag. Helena und einige der Damen erweckten eher den Anschein, auf dem Weg zu einer Krönungsveranstaltung denn Aktivistinnen bei einer Protestkundgebung zu sein.

Das erkannten auch die Reporter mit den Mikrofonen, die den jungen Mann, der gerade technische Daten und langweilige Fakten aufzählte, gar nicht aussprechen ließen. Sie winkten ihren Kameramännern zu, damit diese ihnen folgten.

»Hinter mir sehen Sie gerade die Königin von …«, rief einer der Reporter ins Mikrofon, wurde jedoch unterbrochen, weil ein Greenpeace-Aktivist sich zwischen ihn und die Kamera schob, um sein Anliegen loszuwerden. Er hielt ein Schild vor die Kameralinse, auf dem ein grüner Kreis mit einem hängenden Blatt darin zu sehen war. Das Blatt hatte ziemliche Ähnlichkeit mit einer Hanfpflanze, doch das mochte wohl nicht sein.

Helena, vor Kurzem noch hocherfreut, dass ihr Tilo so viele Fernsehteams organisieren konnte, hatte ihre liebe Not, den Fernsehleuten klarzumachen, weswegen sie hier waren. Die wollten von ihr nur das Neueste aus dem Haus Oranien hören und ob Maxima das lilafarbene Kleid von vergangener Woche auch schon einen Monat vorher in der Öffentlichkeit getragen hatte. Nicht, dass es ihm missfiele, versicherte der Reporter. »Lila harmoniert wunderbar mit Maximas Haarfarbe.«

Diese Blödmänner. Das sagte sie ihnen auch, wobei die Worte »Idioten« und »Dummköpfe« im Laufe der Kameraaufzeichnung ebenfalls unvermeidbar waren. Ein schon recht greiser Reporter bemerkte schließlich die Verwechslung und beschimpfte sein Team, das immer noch der Meinung war, die Königin stünde vor ihnen.

Leute mit Schildern, auf denen »Kohlekraftstrom, ja, bitte« stand, formierten sich hinter jemandem, der ein Miniwindkraftrad mit sich führte, an dem Vogelattrappen an einem symbolischen Galgen baumelten. Der wie ein Henker gekleidete Mann deutete mit ausgestreckter Hand auf eine Gruppe von Leuten, die Pestmasken trugen und vermutlich von »Zuivere Energie« kamen. Unter den Pappmasken war ihr mehrstimmig skandiertes »Kohlefeinstaub nicht in unsere Lungen!« kaum zu verstehen. Da hätte man sich einen leichteren Spruch ausdenken können.

Der Tumult wurde größer, eine Tendenz zu Handgreiflichkeiten lag in der Luft.

»Wir können davon ausgehen, dass die Vertreter des Gasunternehmens ›Elofisch‹ die Verhandlungen mit der Regierung wiederaufnehmen, um ihre Leitungen auch weiterhin durch das Wattengebiet und über Ameroog zu führen«, teilte ein wichtig aussehender Mann dem Fernsehen mit.

»Nur über unsere Leichen!«, riefen die Kapitäne dagegen, und einer schubste den Kameramann so heftig, dass er stolperte und mit der Kameralinse in einen frischen Kuhfladen fiel.

★★★

Schade, dass Helena so weit entfernt steht, dachte Fietje. Der Stoß hätte vermutlich ausgereicht, um sie ebenfalls zu Fall zu bringen. Und hinfallen musste sie schon, wenn der Ansteckbutton seine lebensgefährliche Nadel ausfahren sollte. Auch ein heftiger Schlag von vorn vermochte den Mechanismus in Gang zu setzten, wenn die Faust die Anstecknadel traf, doch damit konnte man wohl kaum rechnen. Wer schlug schon, ob mit Absicht oder nicht, einer vornehmen älteren Dame gegen die Brust? Nein, fallen musste sie.

Er sah zu Tilo hinüber und bewunderte die Ruhe, die dieser Mann ausstrahlte. Wenn Helena seine Frau wäre und er sie noch an diesem Nachmittag ein für alle Mal loswerden könnte, Fietje würde nervös und in erwartungsfroher Stimmung auf der Bank herumrutschen. Alle Achtung, dachte er. So eine kaltblütige Haltung hätte er dem Freund nicht zugetraut. Oder war der Mann nur starr vor Angst?

Naturschutzbundgegner drängelten sich an dem immer noch am Boden liegenden Freizeitkapitän vorbei und strebten zum Wasser hin. Dort war ein Schiff der Wasserschutzpolizei von der Wattenmeerseite her so weit wie möglich an die Insel herangekommen, wie es ihm möglich war, ohne Gefahr zu laufen, auf Grund zu gehen. Es sah aus, als wollten sie irgendjemanden herauslassen.

»Die Ministerin«, flüsterte Tilo.

Frau Dünkel-Piephahn kam mit dem Boot zur Demonstration. An der Reling stehend, winkte sie herüber, als wären die Menschen am Deich nur ihretwegen gekommen.

Hinter der Ministerin stand eine Frau. »Rettet die Wale«, rief sie und schwenkte ein Schild, auf dem eine altmodische Harpune und ein Abspeckmesser abgebildet waren. Das war die Ehefrau des alten Entensheriffs, wie sie den Chef vom Wasserschutz nannten. Sie hatte wohl etwas in den falschen Hals bekommen. Verständlich, auch sie stammte aus einer alten Walfängerfamilie.

Die Insulanerin drängte sich an der Ministerin vorbei. Beiden wurde von Bord geholfen, und sie wateten an Land. De Groote, der Chef der Wasserschutzpolizei, schickte einen missmutig dreinschauenden Mitarbeiter zum Schutz der Damen hinterher.

Die in der Menge versprengten Nationalparkgegner begannen wie auf ein geheimes Zeichen damit, die durch das seichte Wasser an Land strebende Ministerin Dünkel-Piephahn mit den überall auf dem Deich herumliegenden getrockneten Schafskötteln zu bewerfen. Wider Erwarten schlossen sich die Atomstromgegner an.

Und wo war Helena? Ah, da. Sie wirkte niedergeschlagen. Fietje vermutete, dass sie es aufgegeben hatte, Ordnung in die Demonstration bringen zu wollen, zumal sich von Norden her eine Polizeikette, wenn auch nur eine winzig kleine, näherte. Interessiert beobachtete er, wie sich in diesem Moment ein Naturschutzbund-Gorilla – der Mann hatte tatsächlich die Statur und Kraft eines Riesenaffen – auf Helena und ihr Transparent stürzte. Es wirkte versehentlich, hatte aber dennoch eine ungeheure Wucht.

»Der schafft sie«, sagte Fietje.

»Der arme Mann«, flüsterte Tilo ahnungsvoll.

Nach einer kurzen Rangelei sah der entstandene Schwitzkasten hochgefährlich aus, und einige Umstehende wollten bereits lebensrettend eingreifen, als sich der Muskelmann langsam aus der Todesfalle von Helenas Armen befreien konnte.

»In ihrer Jugend war sie begeisterte Kampfsportlerin«, sagte Tilo. »Der Mann hat seine missliche Lage richtig erkannt und es mit der Toter-Mann-Taktik versucht. Die einzige Möglichkeit, damit Helena von dir ablässt.«

Fietje schauderte, als in diesem Moment ein Schild mit der Aufschrift »Rettet die Wale« auf Helenas schmalen Rücken niedersauste, sodass die Pappe umknickte.

»Oh, oh, das hätte er nicht tun dürfen«, murmelte er voller Mitleid für den Schildzerstörer und beobachtete, wie Helena sich wie in Zeitlupe zu ihm umdrehte. Der Mann schien sich tausendmal zu entschuldigen, und wenig später wirkte es, als bedauerte er zutiefst, jemals an dieser Demonstration teilgenommen zu haben.

Als Helena endlich von ihm abließ, blickte sie sich um und erkannte, dass ihre Kollegen dringend ihre Hilfe gegen die Schafkotwerfer benötigten.

Sie kämpfte sich zu ihrer Gruppe durch und riss nebenbei und von ihr unbemerkt Christine und Theda um, die herbeigeeilt waren, um Helenas Kampftechnik aus nächster Nähe zu beobachten. Vermutlich, um später haargenau jedem im Ort berichten zu können, was ihre Erzfeindin Schlimmes angerichtet hatte, wo sie doch immer so vornehm tat. Helena strauchelte und ruderte mit den Armen.

Fietje erhob sich vor lauter Aufregung einige Zentimeter von der Sitzbank und hoffte für seinen Freund, dass dieser Fall ihr den erwarteten Tod bringen würde. Sie versuchte weiter, das Gleichgewicht zurückzugewinnen, knickte leicht in den Knien ein, kam aber mit Schwung wieder auf die Füße, lief ein paar Schritte und verschwand in der Menge.

»Seine Frau ist ein Stehaufmännchen«, sagte er. Es klang wenig freundlich. Tilo schwieg dazu, was Fietje veranlasste, den Blick vom Geschehen abzuwenden und ihn anzusehen.

Doch was war das? Tilo wirkte erleichtert. Dabei sollte er eher einen verärgerten Eindruck machen, jetzt, da der Augenblick, Witwer zu werden, verflogen war. Wer konnte schon sagen, ob sich in dem Durcheinander noch mal so eine großartige Gelegenheit ergab? Für Tilo gab es schließlich kein besseres Alibi, als unter Aufsicht der Polizei und weit weg vom Opfer für jedermann sichtbar auf der Parkbank zu sitzen. Weit genug entfernt, um sie selbst geschubst zu haben.

»Hervorragend«, sagte Tilo.

»Was findet er hervorragend?«

»Sie erinnert mich an einen Film.«

»Seine Helena erinnert ihn an einen Film?« Jetzt begann Tilo, komisch zu werden. Fietje hätte es wissen müssen. Tilo war so einer Anspannung nervlich nicht gewachsen. Nun redete er schon wirres Zeug.

»Einen Kriegsfilm. Schau doch, wie sie voranstürmt.«

Ein Vergleich, den Fietje akzeptieren konnte. »Was ihre Gegner bräuchten«, schlug er vor, »wäre ein Schützengraben. Nieder mit dem Feind!«, brüllte er, hob die geballte Faust und schüttelte sie.

Doch Tilo ließ sich von Fietjes Euphorie nicht mitreißen. Er schwieg während der kommenden Minuten und machte den Mund erst wieder auf, als etwas Außergewöhnliches geschah.

★★★

»Tolle Reklame«, meinte ein in der Nähe wohnender Pensionsbesitzer mit Blick auf das Kamerateam und schwenkte geschickt die eilig hingekritzelte Werbung vor der wiederauferstandenen und provisorisch vom Kuhfladen gesäuberten Kamera. In kreativer Rechtschreibung stand dort: »Fridlicher Urlaup bei Schusters hinterm Deich.«

Der Kameramann wollte dem Sportbootkapitän, der ihn zu Fall gebracht hatte, hinterher, doch der war verschwunden.

Ein Schiff der Freizeitkapitän-Fraktion, das im seichten Wasser auf und ab dümpelte, war zwischenzeitlich vom Boot der Wasserschutzpolizei, die auch für Zollkontrollen zuständig war, umkreist und die Besatzung zur Aufgabe mit erhobenen Händen aufgefordert worden. Den typischen Duft von verbranntem Cannabis hatte der Wind herübergetragen. Zudem glaubten die Entensheriffs, von Weitem verdächtige Gegenstände an Bord erkannt zu haben, und waren deswegen längsseits gegangen. Ein etwas kurzsichtiger Matrose hatte den Besenstiel eines Deckschrubbers und den Holzstiel eines sogenannten Enterhakens, mit dem man Gegenstände aus dem Meer fischen konnte, für Gewehre gehalten. Warum mussten die Leute an Bord auch damit in der Luft herumwedeln?

Gedemütigt durch diesen Misserfolg ordnete der Kapitän des Wasserschutzbootes an, die im Wasser stehenden Demonstranten – der Teufel mochte wissen, warum die alle auf ihn zukamen – mit der Wasserkanone an Land zurückzutreiben.

»Wir beabsichtigen, mit all der uns zur Verfügung stehenden Energie dagegen anzugehen«, brüllte ein Mann mittleren Alters über das Rauschen des Wasserwerfers hinweg in das Mikrofon eines Radioreporters. Der hatte seine liebe Not, das Mikro gegen die Nässe zu sichern.

Der Kapitän des Wasserschutzbootes stellte den Strahl ab, als er feststellte, dass einige der Demonstranten durch die Wucht des Wassers Schmerzen litten. Gerade zur rechten Zeit, denn im seichten Wattenmeer kam ihm von der gegnerischen Seite her seine Ehefrau entgegengewatet. Sie hatte die Ministerin verloren und wirkte unzufrieden. Hätte sie zusätzlich noch eine nasse Frisur von ihrem Ehemann verpasst bekommen, hätte sie ihn das tagelang spüren lassen.

Als er seine Frau an Bord genommen hatte, machte sein Steuermann ihn auf einen soeben durchgegebenen polizeilichen Befehl aufmerksam, der da lautete, die Demonstranten zusammenzutreiben. Der Wasserwerfer wurde erneut eingeschaltet. Ein winziger Strahl, wenn man ihn mit dem Feuerlöschstrahl des nun ebenfalls herbeigeeilten Seenotrettungsbootes verglich, das bestückt war mit einer Wasserkanone, die auf Riesentanker, Traumschiff- und Bohrturmbrände ausgerichtet war.

Dementsprechend fiel der verbleibende Teil der Demo samt Demonstranten im wahrsten Sinne des Wortes ins Wasser.

***

Die Leute mit den Pestmasken hatten Tilo für kurze Zeit die Sicht auf seine Frau versperrt, die von keinem Fernsehteam mehr beachtet wurde. Vermutlich hatten inzwischen auch die Unbedarftesten unter ihnen spitzgekriegt, dass die echte Beatrix zu Hause in ihrem Schloss auf dem Sofa lag, statt hier auf dem Amerooger Deich Leute in den Schwitzkasten zu nehmen. Tilo reckte den Hals. Ah, da war sie ja. Gerade legte sie den Kopf in den Nacken, drückte den Rücken durch und schritt hocherhobenen Hauptes durch die Menge. Ihre aufgestaute Wut konnte man bis hierher spüren, und er meinte, selbst aus der Entfernung ihre aufgeblähten Nasenflügel erkennen zu können. Sie sah aus wie die Galionsfigur eines alten Holzschiffes, das die Meereswogen durchpflügt und jedem Sturm trotzt. Sich jetzt mit ihr anzulegen, wäre Zeugnis außergewöhnlichen Mutes oder eines tragischen Suizidgedankens. Schade um den jungen Mann, der sich ihr in den Weg stellte.

Erneut versperrten die Menschen mit den Pestmasken und der Henker mit seinem Vogelgalgen Tilos Sicht. Er wurde kribbelig.

»Da ist sie.« Fietje deutete in die ungefähre Richtung. »Sieht er sie?«

»Nein.« Tilo schüttelte den Kopf.

»Ach, welch Vermessenheit von ihr!«, klagte Fietje.

»Was tut sie denn?«

»Sie steht wie eine Eiche, nicht einer ist in der Lage, sie zu fällen.«

***

Bakker betrachtete das Schauspiel und wünschte sich weit weg. Grönland vielleicht oder Honolulu. Das erinnerte ihn an den von ihm gesuchten Georg Schüler, der nirgends zu entdecken war.

Scheiß auf den Typen im Hawaiihemd und seine vermutete Pyrotechnik, dachte er. Es gab Wichtigeres zu tun. Wie um alles in der Welt konnte er diesen Wahnsinn stoppen, ohne allzu großen Schaden anzurichten? Und wie sollte er das später als Protokoll zu Papier bringen? Martin Dahl bestand garantiert auf einem ausführlichen Bericht. Nicht zuletzt deswegen, weil die Umweltministerin Dünkel-Piephahn anwesend war.

Kurz kam ihm der Verdacht, dass Dahl hinter der Anwesenheit der Ministerin stecken könnte. Sein Vorgesetzter verkehrte in entsprechenden Kreisen. Und Kerstin weilte auf der Insel, das hatte etwas zu bedeuten. Was mochte sie vorhaben? Stopp! Er durfte keinen Gedanken an sie verschwenden, er musste sich auf das Hier und Jetzt konzentrieren. Seine Leute schauten auf ihn. Er musste beweisen, dass er in der Lage war, in Krisenzeiten seinen Mann zu stehen.

Es wäre aber schon von Vorteil, Martin Dahl gar nicht erst die Gelegenheit zur Kritik zu geben. Bakker überlegte, wie er das anstellen konnte, und fasste einen Plan, um trotz ihrer zahlenmäßigen Unterlegenheit die Sicherheit der Ministerin zu gewährleisten: Er befahl Heijen, einen weiteren Anruf bei der DGzRS zu tätigen.

Genau in dem Augenblick sah Fietje, wie Helena, vom Wasserstrahl der Schiffskanone in den Rücken getroffen, zu Boden ging.

★★★

»Alle Mann geschlossen vorrücken«, befahl Bakker.

Die Polizisten hatten in einer Reihe Aufstellung genommen und begannen, die noch trockenen Demonstranten in Richtung Wasser zu treiben. Da sie so wenige waren, versuchten sie, dieses Manko durch einen großen Abstand zueinander optisch auszugleichen.

Heijen hatte zuvor noch schnell ein Megafon aus dem Kofferraum geholt und es an Bakker weitergereicht.

»Bitte räumen Sie das Gelände«, forderte der, als sie nun in einer Linie auf die Demonstranten zugingen.

Die Leute in unmittelbarer Nähe konterten mit einschlägigen Paragrafen aus dem Grundgesetz und dem Bürgerlichen Gesetzbuch. Juristische Kenntnisse gehörten anscheinend zum Grundwissen eines erfolgreichen Protestlers. Soziales und ökologisches Engagement unterlag Regeln, die man beherrschen musste, wollte man sich nicht gleich verscheuchen lassen. Dennoch wichen die hinteren Reihen über die Salzwiesen und den angrenzenden Wattenboden bis zu den Prielen zurück.

Taubert fragte, ob die Schlagstöcke zum Einsatz kommen sollten.

»Auf keinen Fall«, befahl Bakker. »Wir warten erst einmal ab.«

»Es sind so viele«, murmelte Dijkstra und wirkte ängstlich.

Storch sah, wie Heijen ein paar Schritte vortrat, um jemanden festzuhalten, der mit etwas ausholte. Sicher wollte der Unbekannte es einem anderen ins Gesicht schlagen. Er würde allerdings niemals erfahren, um welchen Gegenstand es sich handelte, denn in diesem Moment rollte ein Menschenknäuel auf ihn zu, und er bekam einen Ellbogen gegen das Kinn. Dabei biss er sich auf die Lippe. Von seinem Kinn tropfte Blut. Er wischte es mit dem Handrücken weg und starrte darauf, als fürchtete er sich vor dem Rot.

»Er kann kein Blut sehen«, sagte Friese im selben Moment, als Storch die Augen verdrehte und mit durchgedrücktem Rücken der Länge nach hinfiel. Mit dem Hinterkopf schlug er hart auf den Salzwiesenboden auf und blieb regungslos liegen.

Taubert kam herbeigeeilt, auf seinem Gesicht lag so etwas wie Bewunderung für die Einsatzbereitschaft des Kollegen. Seine Haare flogen nach vorn, als er sich bückte. Mit einer Hand strich er die Strähnen hinters Ohr, mit der anderen fühlte er Storch den Puls.

»Es geht ihm gut«, sagte er zu Bakker, der verwundert auf seinen Mitarbeiter schaute, dem er diese kleine Schwäche nicht zugetraut hatte.

Heijen bückte sich ebenfalls und schnippte mit den Fingern vor Storchs geschlossenen Augen, als könnte das Geräusch ihn wecken. Es tat sich jedoch nichts, sodass Taubert und Dijkstra dem Bewusstlosen unter die Arme griffen. Heijen nahm die Füße, und gemeinsam schleppten sie den Ohnmächtigen zum Wagen zurück und wuchteten ihn wie einen nassen Sack auf den Rücksitz, der für Storch viel zu kurz war. Den dumpfen Klang, als sein Kopf gegen die Rückenlehne prallte, ignorierten sie.

In gleicher Formation, nur ohne Lukas Storch, stellte sich die Amerooger Polizei ein weiteres Mal den Demonstranten entgegen, als Bauer Dröge auf einem großen schwarzen Pferd, einen zweiten Gaul am Zügel führend, im Galopp auf sie zuritt. Die Menge sprang auseinander und schloss sich hinter ihm sofort wieder.

Reiter und Pferde preschten an Bakker vorbei. Der machte erschrocken einige Schritte rückwärts und wurde sogleich von der Menge verschluckt. Er dachte noch, dass es vermutlich besser gewesen wäre, wenn der Augenarzt ihn gestern krankgeschrieben hätte und er für ein paar Tage auf dem Festland geblieben wäre. Doch erstens war er kerngesund, und zweitens konnte er Leute, die sich ein ärztliches Attest ausstellen ließen, um sich vor ihrer Verantwortung zu drücken, nicht leiden, mochte das Damoklesschwert auch noch so bedeutungsschwer über ihrem Kopf schweben. So wie jetzt das Schild, das besser zum Kollegen Storch gepasst hätte. Ein fliegender Adebar mit der blauen Aufschrift »NABU« flog ihm um die Ohren. Bakker ging zu Boden, ehe der dafür verantwortliche Mann sich bei ihm entschuldigen konnte. Ihm wurde schwarz vor Augen, Schwindel ergriff ihn, und der Schmerz jagte ihm Tränen in die Augen.

Bakker erwachte auf dem Beifahrersitz des Streifenwagens. Sein Stöhnen fand ein Echo auf dem Rücksitz.

Es bereitete ihm Schmerzen, sich nach Storch umzudrehen, deshalb klappte er die Sonnenblende herunter und blickte in den kleinen Spiegel auf deren Rückseite. Er erschrak über sein eigenes Aussehen. Vorsichtig betastete er sein Gesicht.

Er sah genauso schlimm aus, wie er sich fühlte. Die Lippe war geschwollen, an der Nase klebte angetrocknetes Blut, der Hemdkragen war verdreckt. Gern hätte er sich jetzt kaltes Wasser übers Gesicht laufen lassen oder mit einem Waschlappen darübergewischt. Er überlegte, wann er zuletzt gegen Tetanus geimpft worden war, und meinte sich zu erinnern, dass sein Impfausweis immer noch bei Kerstin lag.

Auf keinen Fall würde er sie danach fragen. Da würde er sich lieber vorsorglich eine Spritze geben lassen.

Bakker bewegte die Sonnenblende auf und ab, um eine Position zu finden, in der er Storch sehen konnte. Der wirkte immer noch halb bewusstlos, wie er da so auf der Rückbank lag. Was sollte er jetzt tun? Seine Leute waren im Gewühl nicht mehr zu sehen, und Bakker wusste nicht, wie sich die Lage entwickelt hatte, seit er zu Boden gegangen war.

Er konnte wohl nur noch hoffen, dass die eingeleiteten Gegenmaßnahmen Wirkung zeigen würden, damit die Demonstration draußen möglichst bald ihrem Ende zuging.

Siebzehn

Ohne sich über die Folgen im Klaren zu sein, die eine Teilnahme an einer Demonstration mit einem Kind an der Hand haben könnte, marschierten Vater, Mutter und Cindy den Deich hoch. Mit ausgebreiteten Armen liefen sie den Tierschützern entgegen. Deren grimmige Gesichter veranlassten die Familie, kehrtzumachen, doch die Leute mit den Pestmasken sahen auch nicht friedlicher aus.

Mitten auf dem Deich dämmerte den Eltern, in welcher Lage sie sich befanden. Sie musste sich für eine Seite entscheiden, wollten sie nicht zwischen den Fronten untergehen. Sie bereuten ihren Entschluss, wieder einmal Cindys Drängen nachgegeben zu haben, doch dann sahen sie eine ältere Dame, die einen jungen Mann ohrfeigte. Vielleicht würde eine heftige Auseinandersetzung mit echten und nicht nur angedrohten Ohrfeigen Cindy einmal vor Augen führen, wie gut sie es mit ihren Eltern getroffen hatte?

Der Wunsch des überforderten Paares ging in Erfüllung, jedoch anders als erwartet. Die ältere Dame ließ von dem jungen Mann ab, entdeckte jemanden, der hinter Cindy stand, und stürmte mit erhobener Hand auf das Mädchen zu. Die Kleine schien überraschenderweise alles andere als ängstlich zu sein, obwohl sie erwarten musste, geschlagen zu werden. Mit einem hinterlistigen Lächeln trat das Kind im letzten Augenblick beiseite, um die herannahende Gefahr ins Leere rennen zu lassen.

Doch Cindy hatte die Rechnung ohne Dukegatt gemacht, der ihr ein Bein stellte.

»Gelegentlich gibt es doch noch Gerechtigkeit«, rief er Anton zu, als die kleine Range mit dem Gesicht voran in den Schlick fiel, sich aufrappelte, nach Mama und Papa griff, die beiden ins Schwanken brachte und mit sich nach unten in den Dreck zog. Als die Familie wieder aufstand, konnte man in ihren Gesichtern vor lauter Modder nur noch das Weiße in den Augen sehen.

»Andere müssen für so eine Schlammpackung viel Geld ausgeben«, bemerkte Anton und widmete sich wieder der Keilerei.

***

Nur gut, dass diese kleine Göre rechtzeitig zur Seite gesprungen war, sonst wäre Frau Linden auf dem Weg zu Frau Petersen mit dem Kind zusammengestoßen. Sie bemerkte Bauer Dröge mit seinen Pferden erst, als es ihr und Frau Petersen gelungen war, das farbenfrohe Transparent zwischen sich aufzuspannen. Beschwingt und putzmunter wie schon lange nicht mehr, kicherte sie wie ein junges Mädchen. Frau Petersen erging es ebenso, denn auch sie konnte sich vor Lachen kaum halten, und das, obwohl sie beide in diesem Augenblick zu Boden gingen.

Einige Fischer aus Delfzijl, Greetsiel und Ditzum versuchten, mit Gitarren und Trommeln auf sich aufmerksam zu machen. Ihnen war telefonisch mitgeteilt worden, Greenpeace sei jetzt gegen jegliche Art der Fischerei innerhalb der Dreimeilenzone. Die Männer zeigten sich mit bloßen Oberkörpern. Einer von ihnen hatte stattliche Muskeln und dunkle Behaarung vorzuweisen, die anderen sahen eher aus wie gerupfte Hühnerbrüste mit wenig Flaum auf der Brust. Sie forderten, die Miesmuschelbänke weiter abernten und mit ihren Granatnetzen wie eh und je rund um die Insel fischen zu dürfen.

Eben noch spürte Frau Petersen, wie sie gegen den Muskelmann gedrückt wurde, dann war der prächtige Kerl auch schon wieder außer Reichweite. Das erinnerte sie an ihre Sturm-und-Drang-Zeit vor fünfzig Jahren, und tatsächlich fühlte sie sich ebenso jung und glücklich wie damals. Welch ein Glück, dass Frau Linden darauf bestanden hatte, hierherzukommen.

***

Die Ministerin Lieselotte Dröge-Piephahn war da anderer Meinung. Sie verfluchte ihren Sekretär und sich selbst, dass sie sich von ihm zur Teilnahme an der Demonstration hatte

überreden lassen. Als man ihr vorhin drohte, sie ebenso abzu-
schlachten, wie sie es angeblich in Zukunft den Walfängern
erlauben wollte, hatte sie zum ersten Mal den Verdacht gehabt, am vollkommen falschen Ort zu sein. Entgegnet hatte
sie nichts. Der Mann war von Greenpeace gewesen, und mit
denen legte man sich besser nicht an, wenn man politisch aus
der Schusslinie bleiben wollte. Sie hatte erkannt, dass sie hier
schnellstens verschwinden musste, wenn ihre Karriere auch
weiterhin steil nach oben gehen sollte. Eben entdeckte sie im
Getümmel den Landesvorsitzenden des WWF. Dem durfte
sie auf keinen Fall begegnen, und als sie jetzt auch noch von
einem hageren, halb nackten Fischer herzlich umarmt wurde
und der sich für ihr Engagement für den Fischfang bedankte,
wusste sie endgültig, dass etwas ganz und gar unrundlief. Wie
konnte sie nur von hier verschwinden?

Überall sah sie Fernsehleute. Fehlte nur noch, dass die sie
filmten, während sie von Freund und Feind gleichermaßen
umzingelt und bedrängt war. Das könnte der beste PR-Mann
der Welt nicht glaubwürdig erklären.

Dem beherzten Zugriff eines Mannes der DGzRS hatte sie es
am Ende zu verdanken, dass sie – von den Kameras ungesehen
und vor allem trocken – entkam. Mit einem Tochterboot, das
mit Hilfe von Trossen auf das Heck des vor der Insel liegenden
Rettungskreuzers hinaufgezogen werden konnte, entfloh sie
den Demonstranten.

Der Seenotretter erklärte ihr während der kurzen Überfahrt
zum Festland, es sei der Wunsch des Amerooger Polizeidienst-
stellenleiters gewesen, sie zu ihrer eigenen Sicherheit sofort aus
der Gefahrenzone zu holen. Dem konnte sie nur zustimmen.
Was für ein umsichtiger Mann.

★★★

Ingrid Magerlein und Trientje Munke hatten, als das Chaos ausgebrochen war, lieber wieder im Leichenwagen Platz genommen und beobachteten das Spektakel aus sicherer Entfernung.

»Schau dir die an«, sagte Ingrid zu Trientje und zeigte auf

eine elegant gekleidete Frau und ihre männliche Begleitung. Die beiden entstiegen dem schwarzen Wagen mit dem Stern auf der Motorhaube.

»Das ist deine Schuld«, keifte die Dame den Mann an, der eine gewisse Ähnlichkeit mit dem niedersächsischen Innenminister hatte.

Er drohte ihr mit dem Zeigefinger. »Du warst es doch, die dem Schild unbedingt folgen wollte. Ich habe dir gleich gesagt, da geht es auf keinen Fall zum Flugplatz. Aber nein, Madame musste ja unbedingt dem Hinweis nachgehen.«

»Die Einheimischen werden wohl am besten wissen, wo sie ihren Flugplatz haben«, beharrte sie.

»Das Schild zeigte einen fliegenden Drachen mit einer Meerjungfrau auf dem Rücken«, regte er sich auf. »Was, bitte schön, hat das mit …«

Sie ließ ihn nicht ausreden. »Und darunter stand groß und breit ›Flugplatz‹!«

»Blöde Kuh.«

Sie nahm einen ihrer Pumps und warf ihn nach ihm.

»Jetzt kann ich verstehen«, sagte Trientje belustigt, »warum Dukegatt das Schild in seinem Vorgarten aufgestellt hat.«

Ehe sie Ingrid erklären konnte, was hinter dem Streit um das Flughafenschild steckte, machte diese Trientje auf einen aufblasbaren Wal aufmerksam, der vom Wind erfasst worden war und über den Deich flog. Wie auf einem riesigen Wimmelbild gab es hier so viel Unterhaltsames zu sehen!

Sie kommentierten die Schlagkraft der Wasserwerfer und entschieden, dass die weißen Masken der Kohlekraftwerkgegner mehr hermachten als die weißen Helme der »Elofisch«-Mitarbeiter. Sie beurteilten Schönheit, Aussagekraft und den geleisteten Aufwand, der zu betreiben war, um dieses Schild oder jenes Plakat zu erstellen, und lachten über die unterschiedlichen Slogans. Sie waren sich einig, dass eine Demo mit so vielen verschiedenen Gruppierungen einfach schiefgehen *musste*, und wunderten sich darüber, dass das Fernsehen sich für so etwas hergab.

Nur eines ärgerte sie: Sie würden zu Fuß nach Hause gehen

müssen. So wie es aussah, brauchte die Polizei den Leichenwagen.

***

Ikonius Hagen kam zu spät, um sich an einem der besten Plätze zu postieren. Die waren am Fuße des Deiches, da, wo die meisten Kameramänner standen und die Mikrofone, aufgespießt auf lange Stangen, in die Höhe gehalten wurden. Er ärgerte sich, nicht früher losgegangen zu sein, es wäre zu schön gewesen, sich heute Abend in den Nachrichten im Fernsehen sehen zu können. Aber wer hatte auch mit so vielen Menschen rechnen können?

»Ikonius Hagen!«, rief jemand in seinem Rücken. Er drehte sich um und sah die Eiserne Lady, die ihm winkte, so als wollte sie, dass er zu ihr kam.

Ikonius wusste, was gut für ihn war, deshalb folgte er der Aufforderung, obwohl er keine Vorstellung davon hatte, was Helena Perdok von ihm wollte. Die beiden waren alles andere als Freunde.

Als sie auf selber Höhe waren, starrte Helena ihm einen kurzen Moment lang ins Gesicht, dann eilte sie an ihm vorbei. Vermutlich war er doch nicht gemeint gewesen. Dennoch, ein unheimliches, beklemmendes Gefühl blieb zurück und packte ihn bei den Eingeweiden. Eine erschreckende Vorahnung, dass etwas Entsetzliches bevorstand.

Angst machte sich in ihm breit. Ihm war schlecht, und er schluckte schwer. Wie eine Schlinge legte sich irgendetwas um seinen Hals und drohte ihm die Luft abzuschnüren. Seine Hände griffen danach, doch dort war überhaupt nichts, was ihn würgte. Dennoch raste sein Herz, sein Atem beschleunigte, und die Sicht auf die Menschen um ihn herum verengte sich. Auch ihre Bewegungen erschienen ihm träger als zuvor.

Sein räumliches Sehen verengte sich weiter, wurde dunkler. Ein Schmerz wie nach einem Meilenlauf fuhr ihm in die Seite. Jemand öffnete sein Herz und blies einen kalten Wind hinein. Dann wurde ihm schwarz vor Augen.

Er dachte daran, dass es noch zu gar keiner Prügelei gekommen war und er diese nun vermutlich verpasste. Wie ärgerlich.

Das Letzte, was Ikonius Hagen wahrnahm, war der faulige, schlickige Geruch des Wattbodens, der so gesund auf der Haut sein sollte. Dass jemand ihn damit bewarf, um die Rangelei am südlichen Ende der Demonstration zu beginnen, registrierte er nicht mehr. Er schlug mit dem Gesicht voran auf dem Wattboden auf.

Achtzehn

Die Demonstranten gaben auf. Die meisten von ihnen hatten schon vor dem Einsatz der Wasserwerfer erkannt, dass die ganze Angelegenheit nirgendwohin führen würde.

Eingeleitet wurde der Anfang vom Ende von einem Aktivisten der »Zuivere Energie«. Ihm wurde die Pestmaske zu beklemmend, deswegen nahm er sie ab. Ein Mann aus der Gegenpartei erkannte in ihm seinen Cousin, den er vor etlichen Jahren aus den Augen verloren hatte. Sie fielen sich in die Arme, erzählten dem jeweils anderen, was sie hergelockt hatte, und stellten fest, dass an der Sache etwas faul war. Sie sprachen mit Personen anderer Gruppierungen und verbreiteten schließlich per Mundpropaganda, dass die Demonstration von Anfang an keinen Sinn ergeben hatte.

Die Polizisten – Bakker und Storch hatten sich wieder erholt – waren der gleichen Meinung und standen Spalier für die heimgehenden Menschen. Die heil gebliebenen Schilder und bunt bemalten Bettlaken unter den Arm geklemmt, marschierten Insulaner und Touristen, mit einigen Blessuren behaftet, friedlich, aber nass und dreckig dem Ort entgegen, verschwanden in ihren Quartieren oder nutzten die nächste Transportmöglichkeit, um zum Festland zurückzukehren. Nur einer war, mit der Nase nach unten im auflaufenden Wasser liegend, nicht mehr aufgestanden.

Storch näherte sich im Laufschritt. Ersoffen, war sein erster Gedanke. Er bückte sich, drehte die Person um, blickte in offene Augen, die all ihren Glanz verloren hatten, und legte seine Finger an die Halsschlagader. Nichts. Er zückte sein Handy und machte ein paar Fotos. Tot oder lebendig, auf jeden Fall musste die Person schnell fortgebracht werden, weil die Flut kam.

Er kommandierte zwei Männer dazu ab. Sie griffen nach Füßen und Armen und trugen Ikonius Hagen fort.

»Beeilt euch, das Wasser kommt!«, rief einer der Träger, ohne dass der Abtransport unterbrochen wurde.

Zum Glück besaß Daniel Verstand genug, um ihnen mit dem Leichenwagen entgegenzufahren. Auf dem Vordersitz saßen dessen Mutter und eine rothaarige Frau. Storch forderte die Damen auf, den Wagen zu verlassen.

»Lukas Storch«, warnte Trientje. »Du glaubst doch wohl nicht, dass ich zu Fuß in den Ort zurückgehe? Nimm gefälligst deinen eigenen Wagen.«

»Mit einer Leiche hintendrin wäre mir recht unwohl«, sagte die füllige Rothaarige und erklärte, dass sie lieber laufen wolle. Zu Storchs Verwunderung gab Daniels Mutter sofort nach und verließ den Leichenwagen.

»Du hast recht, meine Liebe.«

»Ich kenne den Mann«, erklärte die Fremde, von der Storch erst später erfuhr, dass sie Ingrid Magerlein hieß und womöglich Daniels zukünftige Ehefrau war.

»Ich auch. Er zockt unsere Touristen ab. Das ist ja nun vorbei.«

»Ich fand ihn nett.«

Storch konnte dasselbe von der Frau sagen.

★★★

Fietje reckte den Hals, um besser sehen zu können.

Ihm war der Blick auf die am Boden liegende Person versperrt, zu viele abziehende Demonstranten mit Schildern und Plakaten unter den Armen störten das Bild. Er sprang auf die Beine, doch das half wenig. Also stellte er sich auf die Bank und forderte Tilo auf, das Gleiche zu tun, doch der saß nach vorne gebeugt, die Unterarme auf die Oberschenkel gelegt, und rührte sich nicht.

»Kann er das Elend nicht mit ansehen?«, fragte Fietje. Kurz stieg er wieder von der Bank herunter, um tröstend einen Arm um den Freund zu legen. »So war der Plan, nun gibt es kein Zurück.«

Er wandte seine Aufmerksamkeit dem Ort des Geschehens zu, in dessen Dunstkreis die Ehefrau seines Freundes vorhin zu Boden gegangen war, und erkannte aus der Ferne, dass wie erwartet etwas Schlimmes geschehen war. Zwei oder drei Umstehende hielten sich mit der flachen Hand den Mund zu und standen wie erstarrt, andere traten mit steifen Beinen einige Schritte zurück. Wieder andere zückten ihre Handys, bestimmt machten sie Fotos. Nur einer hob sein Telefon ans Ohr. Vermutlich hatte er den Notruf gewählt.

Endlich erhaschte Fietje einen Blick auf die am Boden liegende Gestalt. Verflixt, sie trug kein Kleid. Wie unerfreulich. Wer mochte dort regungslos auf dem aufgewühlten, matschigen Wattenmeerboden liegen?

Die meisten der Demonstranten waren bereits gegangen. Die Polizisten standen am Straßenrand Spalier. Jetzt schien Lukas Storch den leblosen Körper entdeckt zu haben, er sprintete los. Ein pfiffiger Mensch, dieser Storch, dachte Fietje und nahm wieder neben Tilo Platz.

»Konntest du was erkennen?«, fragte der mit erstickter Stimme, das Gesicht in die Hände gestützt.

In dem Moment wurde die Person, die am Boden lag, sehr pietätlos von zwei Männern angehoben und weggebracht. Fietje sah, dass der Kommissar versuchte, sie aufzuhalten, bis jemand mit ausgestrecktem Arm in Richtung Meer deutete. Da wedelte er auf einmal mit den Händen, als ginge ihm der Abtransport zu langsam, drehte sich um und lief den Männern voraus.

Die Flut hatte eingesetzt, das Wasser kam schnell näher. Wenn sie die reglose Gestalt liegen ließen, wäre sie in wenigen Minuten vom Meer umschlossen.

»Der Leichenwagen kommt ihnen entgegen. Nun schau er doch hin«, sagte Fietje, doch Tilo betrachtete nur das Gras vor seinen Füßen.

»Ich mag aber nicht hinsehen.«

Die Männer erreichten den Leichenwagen. Als trügen sie einen Sack Kartoffeln und keinen Schwerverletzten oder gar Toten, legten sie den reglosen Körper kurz auf dem Boden ab und verfrachteten ihn dann in den hinteren Teil des Wagens.

»Jetzt beruhige er sich«, mahnte Fietje. »Heult er etwa?«

Tilo wischte sich mit dem Handrücken über die Augen.

»Behalte er die Nerven. Wir sind unschuldig.«

Tilo hob den Kopf, seine Augen nässten, und die Nase schloss sich dieser Entscheidung an. Er fischte ein kariertes Taschentuch aus der Hosentasche und schnäuzte sich heftig.

»Was hockt ihr hier noch auf der Bank? Ab nach Hause.«

Erschrocken fuhren sie herum. Fietje grinste blöd, und Tilo schaute, als hätte er den Klabautermann gesehen.

»Helena!«, rief er und wirkte glücklich.

»So heiße ich.« Sie wehrte seine stürmische Umarmung ab. »Was guckst du so dämlich?«, fuhr sie Fietje an und strich gleichzeitig ihrem Ehemann mit der Hand über das Haupt. »Ist meine Frisur durcheinander, oder habe ich Schlick in den Haaren?«

»Nein, nein. Alles in bester Ordnung.«

»In bester Ordnung? Die Demonstration war ein Desaster, und mein Kleid ist ruiniert. Schatz, du kannst mich wieder loslassen.« Helena schob ihren Ehemann von sich weg.

»Wo ist der Anstecker?«, fragte Fietje, der unter seiner sonnengebräunten Haut ganz blass geworden war. Mit dem Finger deutete er auf Helenas Brust. Verflucht, wem hatte sie das todbringende Ding gegeben? Wer lag jetzt statt ihrer in dem Leichenwagen und wurde abtransportiert?

»Welcher Anstecker?«

»»Emsvertiefung? Nein, danke!««

»Ach, der Herr interessiert sich dafür?« Sarkasmus troff aus ihrer Stimme. »Typisch Fietje. Erst tut er, als hätte er an nichts auf der Welt Interesse, und wenn es dann spannend wird, will er mitmachen. Auch wenn ich noch einen Anstecker hätte, du wärst der Letzte, dem ich ihn gäbe.« Sie bedeutete ihrem Mann, mitzukommen. »Ich weiß gar nicht, warum du dich immer wieder mit diesem Kerl triffst.«

»Wen tragen sie da unten davon?«, verlangte Fietje zu erfahren.

»Ikonius Hagen«, erklärte Helena über ihre Schulter hinweg und stapfte den Deich hinunter. »Wenn ihr mich fragt: kein großer Verlust für Ameroog oder die Welt.«

»Hatte er auch so einen Anstecker?«, rief Fietje, bekam jedoch keine Antwort.

»Bis morgen«, sagte Tilo, ohne sich noch mal nach ihm umzudrehen, und ließ Fietje mit dem Gedanken zurück, versehentlich Ikonius Hagen getötet zu haben, falls der Helenas Anstecker gefunden und ihn sich an die Brust geheftet hatte.

Kurz grollte Fietje seinem Freund, der ihn in diese Lage gebracht hatte. Aber was sollte man machen, Tilo taugte eben nicht zum Mörder. Wie er selbst offenbar auch nicht. Da kam ihm ein weiterer Gedanke. Was, wenn Helena von der Brisanz der Nadel gewusst und sie mit voller Absicht an Ikonius weitergegeben hatte?

»Wenn ich nur wüsste«, sagte Helena und blieb kurz stehen, »was heute schiefgelaufen ist und wo all die Leute hergekommen sind.«

»War doch eine tolle Demo«, beeilte sich Tilo zu sagen.

»Pah.«

»Alle waren da. Funk und Fernsehen, Greenpeace und so weiter. Und wer weiß, vielleicht gibst du noch ein Interview.« Er deutete auf eine Handvoll Männer mit Kameras und Mikrofonen.

»Tilo?«

»Ja?«

»Gibt es etwas, das du mir sagen möchtest? Du kneifst so komisch die Augen zusammen.«

»Die Sonne blendet, Schatz.«

★★★

Es dämmerte schon, als Dukegatt und Anton Tilo und Fietjes Platz auf der Parkbank einnahmen. Sie ließen das friedliche Bild des verlassenen Demonstrationsgeländes auf sich wirken.

Zerrissene Transparente schaukelten auf den Wellen und richteten sich gelegentlich auf. Quasi das letzte Aufbäumen bunter Buchstaben. Zerbrochene Besenstiele, die als Schildstangen gedient hatten, wurden von der Flut ans Ufer getrieben. Die zertretenen Pappen lagen in nassen Klumpen herum oder waren bereits untergegangen. Bei einem Wal aus Pappmaschee hob sich ein letztes Mal die Fluke, ehe auch er unterging. Am

Rand der Salzwiese lagen zerbeulte oder zerbrochene Gebilde, die noch vor Kurzem wie echte Bohrtürme, nur im Miniformat, von ihren Erbauern stolz vor ihnen hergetragen worden waren. Vereinzelt flogen leere Tetrapaks und Bonbonpapier herum. Man musste sich schon wundern, was die Menschen alles zu Demonstrationen mitnahmen.

Beide Männer hatten keine Eile. Sie genossen den Sonnenuntergang. Eine Möwe durchsuchte eine Papiertüte, fand aber nichts Fressbares darin und flog beleidigt davon, nicht ohne eine cremeweiße Protestnote zu hinterlassen.

»Wusstest du, dass man die Viecher nicht essen sollte?«, fragte Dukegatt.

»Zu viele Salmonellen.«

»Du sagst es.«

»Nein, du sagst es andauernd.«

»Und die Eier …«

»Ich weiß. Man muss sie mindestens zwanzig Minuten kochen, sonst holt man sich irgendwelche Krankheiten.«

»Schon verwunderlich.«

»Was denn?«

»Die Viecher müssten kerngesund sein. Bei den vielen Pillen und Tabletten, die sie fressen.«

»Die fressen keine Pillen.«

»Sicherlich tun sie das. Sie bekommen sie von den Patienten der Kurkliniken. Das solltest du dir mal ansehen. Jeden Morgen nach der Visite fliegen die kleinen bunten Dinger dort im hohen Bogen aus den Fenstern.«

»Dann haben wir die gesündesten Möwen an der gesamten Küste«, sagte Anton.

»Nein, die robustesten. Blutdrucktabletten, Betablocker, Pillen gegen Magen-Darm und was weiß ich nicht alles. Sie vertragen das problemlos.«

»Die eben hat wohl etwas zum Abführen genommen.«

»Jo. Lass uns gehen.«

***

»Wer tut so was einem Fremdenführer an?«, fragte Friese, nachdem sich die Demo komplett aufgelöst hatte, der Tote abtransportiert und die Polizisten wieder in ihrem Gebäude waren.

»Das fragst du nicht im Ernst«, sagte Heijen und wechselte einen Blick mit Storch.

Der hob abwehrend die Hände. »Nur weil er mich mal vor Jahren mit einer kompletten Jagdausrüstung beschissen hat …«

»Die aus einer Fliegenklatsche und einer Mausefalle bestand«, spezifizierte Heijen.

»Das ist ewig her. Ich trage es ihm nicht nach. Dir und deiner Freundin hat er doch mal eine Traumreise zu zweit angedreht.«

»Stimmt. Die bestand aus zwei Schlaftabletten.« Der Holländer lachte. »Und weißt du noch, die Sofortbildkamera?«

»Ja, das war ein Spiegel, und seine mehrteiligen Reisesets bestanden aus drei unterschiedlich großen Plastiktüten. Wir«, dabei deutete Storch auf sich und Heijen, »können uns jede Menge Leute vorstellen, die ihm einen schnellen Abgang ermöglichen wollten.«

»Das ist nicht witzig, meine Herren.« Bakkers Tonfall sorgte für ernste Mienen bei den Amerooger Polizisten. »Mir fällt ebenfalls eine Handvoll Leute ein, die Ikonius Hagen ans Leder gewollt haben können. Er war unser einziger Drogendealer. Im Drogenmilieu gibt es viele Gründe, jemanden umlegen zu wollen. Die üblichen Verdächtigen also. Wenn es denn kein Unfall war, das gilt es, zuerst herauszufinden. Es wird einiges zu tun geben, meine Herren. Die Leiche geht gleich morgen früh mit dem ersten Schiff zur Rechtsmedizin.«

»Der Arme, gerade jetzt«, meldete sich Taubert zu Wort.

»Was soll das heißen, ›gerade jetzt‹? Denken Sie, ihm wäre morgen oder kommende Woche lieber gewesen?«

»Man sagt, er wollte aus dem Milieu aussteigen.«

»Na, da haben wir doch schon einen Grund. Warum erzählt mir das keiner?« Wieder so ein Ding, dachte Bakker. Wie der Akkermann'sche Fiezenbaum, über den jeder auf der Insel Bescheid weiß, nur ich nicht.

Storch wollte etwas sagen, fing sich aber von Heijen einen

Knuff in die Seite ein. »Was denn? Das muss der Kommissar doch wissen.«

»Was muss ich wissen?«

»Ikonius war noch etwas anderes.«

»Ja? Was denn?«

»Ein Weiberheld. Seine karierte Decke ist legendär.«

»Der, ein Weiberheld?«

»Ikonius' Gesicht war zwar nicht so engelsgleich wie das vom Kollegen Heijen, aber er verstand die Frauen.« Storch grinste und zeigte seine Zahnlücke.

»Wer versteht schon die Frauen?«, moserte Heijen.

»Und wozu die Decke?«, wollte Bakker wissen.

»Jede Saison, von April bis Oktober, konnte man ihn mehrmals die Woche am frühen Abend dort antreffen, wo getanzt wird. Seine karierte Wolldecke hatte er immer dabei.« Heijen nickte bedächtig, und Storch tat es ihm gleich.

»Und?«, fragte Bakker. »Nun lasst euch doch nicht alles aus der Nase ziehen.«

»Wie gesagt, ein Weiberheld. Der hatte es einfach drauf. Nach dem Tanzen ging es ab in die Dünen oder an den Strand. Eine Decke ist da sehr nützlich.«

»Wer mag schon piksendes Dünengras oder Sand im Getriebe.« Storchs Mundwinkel erreichten fast die Ohrläppchen.

»Verstehe«, sagte Bakker. »Da kommen dann noch jede Menge gehörnte Ehemänner dazu. Das wäre ein Ansatz.«

»Es heißt allerdings, er habe erst gestern die Decke in die Altkleidersammlung gegeben. Er war wohl verliebt.«

»Und könnte das vielleicht mit seinem Tod zusammenhängen?«

»Aus Liebeskummer ertränkt?«, flüsterte Heijen. Es klang ehrfürchtig.

»Reden Sie keinen Unsinn.« Bakker stellte sich sein Gespräch mit Martin Dahl vor, um all das eben Gehörte weiterzugeben. Das konnte bis morgen warten, ebenso wie der Bericht über die Demonstration. »Ich will jede Kleinigkeit aus Hagens Leben wissen. Stellen Sie fest, wer Motiv und Gelegenheit hatte. Gegebenenfalls fragen Sie auch gleich nach einem Alibi. Storch,

Sie befragen die Familie. Finden Sie Zeugen, irgendjemand muss doch was gesehen haben. Dijkstra, Taubert und Friese, Sie kümmern sich um die Leute im Coffeeshop.«

»Ich wollte noch den Streifenwagen …« Friese verstummte, als Bakker ihn anblickte. »Ach was, das hat Zeit, Chef. Die Folie hält bestimmt noch ein bisschen«, murmelte er.

»Ich will außerdem Hagens Telefonverbindungen einsehen und seine Kontoauszüge. Was ist mit der Familie? Die weiß doch bestimmt schon Bescheid.«

»Er hatte keine«, sagte Heijen. »Jedenfalls nichts Näheres wie Mutter, Vater oder Geschwister. Soweit ich weiß, hat er einige Tanten, Onkels und Cousinen, aber die haben ihm schon vor langer Zeit den Rücken gekehrt.«

»Das schwarze Schaf der Familie«, ergänzte Storch und schaute verstohlen auf seine Armbanduhr.

»Ich fände es besser, den Befund des Rechtsmediziners ab-zuwarten, ehe wir die Pferde scheu machen.« Heijen hatte das Gesicht eines Steinengels aufgesetzt, nur die pupillenlosen Augen konnte er nicht imitieren, deshalb schloss er sie für einige Sekunden.

Bakker seufzte und schaute ebenfalls auf seine Armbanduhr. Heijen hatte recht. Es war wenig sinnvoll, ohne ein Obduk-tionsergebnis die Pferde scheu zu machen. Und heute war ein anstrengender Tag gewesen. Zeit, dass sie alle nach Hause kamen.

★★★

Auf seinem Heimweg ging Bakker noch einmal am Akkermann'schen Fietzenbaum vorbei. Er blieb stehen und sah sich verstohlen nach allen Seiten um. Um diese Uhrzeit saßen die meisten Amerooger vermutlich am Abendbrottisch oder auf der Couch und schauten fern. Niemand zu sehen.

Er trat an den Baum heran. Als Junge hatte er oft mit Freunden die Nachbargrundstücke »besucht«, war auf Bäume geklettert und hatte in fremde Fenster geschaut. Aber das war lange her. Auch wenn Schnüffeln in anderer Leute Privatangelegenheiten zum Aufgabengebiet eines Polizeibeamten gehörte, so war das Ausspionieren vom Wipfel eines Baumes aus dem Ansehen eines Dienststellenleiters wohl kaum zuträglich.

Ungeschickt langte Bakker an den unteren Ast und zog sich hoch. Erst als er drei Meter Höhe erreicht hatte, kam das Gefühl der vergangenen Jugend zurück, und das weitere Klettern machte ihm Spaß. Deckung gaben ihm die jungen Blätter. Nur ungern würde er in die Inselchronik als Spanner eingehen. Aber was genau, außer Fahrrädern, die an den unteren Ästen hingen, suchte er hier?

Im Haus gegenüber ging Licht an. Das war wohl das Akkermann'sche Wohnzimmer. Bakker rückte auf einem Ast sitzend etwas vor, um besser hineinsehen zu können.

Drinnen sah es aus wie in bald jedem Wohnzimmer. An der Wand hingen Fotos von den Kindern, Enkelkindern und diversen Ahnen. Ein Mann trat ans Fenster. Die Zeit, die er benötigte, um es zu öffnen, nutzte Bakker, um auf dem Ast zurückzukriechen.

»Ist da jemand?« Herr Akkermann lehnte sich aus dem Fenster, suchte die Umgebung nach allen Seiten ab und betrachtete dann den Baum. »Komm raus da.«

Bakker rührte sich nicht.

»Ich kann dich sehen.«

Bakker hielt den Atem an.

»Na warte, dir werde ich es zeigen.«

Akkermann bückte sich und griff nach einer großen Taschenlampe. Mit dem Ding konnte man sicherlich bis auf die andere Straßenseite leuchten. Wie ein kleiner Junge kniff Bakker die Augen zusammen.

Nichts geschah. Er öffnete erst das linke, dann das rechte Auge, doch nichts blendete ihn. Der Lichtstrahl aus dem Wohnzimmerfenster war auf etwas gerichtet, das gut eineinhalb Meter über ihm hing. Bakker wagte, den Kopf ganz langsam zu heben, um besser sehen zu können.

»Verfluchte Scheiße!«, rief Akkermann verärgert und sprach damit Bakker aus dem Herzen. Über ihm in der Baumkrone baumelte die Schaufensterpuppe aus Schröders Schuppen.

Während Akkermann sein Fenster zuknallte und die Gardinen zuzog, erreichte Bakker sicher den Fuß des Baumes und machte sich auf den Weg zu Schröders Schuppen. Er musste nachsehen, ob es wirklich dieselbe Schaufensterpuppe war, ehe er sich Gedanken darüber machte, was der ganze Quatsch nun wieder zu bedeuten hatte.

NEUNZEHN

Wer tat Ikonius Hagen so etwas an? Diese Frage stellten sich die Damen Linden und Petersen am kommenden Morgen nur kurz. Im Gegensatz zu Hauptkommissar Bakker kannten sie die Antwort bereits.

»Haben wir sie endlich überführt«, sagte Frau Linden und betrachtete ihre Bluse, die sie über Nacht gewaschen und getrocknet hatte. »Die Flecken sind geblieben.«

»Schlick bekommt man nicht heraus«, wusste Frau Petersen.

»Er verstand es gut, die Leute übers Ohr zu hauen.« Frau Linden hielt es für unnötig, ihre Genugtuung vor ihrer Freundin zu verbergen.

»Wenn man an die ›Küchenmaschine‹ denkt, die er dir versprochen hat, damit du für ihn ein Päckchen aus Groningen mitbringst …« Frau Petersen deutete auf den Kartoffelschäler, der auf der Küchenzeile lag. Das »Tafelsilber« – die Silberfolie einer Schokoladentafel – und Ikonius' Kiffen am Gartenzaun ließ sie unerwähnt. »Was für ein Glück, dass wir an der Demonstration teilgenommen haben«, ergänzte sie stattdessen.

Sie saßen beide in Frau Lindens Küche und pflegten ihren Kater, der sich fast so anfühlte, als hätten sie zu viel Alkohol getrunken.

»Wenn ich nur wüsste, wo die Kopfschmerzen herkommen«, klagte Frau Petersen. »Schon komisch, dass es dir auch so schlecht geht.«

»Möchtest du ein Aspirin?« Frau Linden hielt ihr ein Tablettenröhrchen vor die Nase.

»Zwei, bitte.«

Frau Linden goss sich und der Freundin ein Glas Wasser ein. Zeitgleich fielen die Brausetabletten hinein.

Frau Petersen drückte die Nase gegen den Rand ihres Glases und schloss die Augen. Sie schien die Spritzer der aufplatzenden Bläschen, die ihr Gesicht trafen, zu genießen. Nachdem sie ihr Glas halb leer getrunken hatte, fühlte sie sich wieder einigermaßen in der Lage, ihre Gedanken zu sortieren. »Nur wir beide wissen, wer den armen Ikonius umgebracht hat.«

Es klang, als habe sie den Mann gemocht.

»Selbstverständlich wissen wir es. Und das Gute daran ist ...« Frau Linden schaute ihre Freundin an, als erwartete sie, dass diese den Satz zu Ende brachte.

»... dass Helena nicht weiß, dass wir es wissen?«

»Genau.«

»Das bedeutet, wir können jetzt endlich aufhören, ihr Haus zu beobachten?«

»Richtig.«

»Das ist schön.« Frau Petersen klang erleichtert. Sie war es leid, dem Geheimnis vom vergangenen November auf die Spur zu kommen. Was die Antwort auf die brennende Frage, was Helena in der Apotheke gekauft hatte und wozu sie es brauchte, mit der Beobachtung von Helenas Haus zu tun hatte, wusste sie nicht zu sagen. Nun, da man länger darüber nachdachte und es ausgiebig durchdiskutierte, war aber klar, aus welchem Grund sich die Eiserne Lady in der Apotheke etwas mischen ließ. Schlau, das Gift erst Monate später zum Einsatz zu bringen. »Wie raffiniert von ihr«, murmelte sie, und Frau Linden konnte dem Gedankengang folgen.

»Aber nicht schlau genug. Auch wir beide konnten warten«, sagte sie zufrieden. »Kauft beim Apotheker Gift, wartet auf die passende Gelegenheit, und peng«, ihre flache Hand knallte auf den Tisch, »ist Ikonius tot.«

»Was sie wohl gegen ihn gehabt haben mag?«

»Sicher hat er ihre Enkeltochter verführt.«

»Ich glaube nicht, dass Ikonius Inkas Typ war. Viel zu alt.«

»Keine Verführung. Ich spreche von Rauschgift, meine Liebe.«

»Womit sie den Apotheker wohl überreden konnte?«

»Was weiß ich? Hat ihm vielleicht gesagt, es wäre gegen Ungeziefer. Das ist doch vollkommen egal, Theda.«

»Und wie hat sie es Ikonius verabreicht?«

»Das muss die Polizei herausfinden. Ein bisschen was sollten die auch tun.«

»Du willst es ihnen sagen?« Frau Petersen klang skeptisch.

»Natürlich. Was wir gesehen haben, haben wir gesehen.«

»Helena wird es abstreiten und der Apotheker auch.«

»Du glaubst, er ist in den Mord verwickelt?«

»Nein, nein. Ich meine, er wird sagen, es war etwas ganz Harmloses, was Helena im November gekauft hat.«

»Aber wir beide wissen es besser.« Frau Lindens Zufriedenheit verflog. »Sie muss bestraft werden. Schon allein, weil sie immer so tut, als sei sie etwas Besseres.«

»Ich könnte alles meiner Cousine erzählen.«

»Das wirst du schön sein lassen.«

»Aber sie würde es überall herumerzählen. Irgendwann würden Storch und Heijen davon erfahren, oder Elfriede Dolling steckt es dem Kommissar. Dann muss die Polizei ermitteln.«

»Hast du vergessen, dass deine Cousine uns als böse Klatschweiber bezeichnet, die mit ihren Lügen und Anschuldigungen Leute ins Verderben treiben?«

»Du kennst sie doch. Sie übertreibt immer gern.«

»Die«, erklärte Frau Linden und hob drohend den Zeigefinger, »erfährt von mir kein Sterbenswörtchen mehr. Soll sie doch dumm bleiben.«

Frau Petersen schwieg, schlürfte laut den letzten Tropfen aus ihrem Glas, und Frau Linden erhob sich, um Wasser in den Kessel zu gießen und ihn auf den Herd zu setzen. »Ich mache uns erst einmal eine schöne Tasse Tee, dann sehen wir weiter.« Sie langte nach einer Keksdose, öffnete sie und schaute hinein. Leer. Schade.

»Ich frage mich …« Frau Petersens Stirn legte sich in winzige Falten. »Ich frage mich, ob der Apotheker etwas sagen wird?«

»Du denkst zu viel nach, Theda. Darüber haben wir doch schon gesprochen.«

»Wenn er mit Helena nicht unter einer Decke steckt – und ich wüsste keinen Grund, warum er das sollte –, dann kann es doch sein, dass er sich wie wir an den Kauf erinnert. Dann geht er zur Polizei, und ich frage dich, Christine, wer ist dann der Held?«

»Du hast recht, Theda. Das geht gar nicht. Lass uns gehen«, erwiderte Frau Linden und war schon halb zur Küche hinaus. Doch es war zu früh am Morgen, die Polizisten lagen vermutlich noch in ihren Betten.

Wenn sie doch nur noch ein paar von diesen tollen Keksen hätte.

***

»Frühstück«, trällerte Elfriede Dolling, stellte das kurzbeinige Tablett auf dem Nachttisch ab, zog die Gardinen auf, griff erneut nach dem Tablett und stellte es Bakker über den Bauch. Sie roch vertraut nach Tosca. »Soll ich Ihnen das Kopfkissen aufschütteln?«

Gehorsam hob er den Kopf an. »Ist heute ein Feiertag?«, fragte er mit einem staunenden Blick auf das Tablett. Frisch gepresster Orangensaft, Rührei mit gebratenem Speck und ein paar Streifen dünn geschnittener Lachs, dazu selbst gebackene Brötchen, das gab es eigentlich nur sonntags.

»Ich dachte, ich mache Ihnen heute gleich zweimal eine Freude.« Sie verpasste dem Kissen einen festen Knuff, und er konnte seinen Kopf wieder anlehnen.

Er griff nach der Gabel. »Wie schön. Und was ist die zweite Überraschung?«

»Es gibt mehrere Verdächtige.«

»Wofür?«, stellte er sich dumm.

»Für den mutmaßlichen Mord an Ikonius natürlich.«

»Aha«, blieb ihm nur zu sagen, dann schwieg er so lange, bis die Hälfte des Tellers leer gegessen war. Sie beobachtete ihn bei jedem einzelnen Happen, ließ sich aber nicht anmerken, ob sie vor Aufregung platzte oder noch an sich halten konnte. Endlich war er es, der es vor Neugierde kaum mehr aushielt. »Na schön. Wer sind die Verdächtigen?«

»Zuerst einen Schluck Saft, Sie brauchen Vitamine.«

Er tat ihr den Gefallen.

»Einer soll aus dem Rotlichtmilieu von Stuttgart sein.« Frau Dolling beschrieb detailliert den Steuerberater, der an Hagens

Führung teilgenommen hatte. »So einer hätte bei mir erst gar kein Zimmer bekommen.«

»Verstehe.«

»Der Zweite, ebenfalls ein Deutscher, ist Beamter in einem Wasserwerk. Man weiß ja, was man von denen zu halten hat. Es gehört noch ein Dritter dazu, der es aber nicht gewesen sein kann, weil er blind ist wie ein Maulwurf und Ikonius Hagen im Demonstrationsgetümmel vermutlich nicht einmal erkannt hätte, wenn er direkt vor ihm gestanden hätte. Und noch zwei Holländer, einer von Schirmonnikoog und der andere aus Amsterdam.«

»Amsterdam?« Bakker wollte das Tablett beiseitestellen, doch Frau Dolling hinderte ihn daran.

»Nicht jeder aus Amsterdam hat was mit Drogen zu tun, Herr Kommissar. Sie sollten an Ihren Vorurteilen arbeiten. Es geht um etwas ganz anderes.« Sie tippte sich mit dem Zeigefinger gegen einen Nasenflügel. »Ikonius hat die Männer bei einer Führung betrogen. ›Ameroog bei Nacht‹ oder so ähnlich. Der Admiral wollte ihnen zunächst nicht einmal Einlass ins ›Piratennest‹ gewähren.«

»Das Lokal hat geöffnet?«

»Sagte ich doch gerade. Es liegt also auf der Hand: Die Kerle haben ihm eine Abreibung verpassen wollen, und das Ganze ist irgendwie aus dem Ruder gelaufen.«

»Wenn der Admiral jemandem den Zutritt zum ›Piratennest‹ verwehrt, ist das doch nicht Hagens Schuld.«

»Doch, natürlich. Die hatten die Tour ja bei Hagen gebucht und nicht beim Admiral. Außerdem sind sie schon noch reingekommen, aber am Ende war es nicht annähernd die Sause, die Ikonius ihnen für ihr Geld versprochen hatte. Der hat die Touristen eben immer betrogen.« Frau Dolling sagte das, als wäre dieses Wissen als Allgemeinbildung vorauszusetzen. »Dieses Mal ist es schiefgegangen. Die Kerle haben sich das nicht gefallen lassen.«

»Soso. Nahmen die Männer denn auch an der Demonstration teil?«

»Das müssen Sie schon selbst herausbekommen. Sie sind

schließlich der Kommissar.« Sie schwieg, wartete, bis sein Teller leer gegessen war, nahm ihm die Gabel aus der Hand und das Tablett vom Bauch. »Das Bad ist frei«, verkündete sie.

Damit war er auf den Weg geschickt.

***

Ebenfalls auf den Weg gemacht hatte sich Ikonius Hagen in seinem Sarg. Daniel wollte es sich nicht nehmen lassen, ihn mit der ersten Fähre höchstpersönlich zum Festland zu bringen. In der Nacht hatte er bereits ein Versprechen Hagen gegenüber eingelöst, das, zugegeben, etwas sonderbar war. Des Fremdenführers letzter Wunsch war es gewesen, »mit einem kecken Gänseblümchen hinterm Ohr, auf schneeweiße Seidenkissen gebettet« über den Jordan gebracht zu werden. Genau so hatten Hagens Worte gelautet.

Schön, man hätte jetzt sagen können, dieses Versprechen war irgendwann einmal im Suff an der Theke gegeben worden, also war Daniel nicht daran gebunden, doch das machte für ihn keinen Unterschied.

Das Gänseblümchen war leicht zu finden gewesen, mit dem Seidenkissen hatte er sich ein wenig schwerer getan. Doch Ingrid hatte Rat gewusst, ihr seidenes Nachthemd zerrissen und ein provisorisches Polster angefertigt.

***

Auf dem Weg ins Polizeigebäude beschäftigte Bakker sich mit dem Gedanken, ob an dem, was Frau Dolling über Hagens Kunden gesagt hatte, etwas dran sein könnte. Auf jeden Fall würde er den Auftrag erteilen, nachzuforschen, ob die Sache stimmte.

Er war der Erste im Haus und schloss alles auf. Dann ging er in sein Büro und setzte sich an seinen Schreibtisch.

»Storch?«, rief er, als die Glocke an der Eingangstür bimmelte. Der Wachtmeister stellte die Glocke ab und stand keine zwei Sekunden später in Bakkers Büro.

»Ja, Chef?« Storch nahm vor dem Schreibtisch Haltung an.

»Bis wir etwas Gegenteiliges hören, behandeln wir den Fall Ikonius Hagen als mysteriösen Todesfall.«

»Das war bereits gestern Abend klar, Chef.«

»Nur dass heute Gerüchte im Umlauf sind, die von Mord ausgehen.« Er erzählte von Frau Dollings Verdacht und erteilte Storch den Auftrag, dem nachzugehen. »Finden Sie heraus, wer die Leute sind, und befragen Sie sie.«

»Hagen wird keine schriftlichen Aufzeichnungen über seine Kunden gemacht haben.«

»Wenn halb Ameroog ihre Namen kennt, werden Sie wohl in der Lage sein, das herauszufinden.«

»Mord?«, wollte Heijen wissen. Niemand hatte ihn hereinkommen hören.

»Ja, Mord.«

Im Gegensatz zum vergangenen Herbst, als schon einmal kurz der Verdacht aufgekommen war, auf der Insel könne ein Mord geschehen sein, reagierte Bakker heute sehr gelassen auf die Gerüchteküche.

Das änderte sich, als zwei ältere Damen gleichzeitig mit Friese und Taubert die Wache betraten. Christine Linden und Theda Petersen wollten eine Zeugenaussage machen, sie konnten angeblich die Mörderin benennen. Heijen versuchte sich der beiden Frauen anzunehmen.

»Wir möchten aber den Hauptkommissar sprechen, schließlich geht es um die Eiserne Lady.«

»Tut mir leid, der Kommissar muss ein dringendes Telefonat führen«, rief Storch in den Gang, schloss die Tür zu Bakkers Büro und lehnte sich von innen mit dem Rücken dagegen. »Die beiden Hexen ziehen über jeden her. Und wenn sie keine begründeten Gerüchte in Umlauf bringen können, dann erfinden sie eben welche«, warnte er Bakker.

Der vertraute auf das Gespür seines Hauptwachtmeisters. Nicht auszudenken, was passieren würde, wenn er Martin Dahl melden musste, dass sie die Dame, die auf Ameroog über alles erhaben war, des Mordes an einem Drogendealer verdächtigten. »Heijen soll höflich mit ihnen umgehen«, bestimmte er.

»Vorläufig wird das Wort ›Mord‹ jedoch nicht in den Mund genommen, wir sprechen über einen ›Todesfall unbekannter Ursache‹.«

»Verstehe.«

»Das verschreckt sonst nur die Touristen.«

»Sie klingen schon genauso wie Martin Dahl.«

Bakker musste lächeln. »Was macht übrigens unser Hooligan im Hawaiihemd?«

»Sie glauben, Georg Schüler ist es gewesen?«

»Ich glaube gar nichts.«

»Bei der Demonstration habe ich ihn nirgends gesehen.«

»Das heißt noch lange nicht, dass er nicht da war. Taubert soll überprüfen, ob es eine Verbindung zwischen Georg Schüler und dem Toten gibt, und Friese soll sich ein Foto von ihm ausdrucken und die Insulaner befragen. Ich will wissen, was Georg Schüler gestern Nachmittag gemacht hat.«

»Okay. Ich kümmere mich darum, die Touristen zu finden. An dem, was Ihre Wirtin sagt, könnte was dran sein. Sicher hat Ikonius Hagen sie auch auf Schatzsuche geschickt und sie nach Strich und Faden verarscht …«

»Schatzsuche?«

Storch erzählte ihm von Störtebekers Schatz und den vermeintlichen GPS-Koordinaten auf dem Grabstein. »Nur eines war dumm von Hagen.«

»Was denn?«

»Ich hätte an seiner Stelle zusätzlich einen kleinen Laden mit GPS-Sendern, Spaten und Schatzkarten betrieben. Mehr Kohle kann man gar nicht machen.«

Bakker streckte den Arm aus und deutete mit dem Zeigefinger auf die Tür. »An die Arbeit. Irgendwelche Beschwerden aus dem ›Piratennest‹?«

»Nein, keine. Es hat ja auch erst seit Kurzem wieder geöffnet. Denken Sie, Schröder hat etwas damit zu tun?«

Im Grunde dachte Bakker das nicht, also schüttelte er den Kopf. Er hatte nur … Ja, was hatte er eigentlich erfahren wollen? Es ärgerte ihn, dass Schröder ihn mit der baumelnden Schaufensterpuppe so erschreckt hatte. Auch wenn der Mann schwerlich hatte vorausahnen können, dass es der Kommissar sein würde, der aus dem Schuppen vergrault wurde. Vermutlich wollte er auf diese Weise nur ungebetene Besucher von irgendetwas abhalten. Sein gutes Recht. Aber was machte die Puppe jetzt im Akkermann'schen Fiezenbaum? Kurz kam ihm der Gedanke, Schröder habe sie selbst dorthin gehängt, aber warum sollte er das tun?

Er könnte den Kollegen Dijkstra losschicken, um die Puppe zu holen und zu sehen, ob Schröder sie als gestohlen meldete und zurückforderte.

Nein, entschied Bakker, auf Schröder konnte er noch früh genug zurückkommen, das hatte Zeit.

ZWANZIG

Der beste und schnellste Weg, eine Neuigkeit unter die Leute zu bringen, war, sie unter dem Siegel der Verschwiegenheit zu erzählen. Das tat Frau Linden, nachdem der niederländische Polizist ihre Aussage gegen Helena nur zögerlich aufgenommen hatte. Sein Versprechen, er werde sich um die Überprüfung des Sachverhalts kümmern, glaubte sie keine Sekunde. Die Angelegenheit musste selbst in die Hand genommen werden.

So stand sie während des Vormittags an ihrem Gartentor und hielt Ausschau nach Passanten, denen sie die Neuigkeit erzählen konnte. Gerade winkte sie eine Sangesschwester aus dem Frauenchor zu sich heran. Die Sopranistin war bekannt für ihr Plappermaul.

»Ich sage es dir im Vertrauen, weil ich weiß, dass du schweigen kannst«, raunte Frau Linden ihr zu.

Beide schauten sich sichernd nach allen Seiten um.

»Welchen Grund sollte Helena haben«, fragte die Sangesschwester, nachdem sie die ganze Geschichte erfahren hatte, »Ikonius Hagen umzubringen?«

»Das will ich dir verraten.«

»Was willst du verraten?«

Beide Frauen blickten erschrocken hoch.

»Mein Gott, hast du mich erschreckt. Wo kommst du auf einmal her?«, fuhr Frau Linden die quasi aus dem Nichts aufgetauchte Frau Petersen an und gab der anderen Frau ein Zeichen, zu verschwinden.

»Darum hast du mich vorhin so schnell nach Hause geschickt. Du willst allen von unserem Verdacht erzählen. Dabei haben wir der Polizei versprochen, Stillschweigen zu bewahren, ehe ein übles Gerücht die Runde machen kann.«

»Übles Gerücht?«, echauffierte sich Frau Linden. Den anderen verbal anzugreifen, war eine Taktik, die sie gern anwandte, wenn sie wusste, dass sie im Unrecht war.

Dieses Mal ließ Frau Petersen sich nicht von ihr einschüchtern. Sie hatten verabredet, wenn überhaupt, dann wenigstens gemeinsam darüber zu sprechen, schließlich wollten sie später beide als Heldinnen dastehen. »Niemand, der noch bei Verstand ist, erzählt der da«, sie wies mit dem Daumen über ihre Schulter der Sangesschwester hinterher, »welchen Verdacht man hegt. Die ist dumm genug und verdreht sämtliche Tatsachen.« Ihr Gesicht bekam einen rosigen Hauch, und Frau Linden lief knallrot an.

»Wie redest du denn mit mir?«

Frau Petersen öffnete den Mund, schloss ihn jedoch sofort wieder, als sie Frau Lindens warnenden Blick auffing.

»Schon gut, ich habe es ja nicht so gemeint. Wollen wir jetzt gemeinsam die Runde drehen?«

»Gern, meine Liebe.«

***

Helena hatte von den Gerüchten, die über sie im Umlauf waren, keine Ahnung. Die halbe Nacht hatte sie schlaflos im Bett gelegen und darüber nachgedacht, was geschehen sein mochte, dass ihre Demonstration so vollkommen aus dem Ruder gelaufen war. Sie hegte den hartnäckigen Verdacht, dass Tilo etwas damit zu tun hatte. Zwischenzeitlich hatte sie jedoch immer wieder Zweifel bekommen. Zum einem, weil er friedlich schlummernd neben ihr gelegen hatte, was für ein reines Gewissen sprach. Zum anderen traute sie ihm die Energie, die dazu nötig war, kaum zu. Wenn er überhaupt etwas damit zu tun hatte, dann konnte er es nicht allein durchdacht und durchgezogen haben.

Fietje könnte dahinterstecken. Tilos heruntergekommener Freund war ihr schon immer ein Dorn im Auge gewesen, ihm traute sie einiges zu. Doch dieser Gedanke war in den Hintergrund getreten, weil ihr immer wieder das Bild Ikonius Hagens, der während der Demonstration auf sie zukam, durch den Kopf ging. Es ließ ihr einfach keine Ruhe. Im Nachhinein meinte sie, sein Gesicht wäre verzerrt gewesen, so als ahnte er, dass sein Ende bevorstand. Hatte der Mann, den Tod vor Augen, ihr womöglich beichten wollen, dass er es war, der ihrer Veranstaltung den Garaus gemacht hatte?

Erst gegen vier Uhr war sie eingeschlafen, und als sie Stunden später erwachte, war das Bett neben ihr leer. Vermutlich saß Tilo bereits wieder mit Fietje am Hafen und betrachtete die Schiffe, die kamen und gingen.

Auf dem Weg zum Bäcker begegneten Helena einige Bekannte und Nachbarn. Normalerweise zeugte deren Gruß von Respekt, Achtung oder wenigstens Gewohnheit, gelegentlich sogar von Zuneigung. Heute registrierte Helena, dass manche Grüße ausblieben, Blicke abgewandt wurden oder sie einfach nur angestarrt wurde, und verstand. Das war ein untrügliches Zeichen dafür, dass man über sie redete. Kein Wunder, die Menschen lasteten ihr das gestrige Desaster an. Als dann sogar Pastor Meierpiek wie zufällig die Straßenseite wechselte, wurde ihr mulmig. Sonst blieb er immer stehen, um ein oder zwei Sätze mit ihr zu sprechen. Übers Wetter, darüber, wie schön die neue Orgel klang, die Besucheranzahl des vergangenen Gottesdienstes, örtliche Politik oder das nächste Vorhaben der Kirchengemeinde.

Beim Bäcker erwiderte man ihren Gruß eher zurückhaltend und bediente sie recht frostig. Ihr wurde das Gefühl übermittelt, froh sein zu können, überhaupt etwas verkauft zu bekommen.

»Was ist los?«, fauchte sie auf dem Heimweg die Verkäuferin im Obst- und Gemüseladen an, die mit zittrigen Händen ihre Bestellung einpackte und es nicht einmal schaffte, ihr in die Augen zu sehen.

Das Mädchen warf ihrer Chefin einen ängstlichen Blick zu, woraufhin diese leicht den Kopf schüttelte und im Hinterzimmer verschwand.

»Ich weiß nicht, was Sie meinen«, antwortete die Verkäuferin und bekam ein hochrotes Gesicht.

»Sagen Sie Ihrer Chefin, dass ich sie sofort sprechen will.«

Die Verkäuferin verschwand im hinteren Teil des Geschäftes und brauchte lange, ehe sie zurückkam.

»Sie sagt, sie sei nicht da«, erklärte sie schüchtern.

Helena war sprachlos und verließ den Laden. Es musste um weitaus mehr gehen als eine verpatzte Demonstration.

***

Auch Tilo hatte ein Problem. Das eheliche Gewitter war gestern ausgeblieben, was jedoch nicht bedeutete, dass er davongekommen war. Auf dem Weg zu Fietje erging es ihm ähnlich wie seiner Frau, nur dass er Blicke und Grüße bekam, die man als mitleidig beschreiben konnte. Ein Nachbar eine Querstraße weiter kam sogar auf ihn zu und schüttelte ihm die Hand, was er noch nie getan hatte.

»Ich hoffe, Sie können damit leben.« Dabei starrte er ihn an, als erwartete er eine Geschichte von ihm. »Kopf hoch, die Zeit heilt alle Wunden.« Er legte Tilo eine Hand auf die Schulter und klopfte leicht.

»Danke«, war alles, was Tilo dazu einfiel.

»Na dann, alles Gute.«

Fietje war nicht daheim, also ging Tilo direkt wieder nach Hause. Er erwiderte den Gruß einer Bekannten, die ihm übertrieben freundlich von ihrem Fahrrad herab zuwinkte. In Gedanken darüber versunken, welches Gerücht wohl über ihn im Umlauf sein mochte, öffnete er die Gartenpforte und umrundete das Haus. Er würde sich im Schuppen, in dem er eine kleine Werkstatt eingerichtet hatte, um einige Arbeiten am Haus und am Grundstück selbst vornehmen zu können, verkriechen. Der Raum war sein Rückzugsgebiet, eines, das sogar Helena tolerierte. Vermutlich nur, weil sie Gefahr lief, sich an einem öligen Tuch, einem offenen Farbeimer oder am Holzstaub schmutzig zu machen.

Als er um die Hausecke bog, lehnte Fietje an der Tür zur Werkstatt, rauchte und wartete ganz offensichtlich schon länger auf Tilo. Vor seinen Füßen lagen vier ausgetretene Zigarettenkippen.

»Lass das bloß Helena nicht sehen.« Tilo bückte sich und sammelte sie auf. Er war froh, jetzt sicherlich gleich zu erfahren, was man sich über ihn erzählte.

»Lass er die Überreste meiner Sucht liegen. Er sollte andere Sorgen haben.« Fietje zog ihn in den Schuppen hinein und schloss die Tür. »Was hat er sich dabei gedacht?«, fauchte er.

»Wobei?«

»Leugnen ist zwecklos. Er ist mein Intimus und sollte mehr Vertrauen haben.«

»Was bin ich?«

»Mein Freund.«

»Klar sind wir Freunde, und ich vertraue dir. Was soll die ganze Aufregung?«

»Er weiß es wirklich nicht.« Fietje schlug sich mit der flachen Hand gegen die Stirn. »Welch Narr ich bin. Mich dünkte, er habe seiner Helena gebeichtet und sie habe mit der Nadel …« Fietje hob den Zeigefinger. »Oje. Da kommt mir ein weiterer Gedanke. Mein Freund, sie hat uns ausgetrickst.«

»Nun sag endlich, was los ist.«

So erfuhr Tilo, dass seine Helena des Mordes an Ikonius verdächtigt wurde.

»Vergiftet? Wie soll sie das getan haben?«

»Das ist nicht von Bedeutung. Sie wusste um die Brisanz der Nadel und wird es uns in die Schuhe schieben.«

»Niemals«, beteuerte Tilo.

★★★

Mir bleibt auch nichts erspart, dachte Bakker, als er von Christine Lindens und Theda Petersens Anschuldigung gegen die Eiserne Lady erfuhr. Er hatte mit Helena Perdok schon einmal eine dienstliche Begegnung gehabt, die aber zu ihren Gunsten verlaufen war. Er hatte sie beim Glücksspiel erwischt und meinte, das Klimpern der Jetons in ihrer Handtasche noch in den Ohren zu haben.

»Ich habe sofort, nachdem die beiden weg waren, mit dem Apotheker gesprochen«, sagte Heijen. »Der sagt aus, er habe ihr im vergangenen November nur einen entschlackenden Abführtee zusammengemixt. Die Zutaten waren …« Er kramte in seiner Hosentasche und holte einen zerknüllten Zettel hervor.

»Die genaue Zusammensetzung ist unwichtig«, sagte Bakker erleichtert und winkte ab. Damit stand außer Frage, dass Helena Perdok, die Stütze der Amerooger Gesellschaft, keinen Mord begangen hatte. Eine weitere Verhaftung der Lady hätte er nur ungern erlebt. »Was sagen die Nachbarn, Freunde und Verwandten von Ikonius Hagen?«

»Nichts, was wir nicht schon wussten.«

»Hagens Telefonliste und Kontoauszüge?«

»Der Staatsanwalt wird dazu erst die Erlaubnis geben, wenn sicher ist, dass Hagen ermordet wurde«, sagte Friese.

Als ob er das nicht selbst wüsste. Apropos Leiche: Bakker schaute auf seine Armbanduhr. Der Leichnam musste inzwischen in der Rechtsmedizin angekommen sein. »Ich will mit dem Fahrer des Leichenwagens sprechen. Holt ihn her.«

»Wozu?«, fragte Storch.

»Der Chef glaubt, es war kein Zufall, dass Daniel mit dem Leichenwagen da war«, mutmaßte Heijen.

»Der Leichenwagen ist gleichzeitig unser Krankenwagen, das wisst ihr doch. Ich denke, Daniel hat nur vergessen, den Trauerflor zu entfernen.«

»Kein Wunder«, bestätigte Heijen. »Der Mann ist verliebt, da schwirrt einem anderes durch den Kopf.«

»Befragt ihn trotzdem. Einen Versuch ist es wert«, sagte Bakker. »Storch, was konnten Sie von Hagens Kunden, der Touristengruppe, erfahren?«

»Sie fühlten sich allesamt von Ikonius betrogen und waren sauer, dass sie die Demonstration verpasst haben. Sie haben den gestrigen Nachmittag am Nordstrand in einer Milchbude verbracht und die alkoholischen Bestände vernichtet. Die Eigentümerin des Strandkiosks hat das bestätigt. Sie war äußerst zufrieden mit dem Umsatz.«

Bakker verkroch sich in sein Büro. Rastlos lief er vor dem Fenster hin und her, gelegentlich schaute er hinaus. Am Fährterminal drängten sich die Gäste, die mit dem nächsten Schiff die Insel verlassen wollten. Das Klappern der Räder an den Rollkoffern drang bis zu ihm ins Zimmer. Gedankenverloren griff er nach dem Porzellanpüppchen auf der Fensterbank.

Ein antikes Stück aus einem verloren gegangenen Schatz. Seine Wachtmeister ließ er in dem Glauben, die Figur sei ein Geschenk von Frau Dolling, die nur noch wenig Platz für ihre Mitbringsel aus aller Welt hatte. In Wahrheit war es mehr als achttausend Euro wert und stammte aus seinem ersten Fall auf der Insel, der bis heute nicht abgeschlossen war. Die Figur mahnte ihn ständig, Knut Schröder etwas nachweisen zu müssen. Keine Frage: Der Mann war kriminell, und er machte sich einen Spaß daraus, die Polizei zu veräppeln. Es war Bakkers Pflicht, ihn während seiner Dienstzeit hier auf Ameroog hinter Schloss und Riegel zu bringen. Mit dem Daumen strich er über die Seepocke am Po der Figur. Die Saison hatte begonnen und das »Piratennest« wieder geöffnet, er bekam also hoffentlich bald eine neue Chance.

Die verdeckte Ermittlerin fiel ihm wieder ein und dass er sie im Trubel der Ereignisse rund um die Demonstration vollkommen vergessen hatte. Sie würde er als Erste kontaktieren, wenn er den Fall Ikonius Hagen vom Tisch hatte und sich wieder Schröder zuwenden konnte.

»Wir haben ihn.« Wim Heijens Stimme ließ Bakker erschrocken herumfahren. Fast hätte er das teure Ding fallen gelassen. »Georg Schüler. Aber er ist unschuldig. Er sitzt jetzt im Vernehmungsraum und wartet auf Sie. Der Mann war nicht einmal in der Nähe der Demonstration.«

»Behauptet er.«

»Er und noch ein paar andere Leute. Die saßen alle zur fraglichen Zeit im Kurzentrum in der Sauna.«

»Was sagt Georg Schüler zur Demo selbst?« Bakker stellte das Püppchen zurück aufs Fensterbrett.

»Er hatte keine Ahnung, dass da was stattfinden sollte. Er ist auf Ameroog, um Urlaub zu machen. Storch hat bereits mit der Saunaabteilung telefoniert, Schülers Alibi wurde bestätigt. Soll ich den Mann wieder wegschicken?«

»Nein, ich will selbst mit ihm sprechen.«

★★★

»Das hätte er sich sparen können«, flüsterte Heijen Storch zu. Sie beobachteten, wie Bakker Georg Schüler nach dessen Befragung die Klappe vom Tresen aufhielt und den Mann entließ.

»Wirst du dem Chef sagen, dass Akkermann sich wegen Schröders Puppe beschwert hat?«, flüsterte Storch zurück.

»Weiß ich noch nicht. Der arme Kerl hat schon genug Sorgen.«

»Du meinst, er wird wissen wollen, woher Akkermann weiß, dass es Schröders Puppe ist?«

»Genau. Irgendwann sagen wir ihm, dass Schröder damit nur neugierige Leute erschrecken will. Aber noch nicht gleich. Du kennst ja seinen Humor.«

»Und Akkermanns Beschwerde wegen der Puppe im Fiezenbaum?«

»Keine Ahnung, wer die dahingehängt hat. Wird sich zeigen.«

»Was machen die Fotos?«

»Welche Fotos?«

»Die auf deinem Handy.«

»Habe ich ausdrucken lassen.« Storch ging an seinen Schreibtisch und breitete die Bilder von Ikonius Hagens Leichnam vor sich auf der Tischplatte aus. Die Bildqualität konnte sich sehen lassen. Er öffnete eine Schublade, kramte ein wenig darin herum und fand die Lupe.

»Was sehen Sie sich da an?«, fragte Bakker, der die Klappe im Tresen hinter Georg Schüler geschlossen hatte und sich ihnen zuwandte.

»Die Fotos, die ich am Fundort von Ikonius Hagen gemacht habe.« Storch reichte Bakker Foto und Lupe. »Ich dachte gerade, ich hätte etwas Besonderes darauf gesehen. Aber es ist nur ein zertretener Krebs.«

Einundzwanzig

»Bakker, sind Sie wahnsinnig geworden, …«, Bakker musste aufstehen und die Bürotür zum Gemeinschaftsraum schließen, damit seine Untergebenen Dahls Anpfiff nicht mit anhören konnten, »… eine Obduktion für einen ganz normalen Todesfall anzuordnen?«

»Es bestand der Verdacht …«

»Ach, papperlapapp.«

»Es war demnach kein Mord?«

»Natürlich nicht. Der Mann war ein Junkie, ein Drogensüchtiger, dem alle Organe versagten, weil er jede Menge Müll gespritzt, geschluckt oder geraucht hat. Jeder Depp kann Ihnen sagen, dass so einer über kurz oder lang an seiner Sucht krepiert. Und Bakker – der Rechtsmediziner wollte von mir wissen, was es mit dem Gänseblümchen am Ohr des Toten auf sich hat. Er fragte allen Ernstes, ob ich wolle, dass er einen Biologen hinzuzieht. Ich lasse mich ungern verspotten. Kommen Sie ja nicht auf den Gedanken, die Blume in Ihrem Bericht zu erwähnen. Ich habe die Nase voll von Ihren irren Protokollen. Unterbrechen Sie mich nicht!«

Bakker lag es fern, Martin Dahl in seinem Wutausbruch zu stören, geschweige denn irgendeine Blume in einen Bericht aufzunehmen. Er hatte noch an der Darstellung des Ablaufs der Demonstration zu knabbern. Außerdem hatte er gelernt, seinen Vorgesetzten ausschreien zu lassen. Davon abgesehen: Was konnte ihm schon passieren? Im Zweifelsfall würde er bloß versetzt werden.

Mit Entsetzen stellte Bakker fest, dass dieser Gedanke ihn mit Trauer erfüllte. Er wollte an keinen anderen Ort. Schon gar nicht an den Arsch der Welt, wo immer der sein mochte. Hier jedenfalls nicht.

★★★

»Natürlicher Tod«, sagte Frau Linden zu Frau Petersen und drohte mit dem Zeigefinger, als wäre es deren Schuld. »Das kann die Polizei ihren Großmüttern erzählen. Wir beide wissen es besser. Aber mal etwas ganz anderes, meine liebe Theda: Hast du die Frau an Daniels Seite gesehen?«

»Die üppige Rothaarige?« Frau Petersen hatte in der Aufregung um die Demonstration ganz vergessen, Frau Linden zu erzählen, dass sie gestern noch einige Bekannte besucht hatte, um die Neuigkeit zu verbreiten, und dabei in der Pension »Dünenblick« bei Herrn Eckert rein zufällig einen Blick auf die Gästeanmeldung werfen konnte. Unter dem Namen »Ingrid Magerlein« war als Berufsbezeichnung »Finanzbeamtin« zu lesen gewesen, was den Schluss nahelegte, dass sie eine Fahnderin in Zivil war, die die Insulaner ausspionieren wollte. Man musste auf der Hut sein mit dem, was man in ihrer Gegenwart sagte. »Magerlein heißt sie«, erklärte Frau Petersen und erzählte von ihrem Verdacht.

Die gleiche Meinung vertrat auch Frau Linden. »Den einen oder anderen Euro schwarz am Fiskus vorbei macht doch jeder, und wenn möglich sollte man es sogar im großen Stil durchziehen, aber wer kann das schon?«

»Knut Schröder, dem würde ich das zutrauen.«

So wurde ein weiteres Gerücht geboren, bereit, sich auf den Weg zu machen, um jedermann die neueste Neuigkeit zu bringen.

»Wurde auch Zeit, dass das Finanzamt einen Spion schickt, um das ›Piratennest‹ aufzumischen. Wie man hört, herrschen dort schon wieder Sodom und Gomorra.« Frau Linden schüttelte sich leicht unter einem wohligen Schauer.

»Wer hätte das gedacht? Bei ihrem Aussehen könnte man sie glatt für eine Künstlerin halten.«

»Wie kommst du auf den Gedanken?«

»Schau dir doch ihre wallenden Gewänder an. Sieht aus wie Batik und erinnert mich an die Flower-Power-Zeit der siebziger Jahre.«

»Künstlerin? Vermutlich ihr Hobby. Welche Kunstrichtung?«

»Musik.«

»Das ist wenigstens nicht so schlimm.«

»So schlimm wie was?«

»Maler oder Bildhauer. Was man von denen zu halten hat, weiß man ja.«

So kam es zur ersten Erweiterung des Gerüchts, es hätte eine malende Finanzbeamtin auf die Insel verschlagen, die des Öfteren mit Ton unter den Fingernägeln singend für den Fiskus die Einheimischen auszuspionieren versuchte.

»Eine ganz gefährliche Person«, sagte Frau Linden.

Trientje Munke wäre beunruhigt gewesen, wenn sie über den Inhalt der auf der Insel kursierenden neuen Klatschgeschichte über ihre zukünftige Schwiegertochter Bescheid gewusst hätte. Aber wie in allen Gerüchten steckte auch in diesem immerhin ein Quäntchen Wahrheit.

$$\star\star\star$$

Mit düsteren Gedanken schlenderte Bakker durch die Inselstraßen. Er folgte keinem bestimmten Ziel, wollte einfach nur an die frische Luft. Er dachte an Kerstin.

Er hätte sie niemals heiraten sollen. Aber das hatte ja nun endlich ein Ende, heute Morgen waren ihm erneut die Scheidungspapiere ins Haus geflattert, die er vor seiner Versetzung nach Ameroog ignoriert und in die unterste Schublade seines Schreibtischs verbannt hatte. Nur gut, dachte er, dass ich sie los bin. Vermutlich war sie nur auf der Insel, damit er auch ja die Unterlagen unterschrieb und zurücksandte. Aber das hätte sie ihm doch sagen können, als er neulich verkatert aufgewacht war und sie überraschend in seinem Zimmer gestanden hatte.

Er erreichte den Hafen und stoppte an einem Eiscafé, um sich eine Kugel Sanddornsahne und eine Kugel Schokolade im Hörnchen zu kaufen. Als er nach der Geldbörse greifen wollte, musste er feststellen, dass jemand sie ihm geklaut hatte. Verflixt! Er würde sich hüten, Anzeige zu erstatten. Das fehlte noch, dass er als Dienststellenleiter zugab, das Opfer eines Taschendiebs geworden zu sein. Er schaute zum Polizeigebäude auf der gegenüberliegenden Seite des Hafenbeckens. Von hier aus war sein Bürofenster zu sehen.

Apropos Anzeige, eines wunderte ihn auf dem Weg nach Hause: Bis jetzt war keine einzige wegen der Demo eingegangen. Es musste jede Menge geschehen sein, was eine Meldung bei der Polizei rechtfertigen würde. Er konnte nur hoffen, dass es dabei blieb. Kurz kam ihm die Idee, Martin Dahl die Demonstration ganz zu verschweigen. Im Grunde genommen war ja nichts geschehen.

»Abendessen um sechs, meine Liebe«, flötete Bakkers Vermieterin, als er zur Haustür hereinkam. Erstaunt blickte er einer offenbar weiblichen Person hinterher, die gerade im hinteren Teil des Hausflurs verschwand. »Und wenn du vorher duschen willst, mach es jetzt, bevor der Kommissar das ganze heiße Wasser verbraucht.«

Sprachlos schaute er Frau Dolling an. Hatte er etwas ausgefressen? War nun eine andere Person der Liebling hier im Haus?

»Meine Nichte«, erklärte Frau Dolling. »Ich habe sie lange nicht mehr gesehen. Wenn ich ehrlich sein soll, war sie beim letzten Mal noch ein Kind. Vier oder fünf Jahre alt. Sie wohnt ein paar Tage bei mir. Hat versprochen, mir im Haushalt zur Hand zu gehen. Sie wissen schon, Betten machen und so. Aber keine Angst, Ihr Frühstück bringe ich Ihnen weiter persönlich ans Bett.«

Da bin ich aber beruhigt, dachte Bakker.

»Ich hoffe«, sagte Frau Dolling, »Sie haben nichts dagegen?«

Der Kommissar hatte keine Vorurteile, was Nichten, die ihren alten Tanten halfen, anbelangte, solange sie ihn in Ruhe ließen.

Frau Dolling hob den Zeigefinger. »Ach, was ich noch sagen wollte: Ihre Frau war vorhin hier, um die Scheidungsunterlagen abzuholen. Sie hatten sie ja bereits unterschrieben, deshalb war ich so frei und habe sie ihr mitgegeben.«

»Danke, Frau Dolling«, sagte Bakker und meinte es so. Damit war er Kerstin endgültig los und ein freier Mann.

Frau Dolling tätschelte seine Wange, rückte ihren Dutt zurecht und folgte ihrer Nichte. »Zieh dir etwas Hübsches an«, hörte er sie noch sagen. »Der Herr Kommissar ist wieder Junggeselle, und er wird mit uns zu Abend essen.«

»Wie du meinst, Tantchen.«

∗∗∗

Vor wenigen Stunden hatte sie die erste Leiche ihres Lebens gesehen, davor einer wilden Demonstration zugeschaut, davor den Toten als schlitzohrigen Menschen kennengelernt und noch weiter davor den Mut gefunden, auf eine Anzeige zu antworten, um dabei die Liebe ihres Lebens zu finden. Da war man verständlicherweise nicht mehr so ganz bei der Sache, wenn es wieder ans Arbeiten ging. Zumal sie in diese Richtung bisher keinen einzigen Schritt unternommen hatte, wenn man davon absah, dass sie sich kurz nach Knut Schröders derzeitigem Aufenthaltsort erkundigt hatte. Es war für Ingrid Magerlein alles ein bisschen viel gewesen. Deswegen bat sie telefonisch um ein paar Urlaubstage, die ihr auch gewährt wurden.

So kam es, dass Knut Schröder in den ersten Tagen der Sommersaison um eine eingehende Kontrolle seines Lokals herumkam. Und auch danach, denn als Theda Petersens Gerücht erst einmal die Runde gemacht hatte, war Ingrid enttarnt und an eine spätere Ermittlung nicht mehr zu denken.

»Wenn du möchtest«, sagte Trientje und strich Ingrid eine widerspenstige Strähne hinters Ohr, »werde ich mal ein ernstes Wort mit Theda sprechen, mein Engel.«

»Engel?« Daniel schlug sich die Hand vor die Stirn. »Verflixt, ich habe den Vertreter für Grabsteine ganz vergessen!«

»Das ist auch besser so, mein Sohn.« Ein zufriedenes Lächeln huschte über Trientje Munkes Gesicht und verzauberte sie in eine charmante alte Dame und künftige Bilderbuchoma.

∗∗∗

Storch und Heijen hatten Friese geraten, den Wagen mit den übrig gebliebenen Folien schnellstens neu zu bekleben, um dem Kommissar eine Freude zu machen. Das tat Friese, und noch bevor Bakker am kommenden Morgen seinen Dienst antrat, konnten Heijen und Storch eine Testfahrt machen. Auf dem Weg vom Hafen in Richtung Westland hörten sie ein leises Klappern, das von der rechten Seite des Wagens kam. Es klang, als würde jemand mit einem Stück Plastik oder einer etwas dickeren Pappe gegen das Blech schlagen. Sie fuhren ein wenig langsamer, und der Takt des Klapperns passte sich an. Als sie am Straßenrand anhielten, erstarb das Geräusch.

Storch verließ den Wagen und umrundete ihn. Am hinteren Kotflügel hatte sich die neue Klebefolie gelöst. Dabei stellte er fest, dass der Kollege diesmal die Farben durcheinandergebracht hatte. Sie hätten Friese beim Bekleben des Autos helfen sollen. Storch drückte mehrmals gegen den blauen Streifen, doch das widerspenstige Stück löste sich jedes Mal aufs Neue. Dann würden sie eben langsam weiterfahren müssen und hoffen, dass sie die Folie unterwegs nicht verloren. Es würde kein gutes Licht auf die Dienststelle werfen, wenn Heijen ein weiteres Mal neue bestellen musste. Andererseits hätte es den Vorteil, dass sie Friese beim nächsten Versuch auf die Finger schauen könnten, damit er das Grundsätzliche richtig machte.

»Ist dir eigentlich aufgefallen, dass Friese den Wagen falsch beklebt hat?«, fragte Storch beim Einsteigen.

Heijen nickte. »Sieht scheußlich aus. Denkst du, der Kommissar wird es bemerken?«

»Worauf du dich verlassen kannst.«

»Da ist es ja gut, dass du den Güllefall erledigt hast. Verrate mir, wie du den gelöst hast.«

»Die Beschwerde wurde zurückgezogen.«

»Einfach so?«

Heijen tippte sich mit dem Zeigefinger gegen den Nasenflügel, sein Lächeln wirkte scheinheilig.

»Ah«, interpretierte Storch. »Du weißt etwas, was du als Polizist besser nicht wissen solltest?«

»So ist es. Der Grund für die Beschwerde war gar nicht die Gülle, wie sich herausstellte, obwohl es fast genauso roch. Es war Modergeruch, und zwar vom Wasser, das der Nachbar benutzte. Es stank immer dann fürchterlich, wenn er seine Rosen goss.«

»Da bekommt der ›Duft nach Rosen‹ eine ganz neue Bedeutung. Und was hat das mit der Rücknahme der Beschwerde zu tun?«

»Das Wasser stammte aus dem Brunnen des Beschwerdegängers, und der wurde illegal gebohrt. Der Mann könnte natürlich Anzeige wegen Diebstahl erstatten, doch davon habe ich ihm abgeraten.«

★★★

»Zum Glück nur ein mickriger Artikel über die Demonstration.«

»Hmm.«

»Hast du in der Zeitung herumgekritzelt?« Helena blickte Tilo über das Tagesblatt hinweg an.

»Hmm.«

»Wunderbar, ich hätte es glatt übersehen. Wenn du mich fragst, das sind allesamt Verbrecher. Solche Informationen auf Seite drei zu verstecken, ist eine Unverschämtheit.«

»Hmm.«

»Die Verbreiterung und Vertiefung der Fahrrinne ist vom obersten Verwaltungsgericht der Niederlande, dem Raad van State, genehmigt worden. Und das Gericht lässt keine Rechtsmittel zu. Die machen es sich leicht. Diktatur nenne ich das, einfach die Meinung anderer zu ignorieren.« Sie klatschte die Zeitung auf die Tischkante. »Aber lassen wir das, es gibt andere wichtige Dinge im Leben.«

Tilo griff nach einem Brötchen, schnitt es auf und schmierte dick Leberwurst drauf. Ob er Helenas Meinung teilte, konnte man an seinem Gesicht unmöglich ablesen. Er legte das Messer beiseite, nahm ihr die Zeitung aus der Hand, faltete sie falsch herum zusammen und reichte sie Helena zurück. Sie blickte erst auf das Blatt und las ein paar Worte, ehe sie ihn fragend anschaute. »Diätenwahn bei Jugendlichen?«

Tilo biss von seinem Leberwurstbrötchen ab, schüttelte den Kopf und tippte auf den Artikel, auf den er Helena aufmerksam machen wollte. Sie nickte, las ihn, ließ das Blatt sinken und betrachtete lange ihren zufrieden kauenden Ehemann.

»Schön, dass du meiner Meinung bist, mein Lieber. Es gibt tatsächlich noch andere wichtige Dinge, die angepackt werden müssen. Den armen Menschen sollte geholfen werden. Flüchtlinge auf Ameroog, ja, das kann ich mir gut vorstellen.« Sie schaute auf ihre Armbanduhr. »Denkst du, Pastor Meierpick ist schon zu sprechen?«

***

Hätte Martin Dahls Sekretär ihn so gesehen, er hätte sofort den Notarzt gerufen. Mit offenem Mund, aufgerissenen Augen und hängenden Schultern starrte Dahl auf den Fernseher, der in einer Ecke seines Büros stand. Im Moment lief Reklame, über die man sich aufregen konnte, doch wohl kaum so sehr, dass es einem den Schweiß auf die Stirn trieb.

»Ich bringe ihn um«, flüsterte Martin Dahl, und etwas lauter sagte er: »Nein, ich versetzte ihn nach Grönland, da kann er Pinguine zählen.«

»Sie meinen sicherlich Eisbären.« Dahls Sekretär trat ein. »Verzeihung, aber ich habe geklopft.«

»Haben Sie das gesehen?«, rief Dahl und deutete auf den Bildschirm. Es klang, als machte er den Sekretär dafür verantwortlich, dass er aus dem Fernsehen erfuhr, was in seinem Bezirk los war. Eine Demonstration hatte auf Ameroog stattgefunden, über die er keine Meldung erhalten hatte und an der augenscheinlich wichtige Persönlichkeiten teilgenommen hatten. Dahl meinte, sogar die Königin der Niederlande im Bild gesehen zu haben, die ältere, nicht die hübsche aus Argentinien. Seine Polizeitruppe war im Hintergrund zu sehen gewesen, wie sie untätig in Reih und Glied stand und keinen Finger rührte. Ein Leichenwagen am Rande des Geschehens war nur kurz von der Kamera erfasst worden. Verflucht, was war da los gewesen?

»Soll ich auf der Insel anrufen?«, fragte sein Sekretär.

»Auf keinen Fall.« Dahl schüttelte heftig den Kopf. Alles nur Schwachköpfe dort. Allen voran Johann Bakker, der nichts richtig machte. Man konnte gespannt auf dessen Ausrede sein und noch mehr darauf, wie er das in einem Bericht in Worte fassen würde.

»Was gibt es? Warum sind Sie hier?«

»Die Ministerin für Sie, auf Leitung drei.«

Ehe Martin Dahl fragen konnte, welche Ministerin gemeint war, dämmerte es ihm. Frau Dröge-Piephahn, Ressort Umwelt, war bei der Demo dabei gewesen. Wie sollte er sich da nur herausreden?

Doch so weit, sich herausreden zu müssen, kam es gar nicht. Die niedersächsische Umweltministerin war voll des Lobes für die Amerooger Polizei, namentlich Johann Bakker, der ihrer Meinung nach mit Besonnenheit und Umsicht dafür gesorgt hatte, dass während der Veranstaltung nichts und niemand aus dem Ruder lief und keine Person ernsthaft zu Schaden kam.

»Bis auf den armen Mann, der mit dem Gesicht im Wasser lag, aber das hat ihr Dienststellenleiter sicherlich fest im Griff. Er hat auch für meine persönliche Sicherheit Sorge getragen. Genau deswegen rufe ich an, also wegen des armen Mannes und meiner persönlichen Sicherheit.«

Dahl verstand. Die Dame wollte auf keinen Fall in Verbindung mit Mord oder Totschlag gebracht werden.

»Eine natürliche Todesursache, Frau Ministerin.«

»Umso besser. Gratulation, Herr Dahl. Gut, dass es nichts mit der Demo zu tun hatte, die Schlagzeilen …« Sie machte eine kurze Pause.

… würden eine Wiederwahl fraglich machen, ergänzte Dahl in Gedanken.

»Aber wem erzähle ich das? Gratulation. Sie haben hervorragendes Personal. Bitte geben Sie meine Glückwünsche an Ihren Kommissar weiter.« Es wurde stumm in der Leitung, Frau Dröge-Piephahn hatte aufgelegt.

Dahl starrte seinen Sekretär, der mitgehört hatte, böse an. »Ist noch etwas?«

»Soll ich das Lob an Johann Bakker weitergeben?«

So weit kam es noch! Dahl wedelte mit der Hand, er sollte verschwinden. »Raus, aber sofort.«

Verdammt wollte er sein, wenn er das Lob der Ministerin weitergab.

URLAUBSKRIMIS MIT WOHLFÜHL-FAKTOR!

MALEN UND MORDEN AN DER NORDSEE
Klappenbroschur, 256 Seiten
ISBN 978-3-95451-542-4

DER KOMMISAR BELLTE
Klappenbroschur, 208 Seiten
ISBN 978-3-95451-280-5

WENN DIE INSEL KOPF STEHT
Klappenbroschur, 208 Seiten
ISBN 978-3-95451-243-0

WER WIND SÄT, WIRD TOD ERNTEN
Klappenbroschur, 192 Seiten
ISBN 978-3-95451-248-5

Was gibt es Schöneres als einen entspannten Urlaub in idyllischer Umgebung? Einen entspannten Urlaub in idyllischer Umgebung *mit einer Prise Nervenkitzel!*

Genau das bieten die emons: Urlaubskrimis – spannende Kriminalfälle vor atemberaubend schönen Ferienkulissen, ob am Meer oder in den Bergen, ob mit tierischem Ermittler oder menschlichen Tätern.

IRONISCH, AUGENZWINKERND – FRIESISCH

Klappenbroschur, 240 Seiten
ISBN 978-3-95451-781-7

TOD AUF NORDERNEY

Klappenbroschur, 192 Seiten
ISBN 978-3-95451-791-6

SO SCHMECKT DER URLAUB!

Klappenbroschur, 288 Seiten
ISBN 978-3-95451-543-1

STRAFVERSETZT NACH AMEROOG

Klappenbroschur, 192 Seiten
ISBN 978-3-95451-541-7

Ocke Aukes
KLAASOHM
Broschur, 192 Seiten
ISBN 978-3-95451-056-6

»*Ocke Aukes weiß, wie die Insulaner auf Deutschlands nordwestlichstem Eiland ticken. Es ist, als wäre man mittendrin im Inselgeschehen. Ein klasse Krimi für den Strandkorb im heißen Sommer ebenso wie für düstere, kalte Winterabende – lesen Sie ihn am besten gleich jetzt!*« Borkumer Echo

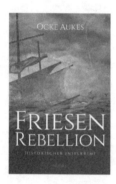

Ocke Aukes
FRIESENREBELLION
Broschur, 272 Seiten
ISBN 978-3-95451-651-3

Borkum im Jahr 1811: Nach einem Salutschuss zu Napoleons Geburtstag glauben die Bewohner, die Insel werde beschossen, und geraten in Panik. Diese steigert sich noch, als tatsächlich ein englisches Schiff anlegt. Die Engländer suchen Deserteure, die sich auf Borkum verstecken sollen. Henri Lebon, der neue Kommandant der Insel, hat alle Hände voll zu tun, die Gemüter zu beruhigen und zwischen Engländern, Franzosen und den Inselbewohnern zu vermitteln.

www.emons-verlag.de